THE COMPLETE WORKS OF
SHAKESPEARE
莎士比亚全集
第十卷 诗歌卷

莎士比亚全集

第十卷　　诗　歌　卷

［英］威廉·莎士比亚　著

THE COMPLETE WORKS OF
SHAKESPEARE

方平 主编　方平 屠岸 屠笛 张冲 译

上海译文出版社

目 录

维纳斯与阿董尼……………………方　平　译　1
鲁克丽丝失贞记……………………屠　岸　屠　笛　译　81
十四行诗集…………………………屠　岸　译　171
恋女的怨诉…………………………屠　岸　屠　笛　译　345
热情的朝圣者………………………屠　岸　屠　笛　译　363
凤凰和斑鸠…………………………屠　岸　屠　笛　译　387
悼亡…………………………………张　冲　译　395

附录
　　莎士比亚戏剧创作年表………………方　平　423
　　关于《托马斯·莫尔爵士》…………方　平　426
　　谈素诗体的移植………………………方　平　427
　　关于体例　说明和讨论………………方　平　445
后记…………………………………方　平　458

Venus and Adonis

维纳斯与阿董尼

方 平译

前　言

　　1593年4月18日，莎士比亚的叙事体长诗《维纳斯与阿董尼》由出版商向伦敦"书业公所"申请登记，随即出版。离诗集登记只差五天，莎士比亚就要踏上二十九岁的人生征途了。经过多年努力，他初试身手，最早的几个剧本（《亨利六世》等）受到观众的广泛欢迎，这个从内地小城镇投奔到伦敦戏班子的青年剧作家已经为自己的终身事业开拓出一条道路了。

　　然而这时候，在侧目而视的文坛前辈的心目中，这个初露头角、伶人出身的剧作家却只能算是混进孔雀队伍里来的一只乌鸦而已。

　　1592年秋天，当时著名的剧作家格林（R. Greene, 1558～1592）病死了。临终之际，他写了一本小册子《千万悔恨换来了一丁点儿聪明》；在全篇末了，这位剑桥大学出身的文人以自己潦倒不堪的晚境，公开警告三个同行剧作家，要他们提防那些改编他人剧本的演员，尤其是某一只"新抖起来的乌鸦，借我们的羽毛打扮自己，在戏子的外皮底下包藏着一颗虎狼的心。他自以为叽里呱啦地写得一手无韵诗，不差于你们中间最出色的一位……"

　　这个呼之欲出、"新抖起来的乌鸦"，指的就是年轻的莎士比亚。在历史剧《亨利六世》（下）中，莎士比亚写下这样一行台词:"女人的外皮底下包藏着一颗虎狼的心。"现在格林接过这话,故意把"女人"改为"戏子",来点明他指的是哪一个;他还嫌这不够露骨,惟恐人家不明底细,又在文中杜造了一个词:"Shake-scene",来影射"Shakespeare"(莎士比亚)。在莎士比亚早期传记文献不足的情况下,格林的临终讥诮,可说提供了一份可贵的资料,这却是这位满腹牢骚的剧作家当初万没想到的。

格林的讽言冷语,无非受过正规教育、大学出身的文人剧作家,对出身戏班子、肚子里没有多少墨水的演员剧作家表达了极端藐视而已。莎士比亚就可怜巴巴地"只懂得一点儿拉丁文,和更少的希腊文"(琼生语),而像格林、马洛等人,则是饱学之士,熟知希腊、罗马的典故,有"大学才子"之称;因此格林俨然居高临下,从他那双势利的眼里看,莎士比亚只是一只跟人学样的猴子罢了。

从更深的意义上看,格林的讽言冷语,实际上也反映了当时社会上对于通俗戏剧的偏见。泰晤士河沿岸的那些露天剧场在当时是新兴的娱乐场所,受到伦敦市民阶层的热烈欢迎;然而那些文人学子却自有他们的看法,为结构简陋的戏园子编戏,也就是说,为出一个铜子就可以挤在池子里站着看戏的那些学徒们、小市民们编戏,这一类剧本是不上品格的,怎么能像正统的诗歌那样在文艺女神的殿堂内占一席地位呢?

在欧洲的文学艺术发展史上,戏剧曾经有过它的黄金时代,在人们的文化生活中占据过十分崇高的地位。公元前五世纪,正是古希腊雅典城邦的黄金时代,年年举行的戏剧评比活动,对于雅典公民们是一个全民性的盛大节日。希腊的九位缪斯女神中就有"悲剧"女神和"喜剧"女神——当然,还有"诗歌"女神。可惜这光荣的戏剧传统,随着希腊城邦的没落而中断了。英国文艺复兴时期重又繁荣起来的戏剧,是承袭欧洲中世纪民间世俗戏剧而来的,可谓另起炉灶,不入于古典传统之列。在当时的英国文坛上,只有诗歌女神惟我独尊,几乎没有悲剧和喜剧女神立足的余地。

在格林写下他的临终遗书的半年后，莎士比亚的第一个长诗集《维纳斯与阿董尼》问世了。年轻的剧作家仿佛决心要跨进英国文坛，以自己鲜艳华丽的古典风格的诗篇来雄辩地证明：论功力和才华，自己并不比哪个差！可以认为，这篇长诗就是给予刻薄的讥诮者的一个有力的答复。

诗集的初版本几乎没有印刷上的错误，很可能诗人亲自校阅过。如果跟出版在莎士比亚生前的他那些戏剧单行本比较一下，这一点十分突出。莎士比亚从没有考虑要把他的那些戏剧作为文艺创作出版。他编写戏剧可说都只是为了应付舞台上的演出。伦敦出版商为了牟利，想法从剧团弄来脚本，并没得到他的同意，私下出了盗印版，好好的作品往往给弄得残缺不全、面目全非（例如《温莎的风流娘儿们》的盗印本，1602）。莎士比亚却听之任之，从没有要替它们恢复原来面貌的打算，把定稿交给可靠的出版商发表；难怪有的学者认为：莎士比亚"除了着眼于当前的舞台演出的成功之外，他对于自己的剧本的最后遭遇一点都不关心"[1]。

可是对于他的长诗《维纳斯与阿董尼》，莎士比亚却是另眼看待。他在诗集的献词中把它称做"我的文思的头胎儿"；这岂不是说，他没有把早在这之前的他那些戏剧作品认做自己的亲骨肉？第二年接着出版的《鲁克丽丝失贞记》，同样可以被版本学家称为"善本"。惟独长诗得到钟爱备至的关怀，不免使人感叹莎士比亚很像一位偏心的父亲。这种厚此薄彼的心理状态，让我们从另一个角度看到了在当时英国的文坛上，诗歌占据了不容置疑的统治地位。然而历史证明，实际上，却是新兴的戏剧，这不

---

[1] 参阅《莎士比亚现代读本》（by Cartmell and Cady, 1946）一书的序文。这一段话其实只是重复了约翰逊在他编的《莎士比亚全集》（1765）的序文中所说过的话。

登大雅之堂的通俗文艺,代表了英国文艺复兴时期的最高成就;而这一点,却是当时多数的人们,甚至包括莎士比亚本人在内,所没有意识到的。

诗集出版后,可说风行一时,单是莎士比亚生前,至少再版九次;在他逝世后二十年间又再版过六次。①

莎士比亚的许多戏剧,在当时也许以历史剧《理查三世》、《亨利四世》上篇最受欢迎了,都是一版再版,前后各出版了五种到六种单行本;如果作品的版次多少,可以看做当时读者情绪的一种反映,那么比起莎士比亚任何一个戏剧来,长诗《维纳斯与阿董尼》显然受到更大欢迎,它更为"畅销"。

这个诗集被同时代人提到或是引用的次数,也超过了莎士比亚的任何一个戏剧作品。我们可以想像,这艳丽的叙事诗尤其为青年人所喜爱。在流传下来的一本乔叟的诗集上,有个叫哈维(G. Harvey)的读者写下这样一条笔记:

> 年轻的一辈把莎士比亚的《维纳斯与阿董尼》喜爱得了不得;可是他的《鲁克丽丝》、他的悲剧《哈姆莱特》却见爱于较有智慧的人。

在剑桥大学生所编的一个剧本《归自仙乡》(The Return from Parnassus,约1599)第四幕第一景里,有这样一段热情的赞美:

> 让这个愚蠢的世界景仰斯宾塞吧,我却要崇拜甜蜜的莎士比亚先生;为了尊敬他,要把他的《维纳斯与阿董尼》放在我的枕头下,就像我们在书中读到的,有一个国王,他睡觉时把荷马[史诗]放在他的床头。

---

① 见河滨版《莎士比亚全集》(1974)第1704页。

第二年，莎士比亚下更深的功夫，花更多的精力，以更大的信心，写下篇幅更长的叙事诗《鲁克丽丝失贞记》，又一次取得成功。年轻的莎士比亚接连写了两篇专诚献给封建贵族的长诗，都受到赏识，风行一时；这样就不免有一个创作道路的问题放到诗人的面前。他仿佛来到了一个岔路口，面临着何去何从的抉择：要贵族化的高雅，还是要市民化的通俗？他的最终选择将具有重大的意义。他会不会满足于这些眼前的成功，从此沿着迎合贵族阶级的口味写下去？如果真是这样，那就不可能在英国文学史上，为他的时代写下最光辉的一页。可庆幸的是，莎士比亚从没有抛弃他的剧团；对于舞台和戏剧，他始终怀有深厚的感情；他也忘不了为他热烈鼓掌的伦敦的新兴市民阶层，乐于为他们而创作，在表达广大人民的思想感情时，他的那些杰作清晰地传出了时代的声音。

十九世纪英国浪漫派诗人和文学批评家柯尔律治在他的《文学生涯》（Biographia Literaria, 1817）第十五章中，论及"诗才的确切不移的标志"时，对于《维纳斯与阿董尼》推崇备至，并说"在文字的绘画性这一成就上，也许其他的诗人从没有达到这么高超的境界，就连但丁也不能例外"。

但是现代莎学家却表达了另一种看法，很可以拿美国莎学家斯宾塞的一句话作为代表。想到莎士比亚的好些戏剧杰作（如悲剧《麦克贝斯》）当时排印得十分糟糕，给后世辛勤的版本学家、编者、研究家们留下了无数伤透脑筋的疙瘩和难题，惟独那两本长诗集则眉清目秀、不存在错讹脱漏等情形，不劳后人费神校订；两相对比，不禁使莎学家发出了感叹：

　　我们多么乐于拿这两个诗集的正文去换取伟大的莎剧的单独一幕啊。①

---

① 见斯宾塞：《莎士比亚的生平和艺术》（H. Spencer: The Art and life of Shakespeare, 1947）第22页。

这显然是说，在现代莎学家的眼里，不管精雕细琢的《维纳斯与阿董尼》当时曾经多么风行，但是如果和莎士比亚的那些不朽的戏剧杰作比较的话，那却是没法相提并论了。

《维纳斯与阿董尼》在艺术成就上既然不能和莎士比亚进入成熟时期的戏剧创作相提并论，那么我们今天把它介绍过来，有没有什么重要的意义呢？欣赏和研究的着眼点应该放在哪里呢？

我想有这么几个方面可以谈一下。

莎士比亚一生，除了他的戏剧、诗歌外，并没有为后人留下片言只语表明他对于文学艺术的见解，我们只能从分散在他作品中片段的议论去了解他的文艺观点。《维纳斯与阿董尼》这篇长诗在这方面值得我们注意，它相当鲜明地表达了诗人的这样一个美学思想：艺术的魅力来自真实。请读一下这一节诗（第289～294行）：

> 当一位画家要超过天地间的生命，
> 画一匹骨肉均匀、比例相称的骏骑，
> 他的艺术跟"自然"大匠在竞争，
> 仿佛死的该比那活的更富于生气；
> 如今这匹马就胜过凡马庸碌，
> 不论外形、骨架、毛色，还是那气度！

"艺术模仿自然"，本是欧洲的一个传统的美学观点，古希腊的亚里士多德首先在他的名作《诗学》中这么提出。莎士比亚的名句"举起镜子照自然"[1]，就是"艺术模仿自然"的形象化的表达，同时也把这一传统观点所包含的现实主义精神显示出来了。上面那节引诗从另一个方面接触到了艺术和现实（自然）间

---

[1] 引自《哈姆莱特》第三幕第二景。

的关系。这里是艺术家结合自己创作实践的具体感受,谈他最关心的一个问题:作品的艺术魅力究竟来自哪里?

年轻的诗人显然认为:艺术魅力来自惟妙惟肖,来自巧夺天工。这不就是表明了创作思想上的"艺术模仿自然"吗?只是诗人在这里又进了一步,对于他,"模仿"还不足以充分表达艺术家的那种可贵的创作冲动、创作热情。一个有抱负的艺术家并不以"巧夺天工"为能事,为了取得作品的最强烈的艺术效果,他追求的是"巧胜天工"——这就是说,艺术不仅师法"自然",而且有可能青出于蓝而胜于蓝,超越"自然";这就是引诗中所说的"要超过天地间的生命","仿佛死的该比那活的更富于生气"。

就连"大自然"本身,在人文主义者诗意的想像里,也是一位艺术大师,自然万物不就是它的创作吗?而俊秀出众的阿董尼,更是天地间少有的一个杰作。懂得了诗中的"大自然"其实就是艺术家本人的化身,它孕育生命,就是艺术家在构思和酝酿主题,长诗开头部分的那一行诗句(第 11 行)将给我们留下更深刻的印象:

 大自然孕育你,就在跟自己拼命。

莎士比亚在《威尼斯商人》(第三幕第二景)等戏剧里也流露出人工(艺术)和天工(自然)竞妍争胜的思想,但是在叙事诗里把这美学思想表述得最为清晰。

后来在《安东尼与克莉奥佩特拉》中又有"妙思巧胜天工"(指维纳斯画像)之语[1],与上面所引"画家要超过天地间的生命"遥相呼应。

法国十七世纪艺术大师拉图尔(La Tour, 1593~1652)有一

---

[1] 见第二幕第二景,原文是:"The fancy outwork nature."

幅名作《油灯前的马德莱娜》，画面表现的是一个曾经沦落风尘的修道女独坐斗室，面对一盏油灯，陷入沉思。画中"道具"不多，但是都有典型意义：少妇的膝头放着一个骷髅——这是对留恋浮华世界的当头棒喝，仿佛在人生的苦海中死神是一个寸步不离的伴侣；桌子上，除了彻夜苦修需要的那盏长明灯、《圣经》、十字架外，就是搁在桌子边缘一根挂下来的皮鞭。少妇的上衣袒露到肩头以下，暗示她刚做完了那"苦功"：用鞭子惩罚自己丰润的肌肤；少妇的安详的脸部表情仿佛告诉人们：皮鞭带来的不是肉体上的痛苦，而是精神上的宁静。

在愚昧的中世纪，整个欧洲处在权势庞大的天主教会的精神统治下，可说成了宣扬天国福音的宗教王国。为了给陷于极端贫困的劳动人民套上沉重的精神枷锁，使他们永远甘心于做牛做马的命运，天主教会利用一切欺骗手段，唤起人们对于天堂的幸福的幻想，不断地向人们灌输：人世是苦海，是罪恶的深渊；宣扬禁欲主义，把人间的贫困和苦难神圣化，说人的痛苦的一生是为了死后进入天国作准备。完整的人被天主教会肢解成"肉体"和"灵魂"两个对立面，说是肉体的欢乐跟灵魂的永生势不两立。在那肤浅的片刻欢乐后面，等待着巨大可怕的惩罚：灵魂永远堕入地狱。

在宗教的狂热中，当时有许多僧侣以至俗人，不仅禁欲苦修，而且产生了残害自己的肌体、以痛楚为极乐的变态心理。"托钵教团"的创始人圣方济各（St. Francis of Assisi, 1182~1226）本是一个挥霍无度的纨绔子弟，后来皈依天主教，行乞传道，故意把灰烬搅拌在自己的食物中，为了不致产生口腹之欲；一日三次用铁链抽打自己，表示对于肉体的极端蔑视。

他的弟子安东尼（Anthony of Padua, 1195~1231）更夸张鞭挞的功效，宣称从自己肉体上挂下的鲜血能洗净一切罪孽的污点；甚至组织了"自笞僧团"（the flagellants）。1260年，意大利内乱激烈，这一疯狂的宗教运动突然在意大利北部爆发了，随即蔓延开去，远至莱茵河地区。一些狂热的天主教徒不分男女老少，组成了长长的行列，由僧侣带头，日日夜夜，掮着旗帜，捧着十字架，高唱圣歌，来到每一个十字路口、每一片广场，用装了铅头子的皮鞭在自己的肉体上当众"表演"一番。鞭笞被看成惟一的宗教仪式，惟一赎身自救的功德。从十三到十五世纪那一百五六十年间，欧洲每经历一次重大的天灾人祸，就掀起一阵新的鞭笞狂的热潮，此伏彼起，从意大利直到尼德兰都卷进在内。

在欧洲中世纪黑夜的尽头，透露出资本主义的曙光。出现了新兴的城市和新兴的市民阶层，同时也带来了人的觉醒，带来了个性解放的迫切要求，生命的热情重又进入文学艺术的各个领域，人代替了神，成为文学艺术家所歌颂的主人公。正好和中世纪的鄙视肉体、残害肉体的禁欲主义思想相反，在这篇长诗中我们读到的是对于人体美夸耀不尽的赞美：

> 在我的额上，能找出一丝皱纹？
> 眼珠儿碧青光亮，又流转顾盼；
> 我的艳丽永不减，像春芽年年生；
> 肌肤柔润又丰满，青春像火焰；
> 　滑腻腻的纤手，要是握进你手中，
> 　将在你掌心融化，眼看要消融。[①]

对健美的人体的夸耀、赞美，甚至达到了崇拜的程度。崇拜的不是威严的上帝，而是"美"的典范阿董尼。他那比太阳更灿烂的光辉（862行）照彻了宇宙，宇宙才开了眼（952行），脱离了原始的浑沌状态。

诗里也说到造物的"自然"，也说到神，但造物的"自然"就像一位艺术大师，集中精力在创造一件完美的艺术品——阿董

---

① 引自第139~144行。

尼。要是这一精心杰作不幸被毁了,那么跟着"美"的被毁灭,那个世界也就末日来临了:

> 要是他死了,随着他,"美"被杀害了;
> "美"死了,黑暗的浑沌随之而来了。①

长诗《维纳斯与阿董尼》以鲜丽浓艳的笔调表达了人文主义者对于"美"的如痴似醉的崇拜,虽然有时候不免肉欲气息重了些。还可以这么说,那些宣扬及时享乐的思想的话,尽管说得委婉动听,也有它的历史意义,总嫌肤浅了些。

在这篇长诗以后,莎士比亚再也没有拿那种耽于肉欲的享乐思想作为作品的主题思想了,例如他的第二篇长诗《鲁克丽丝失贞记》就是对于荒淫无耻的谴责,对于冰清玉洁的贞操的赞美。

这篇长诗采用古典神话做题材,力求符合传统的典雅的格调;但今天读来,最使人感兴趣的地方,却是在于诗人描摹大自然的景色和生物时,往往能冲破了浓重、堆砌的修饰风格,摆脱了矫揉造作的文体,而给诗篇不时带来一股清新之气。

在长诗中,那公马和母马,兔子和猎狗,可说都是重要的配角,给诗篇平添不少情趣。下面所引的诗行(301~306行),是形容阿董尼的骏骑的非凡神态,我们读来,不感到它就是一节优美的新诗吗?

> 有时他飞奔了一阵,又停下凝视;
> 一片羽毛儿飘过,他吃了一惊;
> 他准备跟强风儿来个比赛,可是,
> 究竟他在飞还是奔,谁也弄不清:
>   掠过马鬃、掠过马尾,疾风在高唱,

---

① 引自第1019~1020行。

扇动他鬃毛,煞像是翩翩的翅膀。

柯尔律治曾在他的《文学遗稿》(Literary Remains)中盛赞诗中被追逐的野兔仓皇逃命的那段插曲,说道:"要是没有对于自然界和生物的热爱,那么谁也不能把周围的世界观察得这么周密,这么热情、逼真、纤毫毕露地把外界的美丽描绘出来。"我们还可以补充说:这种对大自然的热爱,是和文艺复兴时期人文主义者对于人生的热爱分不开的。

在故事诗进行的过程中,在那喜剧性的爱情的纠缠中,诗人可说竭尽心智,把人生的种种情态,无论一颦一笑,琢磨得犹如戏剧中最动人的表演。柯尔律治曾经以赞赏的语气这样指出过:"他的维纳斯和阿董尼仿佛就是人物本身,同时又像炉火纯青的演员所演出的角色。"(《文学生涯》)的确,读这篇长诗,最好的欣赏也许是想像自己置身在剧院里,注视着一出精心之作在上演:大自然的景色构成了舞台上鲜丽的布景,热情的维纳斯,羞涩的阿董尼就是两位优秀的、相互配合的演员,戏剧情节虽然简单,却表现得那么热闹、富于变化、有声有色。

我们在前文已谈到,诗篇既洋溢着人文主义者的对人生的热情,但也不免有矫揉造作、迎合封建贵族阶级的鉴赏口味的地方,更有格调不高、诗人浪费了自己才华的地方。所幸的是,从后来的发展看,年轻的诗人并没有走上一条追求纯艺术技巧,脱离现实生活,以卖弄、取悦为能事的艺术道路。

Vilia miretur vulgus, mihi flavus Apollo
Pocula Castalia plena ministret aqua.

Ovid

让虚浮的头脑去崇拜那浅薄的东西,
太阳神引领我们到缪斯女神们的泉边。①

奥维德

---

① 引自奥维德的《爱的悲歌》(Amores 1, 15, 35~36),这里根据马洛的英译本译出。

东方，太阳刚探出了紫红的面孔，
就此诀别了正在淌泪的清晓；
红颜的阿董尼已奔驰在打猎途中——
打猎，他爱好；可是恋爱，他好笑。
　　害了相思的维纳斯赶到他跟前，　　　　5
　　像缠绕的情人，开始献她的媚言。

"美男儿，"她说，"你的美胜过我三倍；
好一朵芬芳的鲜花，人间少见；
嬉水的仙女，见了你也自惭形秽；
你比鸽子白，比起那玫瑰，更鲜艳。　　　10
　　大自然孕育你，就在跟自己拼命，
　　说是你死了，世界跟你同归于尽。

"听我的话，下马来吧，人间的珍宝！
把他高傲的马首在鞍头系好；
假如你赏我这面子，作为回报，　　　　　15
我许你领会一千个香甜的诀窍。
　　来这儿坐吧，这儿没咝咝的蛇声，
　　坐下了，我好搂住你连连地亲吻。

"可决不会惹起你腻味的餍饱，
叫两片嘴唇尝够了还高嚷饥饿，　　　　　20
叫它们泛红泛白地玩耍出花巧——
一口气十个短吻，一吻顶二十个；
　　长夏的白昼变成匆促的时辰：

有这么开心的游戏在消磨光阴。"

25　　　　　哄了这一番，她抓住他淌汗的手
　　　　　——满身活力和血气旺盛的象征，
　　　　　她热情冲动，叫这手掌做"香油"，
　　　　　人间的妙品，给仙女祛病提神；
　　　　　　心头热热的，欲望助长了气力，
30　　　　　她鼓起狠劲，把他拉下了坐骑。

　　　　　一条手臂套住那骏马的缰绳，
　　　　　另一条抱下了嫩苗似的少年——
　　　　　他涨红了脸，撅起恼怒的嘴唇，
　　　　　情怀还没开，要逗弄他，可真难！
35　　　　　　她滚烫的脸，像炭火发出红光，
　　　　　　他羞红着脸，心却冷得像冰霜。

　　　　　绞花的马缰系上了粗老的树枝，
　　　　　（结子打得好迅速熟练啊，爱情！）
　　　　　拴住了那匹骏马，她转过身子，
40　　　　　又准备笼络那坐骑的年轻主人：
　　　　　　她把他推倒（她但愿也被这么冲撞），
　　　　　　控制了他，凭体力——却不是凭欲望。

　　　　　他站不稳了，她跟着扑倒在草地，
　　　　　两人都凭一条肘，撑住半边身儿。
45　　　　　她抚摩他的脸，他满脸都是怒意，
　　　　　刚要责怪，却给她按住了唇儿，
　　　　　　用亲吻吐出娇媚、断续的话头：
　　　　　　"要是你想埋怨，永不会让你开口！"

他羞得满脸通红,她用她的泪泉
去浇熄他腮帮上少女似的燃烧; 50
又送出阵阵叹息,拿金黄的发卷,
为他扇呀,吹呀,想替他弄燥。
　　他说她不知自重,丧失了仪范;
　　想要再说,却给她用一吻打断。

像一头饿鹰,空肚子在咕咕地响, 55
用尖喙撕小鸟的羽毛和骨肉,
振一振翅膀,恨不得一口就吞光,
肚子填饱,或吃个不剩,才算满足;
　　就这样,她捉住了他满脸亲吻,
　　上下左右,吻到终点再吻一巡。 60

无可奈何,可决不是甘心从命,
他躺着,冲着她的脸不住地喘息;
她吞咽这暖气,就像在掠食牺牲,
说这是天降的甘霖,多么甜蜜,
　　但愿她的双颊是怒放的花卉, 65
　　也好承受这沁入肺腑的露水。

看鸟儿怎么缠住在一面网里,
阿董尼就怎么落进她的臂弯;
羞涩,想抵拒,又胆怯,害得他生气,
而他的一双怒目越显得好看: 70
　　洋溢的河水,再加上一场大雨,
　　势必泛滥,不由得向堤外冲去。

她依旧在求情——花言巧语地求情,

凑着那美好的耳朵、她奏着恋曲；
75　　他还是不痛快，紧锁住眉心，
绯红的羞怯，夹着灰白的怒色——
　　红吗？红的颜色最讨她的爱怜，
　　白吗？叫她比欢喜还要喜欢！

不管他脸色怎样，她总是一个爱，
80　　她举起纤纤的仙手，把心愿倾吐：
从他那温柔的胸膛，她再不离开，
除非他情愿讲和：跟苦求的泪珠——
　　那涓涓的泪水弄湿了她的脸庞，
　　给一个甜吻，这笔债就此清偿。

85　听得这条件，他果真抬起了头，
她渴望尝到的，准备向她献奉；
却像从浪花里探头探脑的海鸥，
一瞧见人影，又陡地栽入水中——
　　当她的双唇要领受他的付偿，
90　　他眼睛一闭，唇儿已撇向一旁。

即使骄阳下奔波的旅客，也从没有
她那样地焦灼，渴望清凉的饮料：
仙丹就在她眼前，却没法到她的手；
她好比浸在水里，仍不免烈火的焚烧；
95　　她嚷道："舍得吗？你铁石心肠的孩童！
　　我但求你一吻，你干吗要这样卖弄？

"像现在我求你似的，人家求我赏光，
甚至连那一个煞星，凶恶的战神——
他，总是昂首挺胸，出现在战场，

胜利跟着他,来到每一次战争—— 100
　也甘心做我的俘虏,向我乞求;
　而你,不用开口,就可以到手。

"在我的祭坛上,他把钢枪挂起,
还有那伤痕累累的盾,高傲的盔;
为了讨好我,又去学舞蹈、竞技, 105
以及调情、放浪、温存、笑谈谐诙,
　鄙弃了粗野的战鼓、猩红的战旗,
　把我的床帏当军营,玉臂做战地。

"那统治一切的,却一切受我节制;
一根粉红色的链子,紧紧套住他; 110
刚强的铁,到他手里,听他指使,
却在我一擒一纵里,软得像团渣。
　你别因此骄傲呀,别夸耀威风:
　降服了战神的她,听凭你摆弄!

"只要你,嘴唇儿肯碰上我嘴唇—— 115
不及你娇艳,也是鲜红的两瓣,
那吻,我的享受,也算你的收成——
你尽朝地上看什么?抬头看我的眼:
　那里不嵌着你倩影?那为甚红唇
　不贴着红唇,既然瞳人映入了瞳人? 120

"你羞于接吻?那就把眼睛闭紧,
我也闭了眼,让黑夜出现在白天。
放大胆来玩,没有谁会看见我们,
爱情给幽会的情侣,设下了盛宴;
　这青脉络的罗兰,我俩所躺身的, 125

不会搬嘴，也不懂得我俩所谈论的。

"你诱人的唇上，柔嫩的春意显示
你还没成熟，已是很可以尝味；
别错过了良机，享受要趁现时；
130　　美，岂能听任它消耗在自身内？
　　好花儿要不是赶着良辰里采，
　　眼看那落花就在泥土里埋。

"要说我太丑陋，我这人真是恶俗的，
或者是驼背、眼花、粗声粗气的，
135　瘦损病弱、鸡皮鹤发、又干又枯的，
缺乏教养、性情乖戾、可鄙弃的，
　　那你有理由矜持：我配不上你；
　　可十全十美，你为什么把我厌弃？

"在我的额上，能找出一丝皱纹？
140　眼珠儿碧青光亮，又流转顾盼；
我的艳丽永不减，像春芽年年生；
肌肤柔润又丰满，青春像火焰；
　　滑腻腻的纤手，要是握进你手中，
　　将在你掌心融化，眼看要消融。

145　"陪着你谈心，我能迷住你双耳，
或娓娓地，像女神轻步于茸茸绿绒，
或滔滔地，像披了一头散发的仙女，
在沙上妙舞，却不见落地的影踪。
　　爱情是一把火，火焰构成的精灵，
150　　不是重浊、下沉，而是盈盈上升。

"当我舒卧于这开满野花的山坡,
弱小的花朵像大树般托住了我;
一对小白鸽牵引我向天空飞过,
整天都东飘西荡,总是依着我;
　　是这么轻盈的爱啊,我的好孩子,　　　　155
　　难道你觉得,它是那么重的担子?

"难道你的心只喜欢自己的容色?
你右手能从左手中把爱情夺取?
那你向自己求爱,又把自己拒绝,
偷了自己的自由又为这失窃欷歔。　　　　　160
　　自爱的纳西瑟斯就这样自害自,
　　去吻他溪中的影儿,终于溺死。

"火炬用以照耀,珠宝取来佩戴,
珍馐供尝味,娇红嫩绿为悦意,
果树贵乎结实,花草取其芳菲;　　　　　　165
生存只为自己,就歪曲了生之真谛。
　　种子爆出了种子,丽质传下丽质,
　　你出生了又把孩子生出,是天职。

"为什么你该取滋养于天地的繁育——
要不是天地以你的繁育为滋养?　　　　　　170
按照大自然的法则你就该生育,
你死了,属于你的却继续成长;
　　那么虽然是死亡,你依旧是不灭,
　　因为你的形象,在世间代代不绝。"

说到这时,单相思的仙后已在淌汗,　　　　175

他们躺身的地方，树荫已掠过；
太阳神在炎热的中午感到累倦，
睁圆的赤眼，只管朝他们冒火；
　　希望阿董尼来把他的飞车接管，
　　自己好替他，逍遥在仙后的身畔。

这时候，阿董尼可没有一点儿劲，
眼睛里露出阴郁、厌恶的神情，
眉宇紧蹙，遮盖着秀丽的双睛，
像朦胧的雾气，遮蔽了整个天庭；
　　他板着脸，嚷道："呸，谈什么爱，
　　太阳烧灼我的脸，我一定要走开！"

维纳斯喊道："嗳呀，年少心狠的郎！
你要走：你的理由可真说得出口！
看我呵出一片仙气，那凉风轻扬，
将为你把落日的余热吹散不留；
　　借万丈发丝，我为你遮个凉荫；
　　金发着火了，我叫泪雨来冲淋。

"那天上照耀的太阳还算是温暖，
那暖和的光芒可不曾把我刺伤；
可是我躺身在太阳和你的中间，
你眼里射出的火星却把我灼烫！
　　如果我凡胎俗骨，生命可遭了殃：
　　在天上地下，两重太阳的中央！

"难道你的心硬得像钢、像石块？
不，像石头，也会给雨水滴穿；

莫非你不是女人的儿子？不领会
柔情蜜意？得不到爱，又怎样哀怨？
　啊，假使你母亲也是你这心肠，
　她至死是单身，不会把你生养！

"你看我成什么，竟把我这样奚落？　　　　　205
莫非我追求你，会招来莫大的危害；
给了我一吻，你唇儿损失了什么？
你说，要说得中听；要不，就闭嘴；
　给我一个吻吧，我也回敬你一吻；
　要不，还一双，归你个对本的利润。　　　210

"啐，你这没有生命，光挂着
好看的画图；金光灿烂的偶像，
漠然无知的石像；光是看着
像个人，但决不是女人所生养；
　堂堂男子汉的相貌，但决非男人——　　　215
　因为他们不用教，也懂得亲吻。"

千言万语难住了她一根妙舌，
急躁的情绪，迫得她暂时停住，
脸赤眼又红，烘托出她的委屈——
是"爱"的女神，却不能给自己做主；　　　220
　她一忽儿哭泣，一忽儿又想诉怨，
　可突然来了呜咽，把初衷打断。

有时她摇摇头，又摇动他的手；
有时候朝着他痴望，又沉下了头；
等会儿她双臂像带子，把他圈围——　　　225

这么搂着,她乐意,他可发了愁;
　　当他在怀抱里挣扎,想逃出牢笼,
　　她那百合般的手指,就彼此锁拢。

她说:"心肝儿,我已经把你围住,
软禁在这象牙般白皙的栅栏里,
我是座林苑,你就是我的小鹿,
由着你到处觅食:在深谷,在山地;
　　在我唇上找你的食吧,嫌小丘太干,
　　那就往下去,下面有潺潺清泉。

"这一方界限,已足够给你散心,
幽谷里的芳草,又是可爱的高原区,
圆圆的小丘,枝叶纷繁又幽深,
更可以给你庇覆,躲风又躲雨;
　　来做我的鹿儿吧,我就是这园林;
　　没有狗来惹你,即使有千万吠声。"

阿董尼好厌烦,只是笑了一笑,
腮帮子上,添了两个可爱的酒涡,
那么精巧,怕是爱神精心的营造,
爱神死去后,那就是他安葬之所;
　　可是他明白,那儿不是墓窟,
　　下葬在那儿,爱情随即就复苏。

这一对可爱的酒涡:诱人的陷阱,
张大了口,把维纳斯整个儿吞,
先前痴情了,这会儿更颠倒神魂——
　　当头这一棒,已没救了,还用第二棍?

苦恼的爱后,她自己的事都管不了:
去爱一张脸,它只给你一个嘲笑!

她如今再往哪儿转?再讲些啥?
好话都说尽了,益发加添了悲伤!
时光不早了,那孩子只是在挣扎,
在她搂紧的臂弯里,一心要释放;
　　"可怜我吧,赏个脸吧!请回心转意!"
　　可他早已跳出身来,奔向那坐骑。

可是你看哪,在附近低矮的林子边,
有匹骡马,年富力强,好神气;
那骏骑在跺脚,给她一眼瞧见,
就向前冲去,长嘶又喷着鼻息;
　　系在树边的儿马,顿时强头倔颈,
　　挣断了缰绳,直向她那儿飞奔。

他威风凛凛,他奔,他跳,他怒嘶,
他的大劲,把毛织的肚带挣断;
载负的大地,承受他猛烈的铁蹄,
从地心响起了回声,像打雷一般;
　　他嘴里那块衔铁,给咬成了几截:
　　原是节制他的,现在反受他制节。

他两耳直竖,那原先披垂的马鬃
从他弯圆的颈上成束地竖起;
那鼻孔吸进了空气,再把气流吐送,
像旺盛的熔炉喷出阵阵的蒸气;
　　一双眼睛灼灼地瞪着,像火光,

闪烁出盛气的勇敢,热烈的欲望。

一忽儿用温文的威严、谦和的自傲,
他一步一跨,仿佛在计数步伐;
一忽儿,又直立起来,又连纵带跳,
好似在嚷道:"看哪,我本领多大!
　我露这一手,好博美人的青睐——
　她呀,正独自个儿在那边徘徊。"

主人在恼怒了,跟他有什么相干?
谁理会那讨好的"好啦!""停下吧,乖!"
谁还把马勒和马刺尖放在心坎?
还稀罕那富丽的马衣、鲜艳的马具?
　瞧见了他的爱,别的他一眼都不望——
　他骄傲的目光再没什么看得上!

当一位画家要超过天地间的生命,
画一匹骨肉均匀、比例相称的骏骑,
他的艺术跟"自然"大匠在竞争,
仿佛死的该比那活的更富于生气;
　如今这匹马就胜过凡马庸碌,
　不论外形、骨架、毛色,还是那气度!

高颈、短耳、小头、短骨节、圆蹄,
宽阔的胸膛、大眼、张开的鼻孔,
阔大的臀、挺直的腿骨、柔嫩的皮,
修长的距毛、稠尾、稀疏的马鬃;
　瞧,做一匹良马他还少哪一项?
　只少个神气的骑士跨在他背上!

有时他飞奔了一阵,又停下凝视;
一片羽毛儿飘过,他吃了一惊;
他准备跟强风来个比赛,可是,
究竟他在飞还是奔,谁也弄不清:
 掠过马鬃、掠过马尾,疾风在高唱,   305
 扇动他鬃毛,煞像是翩翩的翅膀。

他痴望着他的爱,向她嘶鸣引诱,
她应和他,似乎猜透了他的心;
可是像女性,看到有人来追求,
装得冷淡、骄傲,没一点柔情,   310
 踢开他的爱情,不理他胸中的热潮,
 并且用后蹄,抵拒他好意的拥抱。

像一个失恋者,垂倒头,伤透了心,
他垂下了尾巴,像一簇倒下的羽毛,
给火热的臀部一些阴凉的遮荫;   315
他踩踏大地,气呼呼把飞蝇乱咬。
 他的情马,瞧他又气恼又难过,
 才动了怜意;他也就熄了怒火。

瞧,负气的主人想跑去捉他,
那没驮过人的骒马生了猜疑,   320
只怕来捕捉她,立刻舍下了儿马;
他接踵追去,把阿董尼丢在那里;
 他们像发了疯,一起向着林子奔,
 连飞翔的乌鸦也没法在后面跟。

空跑了一场,装满了一肚子怒气,   325

阿董尼坐下了，骂畜生不受管束。
如今，失恋的爱后倒有了转机，
有情可求，也许会得到爱的祝福。
　　情人们说：一颗心将受三倍冤枉——
330　　　失去欢心，更失了舌尖的帮忙。

封住的炉灶里，闷火烧得更烫，
一条阻塞的河流泛滥得更凶险——
那给压抑的悲伤该是一模样；
尽情诉吐，会平息爱的火焰；
335　　　一旦"心儿"的代理人哑口无言。
　　事主想：官司输了，痛苦到极点。

看得她又凑近，他脸上泛起了红云，
像死灰，叫风一吹，又燃起了生机；
他拉下软帽，遮盖了蹙紧的眉心，
340 昏沉沉的心，对着黑沉沉的土地；
　　全不管，她是那么近在眼前，
　　他，眼里没有她，一眼也不看！

啊，瞧着这情景，多叫人动心！
她怎样向任性的少年悄悄地靠拢；
345 她脸色又怎样进行着一场斗争：
一阵灰白，赶走了可怜的羞红；
　　刚才她两颊灰白，可是一转眼，
　　满脸发出红光，像天上的闪电。

她来到他跟前，只见他已经坐好；
350 像屈辱的情人，她在他面前跪下；

把玉手举起,为他脱下了软帽,
又用另一只柔手,抚摩他的面颊;
　　嫩脸儿上,泛现出纤指的按印,
　　像一片新雪,一下子留下了印痕。

多动人的一番目战啊,在他俩中间!
她的眸子在朝他的眼睛求情;
他却看着她,像是什么也没看见。
她只是求;他只是厌恶这痴情。
　　这一出哑剧,幕幕都交代分明——
　　有齐唱似的泪雨,流自她眼睛。

万分温柔地她拉着他手腕,
一朵百合在雪砌的牢房关押,
又好比象牙在一圈玉环里镶嵌——
素净的朋友拥抱着雪白的冤家;
　　这场娇艳的风波,多情又薄情;
　　像一对银色的鹁鸽,它们在接吻。

她思想的机件又重新在动转:
"啊,你这人间最俊美的生命,
但愿你是我,而我是个美少年,
我心完好如你心,你心头有裂痕;
　　一个温柔的眼色我总会施舍你,
　　虽然只有肌肤的恩泽能医治你。

"放下我的手,"他说,"你干吗抚弄它?"
"交还我的心就放还你的手,"她回答,
"还我吧,要不,你的硬心肠会伤害它,

给伤害了，温柔的叹息怎能感动它？
情人们伤心的叹息我再也不管了，
你已把我那颗心，变成铁一般了！"

他嚷道："羞哟！快撒手，快放我走；
一天的兴致全完啦，连马儿都跑啦；
这都是你不好，害我丢失了牲口。
求你快走吧，让我独个儿留下；
因为我一心一意、要想个办法，
从那匹骠马的身边牵回我的马。"

维纳斯答道："你的马原本是应当
去拥抱那焕然光临的甜蜜欲望：
爱情是通红的火炭，须得弄凉；
要不，听凭它烧，会烧坏了心房：
大海有个限量，欲海，可没有个边；
你的马儿跑啦，那又有什么稀罕！

"他给人系在树边，多像匹驽马，
屈辱地给一根皮缰绳把他拴住！
当他看见了他的爱：他青春的酬价，
再也不甘心受这种倒楣的束缚，
从低垂的颈上，他摔下可耻的牢笼，
让嘴巴和胸背，一齐获得了松动。

"谁见了情人赤裸着躺在床上，
显露出比洁白的被褥更白的美色，
他贪馋的目光饱餐得这么欢畅，
别的感官却不想把这种享受获得？

谁这么懦弱，鼓不起一些勇气，
去亲近火焰，正当烤火的天气？

"我来替骏马讨情吧，温文的孩子；
我真心诚意地请求你：要学他的样，
享受送上来的机会吧，聪明的孩子； 405
就算我不响，他给你做出了榜样。
　啊，来学习爱吧，那课程并不难呀，
　　一旦入了门，就再不会把它丢下。"

"我不懂，也不想懂：什么叫爱，"他说，
"除非它是头野猪，能给我赶着玩； 410
对于爱，我喜爱的只是把它来奚落——
像这种债，我可不愿欠，不愿还。
　听人说：它有生命，可没有生气；
　　它又是哭又是笑，全都在一口气。

"谁愿穿还没裁成、完工的衣衫？ 415
谁在嫩叶抽出前、先摘去了幼芽？
在发育的生命，给碰伤了那么一点，
青春就枯萎，一生也就此作罢。
　小马的背脊上压下过重的斤两，
　　它就此委顿，永远丧失了强壮。 420

"你把我的手扭伤了；让我们分离；
算了吧，这些无聊话，虚浮的谈论，
别再来向我围攻；对爱情的袭击，
我不屈的心，可决不会打开大门。
　收回你装腔的泪水、起誓和诏笑； 425

　　　　　我拿定了主意，哪容它们来动摇。"

　　　　"怎么！你还会说话？"她问，"有舌簧？
　　　　但愿啊，我不生耳朵，你没长舌头！
　　　　鲛人似的声音，叫委屈添上冤枉——
430　　　给压上了重担，还要我把难堪忍受：
　　　　　你和谐的噪音，粗厉刺耳的绝唱——
　　　　　耳根甜蜜的享受，刺心头的创伤！

　　　　"如果我没眼只有耳，那我的听觉
　　　　也同样热爱那内在不可见的美；
435　　　我若是聋子，你外表将会打动我，
　　　　只要我的心还能够把美领会；
　　　　　虽然无眼又无耳，看不到来听不见，
　　　　　抚摸着你，就叫我油然生起爱恋！

　　　　"就算吧，连这点触觉都给剥夺掉，
440　　　我，不能听、不能看、又失了触感；
　　　　然而我对于你的爱一点也不少，
　　　　即使什么都不剩，光剩下了嗅觉；
　　　　　因为有你吹气若兰的两片朱唇，
　　　　　送来了诱发爱情的醉人的芳芬。

445　　　"对于味觉啊，你是多丰盛的菜肴！
　　　　是它在哺育其余的四种感官，
　　　　它们，巴不得这盛筵永远别撤掉，
　　　　岂没有叫'猜疑'把守住重门的打算？
　　　　　害怕着，那位不速之客的'妒忌'，
450　　　　会偷偷地光临，来破坏这筵席。"

于是他那红玉的双门重又打开,
甜蜜的过道恭候着语步轻履。
正像红晕的早晨预示着天灾——
浪涛在海上,陆地有狂风暴雨,
　　飞鸟的厄运,牧羊者的一阵惊慌—— 455
　　疾风狂飙之对于牧人和牛羊。

好比暴风雨来临,那沉寂的暂时,
她觉察到当前的预兆十分凶险,
有如狼还没嗥叫,先露出了牙齿,
果皮先得绽开,果浆才能沾染; 460
　　但更像枪膛里致命的子弹,他的话
　　还没出口,那用意先就击中了她。

他脸色一沉,她顿时晕倒下去
(善观气色的爱,在气色中死生,
嫣然一笑,把一蹙的创伤治愈, 465
蒙受爱的祝福,破产者重又兴盛);
　　傻孩子只当她没了命,心急慌忙
　　拍她苍白的脸,直到它浮现了红光。

他心慌意乱,失去了原来的主意,
那是想结结实实责备她一场; 470
慧心的爱却狡黠地抢在头里,
有了那及时一跌,一切都有了抵挡。
　　她倒在草地上,好像已给人杀死,
　　但等他的气息把生命输入她身子。

他扭她的鼻子,轻轻拍她脸庞, 475

曲弯她的手指,紧按她的脉息,
擦着她的嘴唇——想尽百计千方,
弥补他火头上,一时造下的罪孽;
　　他还亲了她的嘴;她真会领情,
　　只想老躺着,好让他老是亲吻!

愁苦的黑夜如今转成了白天——
她微微启开了蓝窗:晶莹的眼帘;
像可爱的朝阳展露第一丝金线,
鼓舞着黎明,唤醒了沉眠的大地;
　　像阳光灿烂,照耀出明净的天空;
　　她的眼睛,也照亮了她整个脸容。

那光芒,都落在他光洁的脸上,
仿佛从他那儿,借来这一片光明。
难得啊,融合在一起,这四盏灯光——
可惜啊,他皱眉,眼星罩上了阴云;
　　她那双媚眼,透过晶莹的泪光,
　　好像是晚上、倒映在水中的月光。

"啊,我在哪里呀——人间?天堂?
是沉溺在大海?还是投身于火焰?
这会儿是什么时光:早晨?晚上?
我一心想死,还是把生命留恋?
　　方才我还活着:活着,使死亡妒忌;
　　方才我已死过:死,有极乐的生趣!

"我给你害死了,你就再害死我一遭!
你那双眼睛的教唆者:你那颗狠心,

煽动它们无情地把我讥嘲，
非逼死了我这苦心，它才甘心；
　　不是你还有张恻隐的嘴，我双眼
　　将追随它们的女王，殉葬于冥间！

"为救急救难，嘴与嘴该长久亲吻，　　　　　505
那一身殷红的华服，再不要穿上，
长久相亲，就保持长久的清新，
在多灾的年头，可以把邪疫驱除；
　　仰观星象的方士，既把'死'注下，
　　会说：这劫难已有你气息来解化。　　　　510

"纯洁的唇，按在我唇上的甜印，
再给我按着，我得立什么契约？
即使把我自己出卖，我甘愿答应，
那你将收买、付偿、履行那手续；
　　又恐怕这交易还不曾妥善稳当，　　　　　515
　　在我火漆似的唇上，把'印章'盖上。

"一千个吻把我的一颗心买去，
由着你方便，一个个零星地付给。
千来个接触，在你是轻而易举，
岂非片刻就数到，一下就完结？　　　　　　520
　　就算到期不了，欠债翻上了一番，
　　两千个吻，难道就这么大麻烦？"

他说了："好仙后，承蒙你对我钟情，
想想吧，我年纪还轻，还没开窍，
我还没认清我自己，请慢跟我亲近；　　　　525

渔夫总是把才孵生的鱼苗放掉。
　　梅子熟了自家掉，青梅子在枝上吊，
　　你若采早了，尝一下，酸得不得了。

"看，太阳，万物的安慰，已拖着
疲步，在西方终结了一天的辛劳；
夜的先驱：猫头鹰，尖声在催促；
羊儿归了圈，鸟儿已进了窠巢；
　　那重重乌云，正一朵朵地合拢，
　　只等我们告别了，就掩蔽那天空。

"现在，让我道'晚安'吧，你也照说；
如果你说了，我给你亲一个吻。"
"晚安！"她照说了；而他，来不及说
"再见"，那香甜的报酬已经现成——
　　她一双玉臂，已把他的脖子围起，
　　红颜贴着红颜，恍似结合的整体。

气都透不过了，他用力把身子撑开，
缩回了玉露琼浆似的珊瑚小口；
那甜美，她饥渴的双唇早已尝味，
但恣意饱餐，她还是把饥饿怨尤；
　　他紧压着她的丰满，她晕眩于珍奇，
　　唇儿贴住唇儿，两个人跌翻在地。

急切的"欲望"，抓住了屈服的牺牲——
她的嘴是征服者，他是她的俘虏，
听凭要多少就献奉多少赎金，
但任凭多少，她的欲壑也难填补；

像是贪心的强盗,勒索得那么凶,
要把金银财宝,从他唇上榨个穷!

一旦领略到了战利品的甜头,
她听凭盲目的热情乱搞胡闹,
脸上在淌汗、冒烟,热血在奔流,　　　　　555
轻佻的调情搅成鲁莽的粗暴;
　　把理智赶走,把什么都抛在脑后,
　　再不管赧颜、害羞,把名声全丢。

又热、又乏——给她搂得这么紧,
像一只野鸟,给朝晚训练得驯服了,　　　　560
像飞奔的小鹿,给人紧追得眩晕,
像倔强的婴儿,给摆弄得没声息了;
　　他现在任她摆布,再不加抵拒,
　　而予取予求,她已经没丝毫节制。

凝固的蜡,加了热怎么不消融?　　　　　565
到最后,不一按一捺一个印痕?
绝望了的事,常因冒险而成功,
尤其是爱情,它的放纵过了分寸;
　　不像那白脸的懦夫,一碰就昏厥;
　　对象越固执,它追求得越热烈。　　　　570

他先前皱眉时,倘使她就此罢休,
他唇上这杯蜜汁,她哪儿能尝到;
疾言厉色,可不能把情人赶走;
玫瑰虽然有刺,却依旧给摘掉;
　　"美",纵使给禁锢了二十重锁,　　　　575

　　　　　"爱"硬是要闯,把锁一齐都打落。

　　　　　现在,再也留不住,她发了慈悲
　　　　　(可怜那傻孩子,只是在向她请求),
　　　　　决定跟他分手了,手臂就撤了围,
580　　　但叮嘱他好生把她一颗心儿看守;
　　　　　　她这颗心,凭丘比特的一张弓,
　　　　　　她宣誓:从此囚禁在他的胸中。

　　　　　"亲孩子,今宵的寂寞叫我怎排遣?
　　　　　我凄凉的心,将吩咐我两眼圆睁;
585　　　告诉我,爱的主,我俩明天可再见?
　　　　　说吧,行吗?行吗?这约会可赞成?"
　　　　　　不,他明天的打算是——他这么回答——
　　　　　　跟他的几个朋友,去把野猪追杀。

　　　　　"野猪!"她惊喊道;马上一片惨白
590　　　(像一层薄纱掩盖了娇红的玫瑰)
　　　　　飞上她面颊,浑身都打战,好狼狈,
　　　　　她双臂箍似的往他脖子上一围;
　　　　　　她往后跌了,但依旧紧吊住不放,
　　　　　　她仰跌在地上;他呢,倒在她肚子上。

595　　　现在,她当真踏上了爱的战场,
　　　　　那主将跨上了征鞍,准备交锋
　　　　　——但一切证明只是她一场幻想,
　　　　　他虽然骑在她身上,可不把她摆弄;
　　　　　　比坦塔勒斯还要受罪:她的遭遇——
600　　　　紧抱住一座乐园,没半点乐趣。

无知的鸟儿,受画中葡萄的欺骗,
供养了眼皮,饿坏了自己的肚子;
她眼前的遭遇就那么难堪可怜:
像焦急的小鸟,空对着眼前的果子。
　　她发觉在他的内心缺乏热情, 605
　　想用一连串接吻来把他勾引。

可是不行,什么都没用,好仙后,
她千方百计,尽了她最大的能耐,
她的恳求,理该得更大的报酬;
她枉是爱神——枉爱着,却得不到爱! 610
　　他嚷道:"啐!你把我搂坏了,让我走!
　　只管拉住我不放,你没有这理由!"

"好孩子呀,"她说,"你这时早该跑开,
要不是你跟我说,明天去追野猪。
别大意哪!是怎么回事你还不明白—— 615
用标枪的尖锋去刺那乖戾的野猪;
　　他从不上鞘的长牙一直在磨,
　　好像凶残的屠夫一心要杀戮!

"在他的弓背上,密密层层地插上
可怕的剑戟:永远是他死敌的威胁; 620
恼怒时眼睛像流萤,发射出亮光;
他一路走,一路用鼻子挖墓穴;
　　一旦激起了火性,他横冲直撞,
　　冲撞到谁,谁就给他弯牙杀伤!

"那坚厚的两胁,**矗**竖的鬃毛做武装, 625

对付你刺去的枪，是最好的保障；
他粗短的脖子，决不受轻易的损伤，
给激怒了，哪怕雄狮也敢于冲撞；
　勾搭在一起的荆棘，好像在惊慌：
　他冲过来时，赶紧分出小路一行。

"你那张脸儿呀，他哪儿知道崇敬——
而爱神却凝眸注目，向你参礼；
也不爱你齿白唇红，眼珠晶莹——
这样地完美，举世都感到惊奇；
　要是猝不防给他拦住了——好可怖！
　他就要拱你的美，像拱起牧场的土。

"啊，让他去守住他可憎的石窟！
美，跟那丑恶的畜生可没瓜葛。
千万别叫自个儿跟他去冲突；
有作为的人，都接受朋友的劝说。
　不是装样儿，你说到野猪的时候，
　真替你担忧，我四肢都在发抖。

"没留神我的脸？一下子变得煞白；
你没见恐惧的神色在我眼里闪光？
我不是晕过去？顿时倒了下来？
在我那胸房——正让你偎依的胸房——
　我惊悸的心在跳动，不得平稳，
　我胸口把你震荡，就像是地震。

"在爱的统治下，那猜疑，惟恐不乱
——却自命为它是给爱情充前哨，

发出了虚假的警报,谣传叛变,
太平时世,'杀呀,杀呀!'地喊闹;
　　它把温柔的爱情百般地摧残,
　　就像狂风骤雨,要扑灭那火焰。

"这奸刁的探子,制造事端的间谍—— 655
这个咬掉爱情的嫩苗的蚁蚜——
这无事生非、搬弄口舌的妒忌,
带来的消息有时真实、有时假,
　　它轻叩我心头,在我的耳边低语:
　　我爱你,就该为你的生命忧虑! 660

"不仅是这样,在我的眼前还呈现出
一幕可怖景象:一头激怒的野猪,
在他尖利的长牙底下,仰躺着
一具尸身,好像你,遍体是血污;
　　他滚滚的热血,洒上周围的鲜花, 665
　　那伤心的花儿,一朵朵把头垂下。

"才只是想像,我已经一阵战栗,
果真目睹这惨象,我如何是好?
一想到这儿,我的痴心在流血!
恐惧给了我先见之明;我预告 670
　　你的死亡(我一息尚存的怨尤):
　　假使明天,你要找野猪做对头。

"假使你一定要逐猎,请听我的话,
去冲散那些飞奔的、胆小的野兔,
或是去追捕狐狸——它一身是狡猾, 675

或是那鹿儿，见了人影儿就惊怵；
　　骑上你健壮的马，随带着猎狗，
　　上山下坡，去追捕那惊慌的小兽。

"当你紧追那半瞎眼儿的兔子，
你看：这小东西为了要把命逃，
跑得比风还快；又怎样用尽心思，
左一圈，右一弯，只是千转百绕；
　　又在那密密的篱树里东钻西攻，
　　叫敌人惶惑，恍似进入了迷宫。

"有时候，它有意逃进一群绵羊，
叫灵敏的猎狗顿时搞混了气味；
有时候，又钻进兔儿的洞窟躲藏，
使汹汹吠叫的狗群停止了猛追；
　　有时呢，又混杂于一群鹿儿中间，
　　真是急中生智，危难中来了应变。

"它的气味这时又跟人家混淆，
那紧追、尽力嗅的猎狗就产生疑惑；
它们停下了一股劲儿叫喊，直到
费尽心力分辨出那细微的线索，
　　这才又放声吠叫；于是回音四响，
　　好像在那天上，也正为打猎奔忙。

"可怜那兔儿，正在远远的山头，
跬立起后腿，正竖起了耳尖，
倾听后面的敌人可紧追不休；
不一会，果然听到那吠声动地惊天——

唉，这一刹那，真是满腹忧忡，
像病人膏肓的人，听见了丧钟！

"你看哪：这一身露水的可怜小鬼，
它东奔西投，顺着路，曲曲折折；
荆棘杂树，乱抓它酸疼的小腿， 705
黑影儿把它吓住了；一声响，毛发直立！
　　常言说得好：一人跌倒众人踩，
　　那倒了楣的可怜虫，谁都不理睬！

"你就乖乖地躺着，再听我几句话——
不，别挣扎，我决不让你起身； 710
为了要让你再不找野猪去逐猎，
讲了大道理一篇（我像换了个人），
　　从这引证到那，天北讲到地南——
　　爱情能细细地诉述一切的苦难。

"……我讲到了哪里？""管它讲到哪里， 715
放我走，不就完啦！一个黄昏已过去啦。"
她问："黄昏过去啦：嗳，那又怎样呢？"
"朋友在等我，"他说，"我一定得走啦；
　　现在，天黑了，我路上准会给绊跌。"
　　"黑夜里，"她说，"欲望的眼睛最敏捷！ 720

"要是你真跌了一跤，那么请相信：
大地因为多爱你，故意绊你的脚，
只为了硬是要掠取你嘴唇上一个吻；
珍宝在眼前，君子也变成了歹角：
　　贞洁的狄安娜，脸上蒙一层阴云， 725

但怕破了终身戒规,来偷你一吻。

"为什么夜晚这么黑,理由在这里:
狄安娜恼啦,她羞于透露出光明——
只因为造物的大自然违背着天意,
私下从天上盗来了神圣的模型;
　铸成一个你,让天上的大神难堪:
　白天把太阳奚落,晚上,叫她羞惭。

"为了报复,她买通了命运女神,
来破坏自然大匠的神奇手段;
叫健美的青春,染上衰老的疾病,
完美的至善,厮入不完美的缺陷;
　'造物'创造的人,不能幸免于
　无情的折磨,沉重的苦难和忧虑。

"像那些发烧的寒热,发抖的疟疾,
夺命的瘟疫,神志不清的疯癫,
拔尽元气的重疴,都烧坏了血液
来破坏正常的健康;还有那些
　欲念、忧伤、绝望,它们也随时都想
　置'造物'于死地:造就你这么漂亮!

"这些疾病,即使最轻的,没有一种
不是只消一下子就把'美'断送;
一切属于'美'的芳香、色泽、音容,
方才人们还津津乐道地称颂,
　眼看着就突然分解、崩溃、消失,
　像山峰的积雪,遇上了正午的烈日。

"千万别理会那断绝子息的童贞;
孤僻的贞女、只知道自爱的修女,
无非要世上呈现出枯缩的病症,
像不毛的荒田,再不会养儿育女。
　　放慷慨些吧,黑夜高燃的明灯,　　　　　755
　　熬干自己的油膏,为世间照明。

"你的肉体岂不像好深的一座坟,
张开口把你的一大群子孙吞掉?
待时机成熟,他们本应该降生,
要不是你的愚昧把它们毁掉;　　　　　　　760
　　真这样,人们会对你多么地失望,
　　你,太自负,辜负了多厚的期望!

"你只是自个儿在把自个儿灭亡,
这一幕悲剧更甚于阋墙之争;
又好比绝望的人们亲手自戕,　　　　　　　765
或是狠毒的老子宰杀他的亲生。
　　财宝被埋没,霉烂的腐朽来侵吞;
　　金银派了正用,金银就生出金银。"

阿董尼开口道:"算了吧,你到头来
又搬出那套无聊的话,添油加酱;　　　　　770
我给你的那一吻,只算是白给,
可是没有用:你想跟逆流对抗;
　　凭这个欲望的纵容者:厚脸的黑夜,
　　你的话越拉扯,我越加把你讨厌!

"哪怕'爱'借给你两万条生花妙舌,　　　　775

条条比你自个儿的还要玲珑——
婉转动听，恍似鲛人销魂的歌，
在我的耳边却只是一阵逆风。
　　要知道，我的心耳已严密封闭，
　　花言巧语别想来这儿钻空隙。

"要不然，给那些假情假意的谎话，
闯进了我这一向平静的胸房；
我这颗小小的心儿就此完啦，
再不得片刻安息在它的卧房；
　　不，仙后，我不稀罕长吁短叹；
　　独个儿睡一个好觉，才是我心愿。

"你只管在哄我，哪一句我不能驳倒？
平滑的道路，把人引入了险境；
爱，我不恨，恨的是你这一套：
面不相识，也拉在怀中搂得紧。
　　说为了'繁殖'，嘿，少见的托词！
　　那是理智做鸨母，淫欲在放肆！

"别称它做爱吧，爱情已逃离了人间，
下界淌汗的淫欲，强占它名义——
假借着皮毛的相似，只顾在吞咽、
玷污它那清新鲜艳的美丽；
　　那暴君把美糟蹋了，又把它毁灭，
　　像害虫吞噬着刚开的花瓣和柔叶。

"爱给予安慰，像雨过天晴的丽日；
肉欲的终局：艳阳天卷来了暴风。

爱情的潺潺清泉,源源不止;
肉欲的盛夏没过半,已来了严冬。
　　爱不会饱餍,肉欲从不享天年;
　　爱情是真理,肉欲是谎话一篇。

"话,多着呢;说下去,我难以出口, 805
是老生常谈,说的人却还太年轻。
所以跟你说正经话,我现在就得走;
羞耻蒙上我的脸,忧伤压着我的心;
　　我的耳朵,听了你那荒唐的唠叨,
　　受到不堪的亵渎,灼热地发烧。" 810

这么说了,他挣脱她那温柔的怀抱,
从那双搂着他的玉臂中直冲了出来,
穿过那黑沉沉的原野,向着家飞跑,
把爱后撇在地上,管她有多悲哀;
　　黑夜的天心划过一条光辉的流星—— 815
　　就这样,他滑出了她那流转的眼睛。

她,眼睁睁地望着他,像海滨送别,
岸上人在眺望他那才上船的亲友,
直到滔滔的白浪把帆影隐灭,
天边的愁云又来跟白浪相斗; 820
　　那冷酷无情的黑夜,也跟这一样,
　　从她眼前,掩蔽了她凝视的对象。

她呆住了——像是有人一个不经心,
把一颗珍贵的宝石掉进了旋涡;
她惊慌了——像一个夜行迷途的人, 825

黑森森的林子，给吹熄了手里的灯火；
　　就这么，她失了主宰，在昏暗中仰躺——
　　从她的眼里，给夺去了照路的亮光。

她捶着胸房，吐出了心头的悲怆，
四周的山洞，也恍似受到了感动，
呼应起一片回响，同样地哀伤；
同病遇见了同病：苦痛加上苦痛——
　　"唉，唉，"她悲哀地叹息了二十回，
　　二十回叹息，接连应着二十声唉。

听得这回声，她哼出呜咽的调子，
随口编唱着一段苦凄凄的歌词；
"爱"怎样把青年束缚，叫老人服侍，
又怎样枉自聪明一世、懵懂一时；
　　她沉重的歌声依旧归结于悲伤；
　　四野的回声，跟着她这么和唱。

昏沉沉的歌声消磨去一个黄昏，
情人的时间虽长，总觉得很短；
他们自己高兴了，就以为别人
当着此情此景，也必定有同感；
　　他们冗长的故事，常常从开始
　　讲到闭嘴，没人听，也没个终止。

你想，还有谁伴她把黑夜消磨，
除了那无聊的回声有如寄生虫——
像扯开嗓子的酒保答应着主顾，
对醉客飘忽的心情百依百从？

她说是黑，它们就一齐说是"黑"；
她说不，是白，全都改口说"白"。

看哪！那可爱的云雀，已不耐安躺，
从露湿的幽居，它直飞向高枝，
把清晨唤醒；衬着那银白的曙光，　　　　　855
太阳，像威严的君主，逐渐升起；
　　他这么辉煌地向下界万物俯望，
　　山峰和树顶，亮光光地闪着金黄。

维纳斯上前向他请一个早安，
"啊，你辉煌的、一切光明的主神，　　　　860
朝着你，每盏灯、每颗星齐来参见，
都从你那儿，借来灿烂的光明；
　　可有个凡人，他只吸人母的奶，
　　能借给你光明，像别人向你借贷。"

说着，她赶到一座桃金娘树林，　　　　　865
心中在想，晨光已经不早了，
怎么还不曾听得她情人的音信？
她用心倾听，可有猎犬与猎号；
　　果然，她听得它们高兴的欢呼，
　　像在招呼她，快快朝那儿奔赴。　　　　870

她急忙地奔走，一路上的小树，
有的勾住她脖子，有的亲她脸蛋，
也有绕住她的大腿，请求她留步；
她不顾一切，挣脱这些粗鲁的纠缠，
　　像一头母鹿，乳头已隐隐在胀痛，　　　875

　　　　　赶去喂她乳儿,它正隐藏在林中。

　　　　　忽然,传来了猎狗在绝境呼救,
　　　　　她吓坏了,就像看见了一条毒蛇,
　　　　　挡着路,盘成一堆,昂起了头——
880　　　不由得丧魂落魄,浑身战栗——
　　　　　　那猎狗情怯的吠声,就是这样
　　　　　　震动了她神经,叫她顿时迷惘。

　　　　　她明白,这场逐猎可不比寻常,
　　　　　不是莽熊和野猪,就是那猛狮;
885　　　因为那呼声始终停留在一方,
　　　　　狗子的吠叫又是好害怕,好泄气——
　　　　　　见到当前的大敌,气势嚣张,
　　　　　　彼此在推让,谁先冲上去对抗。

　　　　　这悲惨的叫声响彻她的耳边,
890　　　一声声从耳边向她的心房冲击,
　　　　　它,为灰白的恐惧和疑虑所攻陷,
　　　　　一阵冰冷,把周身的感觉麻痹;
　　　　　　像火线上的兵士,主将一投降,
　　　　　　都各自逃生,再不敢留在战场。

895　　　她这么失神落魄,又胆战心悸;
　　　　　为了唤起麻木的感官重新活动,
　　　　　她告诉它们,那是无稽的猜疑、
　　　　　稚气的幻想,犯不着那么惊恐;
　　　　　　她叫自己别害怕,叫战栗快停住,
900　　　　刚说着,她瞧见了那被逐猎的野猪。

他泡沫满嘴,满嘴涂上了红色,
就像鲜血和鲜乳,搅拌在一起;
再一次,恐惧侵入她四肢百节,
赶着她疯疯癫癫,不知奔向哪里——
　　先是往这边冲,忽又把身子转回, 905
　　要把野猪追,去数他杀人的凶罪。

千百种忧虑,给她铺千百条路,
每条路上,她冲过去,接着又奔回;
她越是焦急,却越发把大事耽误;
像东倒西歪、神志模糊的醉鬼: 910
　　脑里有一连串思索,却全不贯通,
　　手头忙各种事情,可全不起作用。

她瞥见有只猎狗钻进了林子,
奔过去问疲乏的家畜它的主子;
另一只在那儿把自己的创伤舔着—— 915
对中毒的伤口是最见效的医治;
　　还有一只,低眉蹙额地对着她,
　　问问它,只能用几声惨叫来回答。

这只狗停下了叫人心惊的喧嚷,
那只狞黑的狗,又把嘴张大, 920
冲着苍天,像吊客,拖着哭腔;
于是这,于是那,大家一齐应着它;
　　一边流血一边走,抓破了的耳朵
　　在摇摆;那骄傲的尾巴,地下拖。

可怜世上的人,他们多害怕—— 925

当无端看见异兆，或什么征象；
那恐惧的目光，如果敢多看一下，
心头就升起种种可怖的幻象；
　　同样，目前的惨状夺去了她气息，
　　等透出这口气，她指着死神斥责。

她骂道："你这魔王哟，丑恶、削瘦！
你这爱情的破坏者，可恨又可鄙夷；
人世的蛆虫哟！狰狞露牙的骷髅；
凭什么你摧毁美丽：夺了他的生气？
　　他生前，他的呼吸跟他的美丽，
　　给玫瑰以光彩鲜艳，幽兰以香气。

"果真他死了——啊，那是不可能的，
看见他这么美，还下这么惨的毒手；
不——你并不生眼睛，那是可能的，
你只是可恶地把标枪胡乱一投；
　　也许那目标原只是衰弱的高龄，
　　谁想你的投射，劈开了一颗童心。

"假使你先给个警告，他向你回话，
一听到他，你的威力就失了威势。
为这一击，命运之神把你咒骂，
她叫你除野草，你却把好花摘去。
　　该是爱神的金箭瞄准他轻发，
　　而你死神的檀枪却把他射杀！

"你是饮泪泉的：要害人大哭一场？
撕心的哀号对你有什么好处，

为什么要陷它们于永久的睡乡——
那两颗要开启一切凡眼的眼珠?
　　大自然再也不忌惮你生杀大权——
　　她的杰作,已给你一下子摧残!"

再也说不下去,只觉得心碎肠断,　　　　　　　　　　955
她闭上眼皮,像放下两道水闸,
堵住了淙淙泪水——那两股清泉
流入胸前的沟壑,从娇柔的双颊;
　　可是那银泉,却像潮水般涌来,
　　滚滚的激流,再一次把闸门冲开。　　　　　　960

啊,眼珠和泪珠,相互在借光!
眼珠映在泪珠里,泪珠在眼中包含,
两重水晶,面对着各自的悲伤;
好心的叹息,想要把双颊吹干,
　　可风风雨雨的天,阴晴不定,　　　　　　　　965
　　叹息才吹干,泪水却又来冲淋。

千忧百愁,围绕着她不变的苦痛,
好像在较量,谁才算她心头的悲伤;
都一哄而上,一个个逞强称勇,
仿佛每一种痛苦,能坐地称王;　　　　　　　　970
　　却无从分高下,彼此就联合起来,
　　像阴天的乌云,层层地堆积起来。

这时候,她远远听得猎人的呼喊,
婴儿听乳母唱歌,没这般欢欣;
她先前一直摆脱不掉的梦魇,　　　　　　　　　975

有带来希望的声音为她扫清。
　　被唤醒的快乐,叫维纳斯快快欢腾,
　　又把她奉承:那正是阿董尼的呼声。

她的泪水于是从涨潮转成退潮,
含在眼眶,像珍珠,玻璃匣中安放;
可有时还有一两颗明珠往下掉,
面颊就把它融化,仿佛不愿让
　　泪珠淌下,给肮脏的泥地洗脸——
　　泥地喝个饱,她可要被沉淹。

你有多么古怪——难置信的爱情!
这么好猜疑,偏又那么地轻信;
要就苦到极点,要就幸福万分。
绝望和希望,把你变成了笑柄:
　　一个用荒唐无稽,来把你搪塞,
　　一个拿危言耸词,要叫你气塞。

她自己织的网,现在她亲手解开,
阿董尼没死,死神也没什么不是;
方才不是她,把他骂一个痛快,
她如今把荣衔加于他难听的名字——
　　称他为坟墓的皇帝,帝皇的墓坟,
　　握无上的威权,统治尘世的众生。

"别当真吧,好死神,我只是说着玩;
别生我的气,我不由得感到恐怖:
看到奔来了那畜生——懂什么叫慈善,
它鲜血淋淋、杀气腾腾,那野猪;

于是可爱的幽灵呀，我不必抵赖了：
我把你诋毁了——怕我的爱已不在了。

"这可不怪我：是野猪惹狠我柔舌，
找他去出气吧，你冥冥中的统治者；
就是这坏畜生，连累你平白受屈，　　　　1005
我受了利用，他才是背后的主使者；
　哀怨有两条舌头，而女人若没有
　十个女人的智谋，休想把它们看守。"

她这样巴望着阿董尼还在人间，
她那轻率的疑团就逐渐地打消，　　　　1010
相信他的容颜从此会更鲜艳——
有她在低声下气地向死神讨好：
　颂扬他的陵墓、雕像、纪念碑，
　称道他的胜利、武功和光辉。

"天父呀，我真是一个无知的女人，　　　　1015
脑子这么不中用，糊涂又痴愚，
为了他放声痛哭，像普世众生
整个毁灭前，他能独个儿死去！——
　要是他死了，随着他，'美'被杀害了；
　'美'死了，黑暗的浑沌随之而来了。　　　　1020

"啐，你这片痴爱：有什么好疑虑，——
像身怀着宝贝，盗贼在四周包围。
你这颗胆小的心，也只是无凭无据，
为一些虚构的幻想，而这样悲哀！"
　刚说完，她忽然听得了轻快的号角，　　　　1025

　　　　　方才的阴郁，就一变为轻快的跳跃。

　　　　猛鹰般飞去吃食，她疾奔向前，
　　　　不叫草儿躬下身——脚步多轻盈！
　　　　可不幸，正这么赶路，她忽然瞧见
1030　　她的爱，已当了野猪这畜生的牺牲；
　　　　　一见这，她眼前顿时漆黑一片，
　　　　　那失神的目光，像星星害怕白天。

　　　　又像给碰伤了柔嫩的触角，那蜗牛
　　　　痛苦地把身子缩进了甲壳的黑洞，
　　　　蜷伏在一片阴暗里，气都不敢透，
1035　　好久好久还害怕往外边伸动；
　　　　　同样，她一见他那惨状：血肉模糊，
　　　　　眼珠逃进了她头颅的漆黑深处。

　　　　它们一齐交出了目光和职务，
1040　　听凭困惑的主脑怎样去应对；
　　　　它吩咐它们继续和黑夜为伍，
　　　　不许再睁眼观看，叫芳心受罪；
　　　　　那芳心像受惊的女王，昏倒于宫中，
　　　　　才听得些风声，就迸出了一声苦痛。

1045　　于是她的臣子们个个都打颤，
　　　　好像那一股被幽禁在地心的怪风
　　　　挣扎出来时，叫大地都摇动震撼，
　　　　引起了人心惶惶，一片的惊恐；
　　　　　这一片扰骚，四肢百节都慌乱，
1050　　　从漆黑的深处又跳出了她的双眼。

睁开眼,她把不忍心再看的视线
又投向野猪扎在他腰侧的大窟窿——
可怜那伤口,直淌着鲜血,像泪眼,
百合般的肉体被"泪水"染成了殷红。
　周围没有一朵花、一根草、一片叶, 1055
　不沾染他的血,像在流自己的浆液。

可怜的维纳斯,目睹这默哀的同情,
不觉把自己的头垂倒在一侧;
她暗自饮泣,她又固执得痴心,
坚持他可不曾死,他并没夭折; 1060
　她嗓子塞住,骨节失去了活灵;
　哭疯了的眼,到现在还没哭停。

对着他的伤口,她凝目注视;
眩晕的目光把伤口看成双重。
她责备她的眼珠,竟这样误事, 1065
原是好肉的地方,也叫它开洞;
　他像有两张脸,四肢再添上四肢——
　目光不济,那是脑子给搞乱了职司。

她说:"我一根舌尖没法把悲哀诉吐,
却叫我看见死了两个阿董尼! 1070
我的叹息已完啦,泪泉已干涸,
我眼里冒着火,心儿变成了铅——
　那沉沉的铅心煎熬在一片眼火里,
　我的生命就这样消融在欲火里。

"可怜的人世啊,你失去了怎样的瑰宝! 1075

如今还有哪一张脸儿好欣赏?
谁说话像音乐,有什么值得你夸耀——
从迢迢的过去到那未来茫茫?
　　那好花多么香,花色又多么漂亮;
1080　　可真正的香和美,已跟它同存共亡!

"从此再没人戴帽子、蒙脸帕了,
也不会有太阳和风来抢着亲吻你;
你既然无美可失,也不必害怕了。
太阳不睬你,那猛风当面要啐你;
1085　　阿董尼活着的时候,太阳和劲风,
　　像两个贼,半路上抢劫他的美容。

"为此他出外,总要把软帽戴好,
轻浮的太阳,就在帽檐下偷看;
风,干脆把他那顶帽子吹掉,
1090　帽子吹掉了,好玩弄他的发鬈。
　　阿董尼哭了,这又赢得他们的爱怜,
　　彼此争着,看谁先弄干他泪眼。

"要偷看他的脸,狮子也蹑着脚步,
在篱笆后躲藏,惟恐他见了害怕。
1095　他为了给自己消遣,把歌声轻吐,
猛虎也变成驯服,来温文地听他。
　　只要他开口,豺狼软下了心肠,
　　再不在那天,残害无辜的羔羊。

"他跪在清溪边,照一照自己的影儿,
1100　游鱼就把金鳃一齐铺上了水面;

鸟儿多高兴,当树下歇着他身儿,
有的就唱歌,有的衔到他面前
　　鲜红成熟的樱桃和累累的果实,
　　答谢他:让它们饱餐了他的秀色。

"但是这狰狞可恶、长鼻的野猪, 1105
眼睛老是在找坟墓,直看着地面,
从没端视他一身美丽的华服,
也从没浏览那供人欣赏的奇观;
　　要是果真见到他丰采,我敢猜,
　　他是想吻他,结果反把他杀害。

"对了!阿董尼就是这么给杀死:
他提起锐利的长矛,向野猪冲去,
那头猪,却不再向他磨牙切齿,
只是撅起嘴,想把献诚的吻送去;
　　那多情的猪,鼻子擦着他胴体, 1115
　　不料那长牙,刺入了他的鼠蹊。

"假使我的牙,也生得像那头野猪,
我承认我还没吻他,先就把他杀戮;
他如今死了,我的命多么地悲苦:
青春的我没受到他青春的祝福!" 1120
　　想到了这里,她昏倒在站身的地点,
　　凝结的紫血,沾上她惨白的容颜。

她端详他的朱唇,那已经苍白;
她握着他的柔指,那已经僵冷;
她凑着他耳朵,作着伤心的独白, 1125

仿佛那凄苦的倾诉他正在谛听；
　她启开他晶莹的眼帘，已凝住了眼波；
　里面有光辉的明灯，却已经熄了火。

那原是两面明镜，在那里她千百回
照见自己的小影，可现在去哪儿找
本来的光彩——只剩下一片昏黑！
每一种美，都丧失了它的功效。
　她说："稀世的奇迹，我为此而气恼：
　你死了，白天还依旧光明普照！

"既然你死了，听我在这里预示：
痛苦将从此跟爱情形影相随；
深情蜜意逃不出嫉妒的监视；
甜蜜的种子到头是苦果的滋味；
　非高即低，永远双双不相当，
　爱的欢乐抵不上招来的哀伤！

"爱情将是水性杨花，反复无常，
花开花谢，只眼前一刹那时光；
它外面涂着糖，内心把毒浆包藏，
用香甜的饵，瞒过了最尖的目光；
　把最刚强的身子，变成最纤柔，
　使伶俐的人哑默，叫笨汉开口。

"爱情将又是孟浪，又是拘谨，
叫龙钟的步履追随舞曲的节奏；
叫招摇的无赖学会羞怯的文静；
把财主推倒，却偏叫穷人富有；

叫姥姥变年少,少年倒反像姥姥,
既神魂颠倒了,可又是天真痴娇。

"毋庸担心的场合,它偏要猜疑,
该有所警惕,却偏偏胆子太大;
它慈悲为怀,而又是极端严厉,
看来像真诚,内心却怀着欺诈;
　它刻薄乖戾,而假装温柔驯良,
　使勇士畏缩,反给了懦夫胆量。

"爱情将造成战争和悲惨的灾祸,
父子亲骨肉就为了爱情而反目;
它的天性,有如干柴之就烈火,
听凭无情的烦恼来任意摆布。
　既然我的爱,年纪轻轻遭了害,
　从此爱得越深,越享不到恩爱!"

说到这里,躺在她身边的美少年,
像一阵烟雾,在她眼前忽然消隐——
从那一摊血泊中,他遭难的地点,
长起朵红花,点缀着白格子花纹;
　那朵花儿啊,就像他苍白的脸蛋,
　上面散布着一大滴一大滴血斑。

她低下了头,去嗅那新花的香气,
把花香跟阿董尼的气息相比较;
她要珍藏这花朵在自己的怀里——
给死神把他夺走,从她的怀抱。
　她折断了花茎,有滴滴绿色的汁水

　　　　　从孔眼滴出来，她看作淌下的眼泪。

　　　　　她说："可怜的花！你父亲就这样
　　　　　（可爱的子嗣来自更可爱的先人），
　　　　　为一点愁闷，就沾湿了他的眼眶。
1180　　　自生自灭，是他生前的愿心，
　　　　　　那也该是你的；可那也同样相宜：
　　　　　　枯萎在我胸房，或是凋谢在他血里。"

　　　　　"这儿是你父亲的床：我这胸房，
　　　　　你是他亲血肉，该属于你的权利——
1185　　　来我这里：空谷似的摇篮里安躺；
　　　　　我跳动的心，将日夜摇荡着你，
　　　　　　从此没一时一刻，没一分一刹那，
　　　　　　我不是在吻着我情人变成的香花。"

　　　　　此时她已厌倦人世，就匆匆离去，
1190　　　驾起银鸽；借它们敏捷的帮助，
　　　　　乘上了轻车；穿过空旷的天宇，
　　　　　迎着疾风，那轻车一路飞向珮府——
　　　　　　碧海环绕的仙岛，在那儿，那仙后
　　　　　　不再把本相显露：将从此隐休。

评　注

2　淌泪的清晓

　　长诗一开始就显示出古典诗歌的浓重的修饰风格。本行的"淌泪"、"诀别"并无深意（不是在为长诗作悲剧性的预告），当时诗风如此，崇尚华丽纤巧的辞藻，想入非非的人情化的比喻。莎士比亚的早期作品，深受这种诗风的影响。

25　淌汗的手

　　手心潮润，当时认为青春和生命力旺盛的象征。例如第143行，维纳斯夸耀自己的青春美时所说的"滑腻腻的纤手"。

98　凶恶的战神

　　爱神维纳斯跟战神（Mars）相好事，请参阅附录（第100页）。下文第101行"向我乞求"，指亲吻而言。

140　眼珠儿碧青

　　"碧青"原文为"gray"，现代英语中作灰色解。据学者梅隆（Malone）的训诂，现代英语所说的"碧"眼儿，就是伊丽莎白时代所说的"gray"，当时认为这种颜色的眸子最美；第482行"她微微启开了蓝窗"可以作为他这论断的根据。

149~150　爱情是一把火

　　按照古代希腊哲学家的说法，自然万物都由风、火、水、土四大元素所组成。莎士比亚把这传统的观念作了诗意的发挥：这四大元素该是像它所构成的物质那样，可以被区分为优劣尊卑。"水"和"土"被认为"重浊"、"下沉"的元素；火焰构成了"爱情"，爱情是人类的一种高尚的感情，所以维纳斯赞美爱情是"一把火"，"不是重浊、下沉，而是盈盈上升。"

161　纳西瑟斯

　　（希腊神话）"回声"（Echo）仙女爱上了美少年纳西瑟斯（Narcissus），她和她的姐妹们——山林川泽间的仙子——都爱上了他，他却把她们一概摒绝在他的情意之外。"回声"因而憔悴死去，骨肉化为岩石，但剩下清音还在山谷里呼唤。有一个失恋的仙子向"报复"女神祷告，但愿那少年也体味到没有回报的痴情是何等地痛苦；这祈求得到了允准。纳西瑟斯爱上了倒映在清溪中的自己的影儿，成天向它痴望，却无从接触它、亲吻它，不久也憔悴死去，清骨化为一丛紫心白瓣的水仙花。

243　爱神

　　指维纳斯的儿子小爱神丘比特，所以下文用"他"做代词。

335　"心儿"的代理人

　　"心"在这里是拟人化的用法，"'心儿'的代理人"指舌尖。莎士比亚常借用法律上的名词来渲染诗篇的修辞色彩，如第 514 行："那你将收买、付偿、履行那手续"等。

359 这一出哑剧

当时的悲剧常在正戏前安插哑剧,把戏剧的大概情节预先用手势表现出来。例如《哈姆莱特》第三幕第二景,伶人开演正戏之前,先演哑剧。

360 齐唱似的泪雨

古代希腊戏剧,正戏之前和一幕终结之后,往往由第三者身份的合唱队出来歌咏一番,或则先把剧情叙述一个大概,作为引子;或则对剧中人物的遭遇兴起感叹,点明剧旨。这里把维纳斯和阿董尼二人间的一场"目战"比作一出哑剧:维纳斯眼巴巴地看着他,期望他多少有一点温柔的表示,但是他却"像是什么也没看见",这冷漠的态度刺伤了她的心,她哭了;哭过之后,还是朝他痴看;这样,看一会儿,哭一会儿,簌簌的眼泪在每一间歇中掉落下来,就像"齐唱"似的,不但把幕与幕间的段落交代分明,同时也把这一出哑剧的悲苦的情节给表明了。

367 她思想的机件

这里和第 335 行"'心儿'的代理人"一样,都指舌尖。参阅《泰特斯·安德洛尼克斯》第三幕第一景:

啊,那么悦耳的她思想的机件,多流利地把她的意念滚了出来。

372 肌肤的恩泽

原文为"body's bane","bane"原义作 harm, ruin 解,意即对身子的摧残,据贝文顿全集本注释,有满足对方性要求之意,那就是所谓欲火伤身(或引火烧身)了。译诗为求意义显豁,姑译为"肌肤的恩泽"。

429　鲛人似的声音

（希腊神话）爱琴海的岩岛上有海妖名"赛人"（Siren），姊妹三个，善以婉转的歌声迷惑海上的水手，闻者如痴似醉，只顾向她们驶去，航船终于触礁毁灭。希腊英雄尤利西斯在航海的归途中行近她们时，预先用蜡封了水手们的耳朵，把自己紧绑在桅杆上，才逃过了危险。

451, 452　红玉的双门……

这两行诗"他那红玉的双门重又打开，甜蜜的过道恭候着语步轻履"，要说的其实就一句话："他开口说话了。"全诗可说以这两行雕琢气息最为浓重了。

505～510　为了救急……来解化

这一节比较晦涩，由于接连使用三个隐喻，文义跟着有三重转折。试作解释如下：维纳斯自称是给阿董尼的一吻救活了，为了把她彻底治好，要求继续吻着；当嘴唇紧按着嘴唇时，那殷红的血色消退了，别让它们重又披上殷红的"制服"吧；只要长久吻着，那华服（由于不穿用）就永保鲜明——新鲜得像那气味强烈的药草，在屋子里熏炙可以预防凶年的瘟疫。如果她方才突然昏倒，好比遭了瘟疫的侵袭，那么专向天上观察星象、预窥人间吉凶的方士将会看出：她的凶象如今已由阿董尼的嘴唇解除了。

581　凭丘比特的一张弓

（希腊罗马神话）小爱神丘比特手持弓箭，是爱情袭击心房的象征。起誓而"凭丘比特的一张弓"，意即凭它的灵验作证，以示郑重。

599　比坦塔勒斯还要受罪

（希腊神话）天帝宙斯的儿子坦塔勒斯（Tantalus），因泄露父王的秘密，被罚入地狱，身子浸入深水，头上有果树；他口渴欲饮，水即退去；饥饿欲食，果子又被风刮去——他的遭遇常被作为一种痛苦的象征：欲望不断地受到挑逗，却永远得不到满足。

601　画中葡萄

相传希腊大画家宙克西斯（Zeuxis）为了向群众显示他高超的画艺，画了一满篮葡萄，惟妙惟肖，展列时，连鸟儿都当作是真的葡萄，飞来啄食了。

693　停下了一股劲儿叫喊

这是优良的猎狗的一种特征。当时的一本谈狩猎的书（"Master of Game"）中写道："当猎物的气味发生混杂变化时，猎狗便停止叫喊和追赶，但怕有错失；等它们把气味分辨出来之后，于是重又吠叫着追上去了。"

725　贞洁的狄安娜

狄安娜（Diana）是希腊罗马神话里的狩猎女神、月神。据说她的母亲莱多（Leto）分娩她和阿波罗一对孪生兄妹时，难产，备受痛苦；狄安娜长大后因此守贞不婚，所以她又是少女的保护神。原诗第 728 行的 "Cynthia" 是狄安娜的别名。

815，816　黑夜的天心划过一条光辉的流星……

柯尔律治在《文学生涯》第十五章中赞美这两行诗道："有多少意象、多少情绪，凝聚在这两行诗里，却一点不觉得拥挤——那阿董尼的俊美——他飞也似的奔跑——那痴恋者的怅然凝望——而这当儿，一张幽冥的网（一个想像的角色）撒落下来笼罩了一切。"

921　像吊客

"吊客"，因猎狗的狞黑的毛色而言；西欧风俗，参加丧礼时穿黑色礼服。

947, 948　爱神的金箭……死神的檀枪

这两行诗可能出自当时流传很广的一段故事。班菲尔德的叙事诗集《多情的牧羊人》（Barnfield: The Affectionate Shepherd, 1594）中有一段插曲：爱神和死神相遇在酒神巴克斯（Bacchus）所设的酒店中，二人喝得酩酊大醉，从他们装得满满的箭袋中各漏出了一枝箭。死神箭黑色，爱神的箭金黄色。分手的时候，死神的黑箭误装进了爱神的箭袋；爱神的金箭却落到了死神的箭袋里。后来死神抽出金箭去射击一个老人（诗中的"野草"）；而爱神却反用那致命的黑箭射向一个少年（诗中的"好花"）。"檀枪"，原文为"ebon dart"，意即"黑箭"。

1107　美丽的华服

原文是"beauteous livery"，比喻阿董尼的美丽的容颜。参阅第506行"crimson liveries"（殷红的华服），比作朱唇。

1192　一路飞向珮府

珮府（Paphos），古代城市，在爱琴海塞浦路斯岛上，相传这儿是爱神维纳斯的仙乡，立有供奉她的神殿。在古希腊诗篇里，有时就拿"珮府人"（Paphian）作为她的别称。

考 证

版 本

1593年4月18日，莎士比亚的长诗《维纳斯与阿董尼》由书坊业主费尔德（Richard Field）向"书业公所"[①]申请登记，随即出版，是为"四开本"，排印很少错漏。在书名页上作者并未署名，[②]而另在献词下面写上自己的全名。年轻的诗人把这首长诗呈献给骚桑普顿伯爵。

我们知道，在封建社会中，广大的读者市场还没形成，作家的权益又得不到应有的保护（当时还没有版权法等），一个平民诗人如果想做"专业作家"，很难期望完全依靠自己的精神劳动来维持个人的生活，而同时又保持自己的独立的人格；他的经济来源常常仰赖于少数以风雅自命的贵族的赏赐。为博取这种赏赐，作家常把他的作品呈献给某一个贵族，以讨得他的"恩主"的欢心。文艺复兴时期的莎士比亚，和过去的作家在经济地位上不完全一样了。至少他拥有他的观众，他的戏剧创作受到社会各阶层的欢迎。这就是说，伦敦的新建立的戏院为他的精神产品（戏剧）提供了一个可靠的市场，保障了他的物质生活。

但莎士比亚作为一个刚踏上文坛的年轻诗人，羽毛还未丰满；而当时那些新兴的剧团，为了在社会上取得合法存在的地位，还得各找一个有势力的贵族撑腰，认他做靠山；所以并不奇怪，莎士比亚在长诗的卷首，按照传统的习惯和格调，恭恭敬敬地写了一篇献词，把他的第一本诗集呈献给了他的"恩主"。

<blockquote>

敬献于亨利·莱阿斯里大人：
骚桑普顿伯爵（蒂契菲尔德男爵）之尊前

大人：

我把这粗劣的诗篇呈献给大人，不知将怎样有污尊听；我选定如此雄伟的大柱来支持这么微不足道的作品，也不知要受世人怎样的指责；不过只要能博得大人一粲，在我就是无上荣幸，并且誓愿今后尽量利用闲余的时间，务必呈献较有分量的作业为大人增光。如果我这文思的头胎儿竟是残废畸形的，那么，我只好为它对尊贵的"教父"抱愧，只好从此不再耕耘这片瘠薄的田地：惟恐仍会产生出这么没出息的果实来。兹谨以拙作呈请大人审阅，并祝大人心愿常足，万事如意，不负举世之仰望。

大人的仆役
威廉·莎士比亚
</blockquote>

骚桑普顿伯爵（Henry Wriothesley, third Earl of Southampton, 1573~1624）是当时一个爱好文艺的贵族青年，有诗人的保护者之称；莎士比亚把长诗献给他时，他才只二十岁。二人的交谊似乎不错，诗人在第二年又把"较有分量"的《鲁克丽丝失贞记》献给他时，语气中流露出一种亲切感："是您明确的美意，而并非这浅陋的诗行本身的价值，使我有把握您会把它收下来……"有些学者认为，二人中间存在着超乎一般友谊的感情，《十四行

---

① 书业公所（Stationer's Hall and Company）初设于十六世纪中叶，为出版商保护版权的组织；但书籍须先经教会所委任的牧师审查合格后，才能送交公所登记出版。
② 第二年，莎士比亚的另一长诗《鲁克丽丝失贞记》出版，书名页上同样没有署名。1598年以后，也许由于诗人名声日增，出版商就经常把他的姓名刊署在他的戏剧"四开本"的书名页上。

诗集》中开头一部分诗篇就是写给这位伯爵的。

诗集出版后，十年间一版再版，受到极大欢迎。

写 作 年 份

我们不能确知这首叙事长诗的写作年份。过去，学者们认为这是少年之作；他们看到这篇长诗以大自然的景色做故事背景，渗透着清新的田野气息，愿意想像：当我们的诗人从埃汶河畔的故乡，一路赶奔伦敦来，他的口袋里已经塞进这一卷诗稿了——至少，这篇长诗不会在他离开大自然的怀抱太久之后才动笔的，他对于田野风光记忆犹新。再说，莎士比亚在诗篇前面的献词中把它称作"我这文思的头胎儿"；而诗集的出版商费尔德又是诗人的同乡。

这些立论和推断很难叫人满意。所谓"文思的头胎儿"这一比喻性的说法实际上是指诗人初次发表诗作而言，并非指他的最早的创作成果。

推断这一诗集的写作年份，译者认为最值得注意的是，这是一首假托神话的艳情诗，那些艳词丽句和题材本身，显示出一种迎合贵族阶级口味的倾向。例如喜剧《驯悍记》序幕第二景，就有这样一段奉承贵族（其实是假贵族）的话：

> 你喜欢看画吗？我们这就给你
> 送上一幅画，画着阿董尼在溪流边，
> 爱神维纳斯躲在芦苇丛偷看他，
> 那芦苇，随着她送出的温暖的气息，
> 在微微摆动，像吹过了一阵微风。

莎士比亚在选题、构思、动笔写他的长诗时，不仅仅为了显示一下自己的才华，分明也有意取悦某一位贵族。作者似乎在说："您大人欢喜念诗吗？让我给您来一段您会感兴趣的东西吧。"一个生活在内地城镇、没见过世面的小伙子，不大可能写出这一显然迎合时尚的诗篇。

现代欧美学者大都排斥了这篇长诗是少年之作的可能性。史密斯（Hallett Smith）认为："最有可能的写作时期是在1592年的下半年，那时剧院由于灾疫而停演了。"① 布朗（O. Brown）在"都铎版莎士比亚"上这样说道：

《维纳斯与阿董尼》的最有可能的写作年月当为1592~1593年之间。那时候，"玫瑰剧院"（The Rose）给当局封闭了，当时莎士比亚可能就属于这一剧院，因之他的业务工作跟着停下来了，这给了他一个难得的机会写成这一诗集。诗集中提到的"凶年"、"瘟疫"（508~510），似乎本身就提供了写作年份的内证——这极可能是因1592~1593年间的瘟疫而言的。②

取 材 来 源

《维纳斯与阿董尼》的神话故事无疑来自古罗马诗人奥维德（前43~18），在他的叙事体诗集《变形记》（Metamorphoses）卷十第614~646，827~863这七十行中，记载着维纳斯和阿董尼的故事。通过戈尔亭（Golding）的一版再版的英译本（1567年初版），阿董尼的故事对于一般英国读者并不陌生；但也有可能莎士比亚直接阅读阿董尼故事的原文，《变形记》是当时英国小学通用的拉丁文读本。在悲剧《泰特斯·安德洛尼克斯》中有这样

---

① 见河滨版《莎士比亚全集》第1703页。
② "玫瑰剧院"的被封，自1592年6月12日到12月29日；次年2月又遭封闭。当时伦敦发生瘟疫，各剧院都奉令停演。

一行台词（第四幕第一景）：

> 爷爷，是奥维德的《变形记》，是母亲给我的。

莎士比亚在诗篇中改变了神话故事原来的面貌。维纳斯被描述为一个秀色当前，受情欲驱使，不能自持的热情妇女，而阿董尼却还是一个不解风情的少年，她越是为他颠倒、越是向他求情，他越是冷淡厌恶、越是抗拒挣扎——在渲染这一喜剧性的穿插时，莎士比亚更多地参阅了《变形记》卷四第 316 行以下的另一个故事《莎尔玛西与赫玛弗罗蒂特》（Salmacis and Hermaphroditus），以及卷三第 356 行以下的《水仙和回声的故事》。例如莎士比亚的长诗第 361～363 行：

> 万分温柔的她拉着他手腕，
> 一朵百合在雪砌的牢房关押，
> 又好比象牙在一圈玉环里镶嵌——

可以跟《莎尔玛西》中的一段对比：

> ［当他］在清波中游泳时，他那又白又可爱的身子就隐隐约约地闪现着，就像一件象牙的雕刻或是一朵洁白的莲花，笼罩着晶莹明净的玻璃。

此外，像《莎尔玛西》中的这一段："不管他怎样挣扎着、摆动着，她还是挟住了他，吻了他一百遍再来一百遍。"莎士比亚的长诗有同样的描述（第 59、60 行）。

此外，洛奇（Thomas Lodge）的长诗《西拉变形记》（Scilla's Metamorphosis, 1589）叙述的也是类似的爱情纠葛：不能自持的少女热烈追求，而遭到了冷漠的拒绝（同样取材于奥维德的《变形记》),其中还插入两节诗,谈到了维纳斯和阿董尼的故事。在体裁上,又恰好跟《维纳斯与阿董尼》相同,由六行诗节组成。学者们认为,莎士比亚在构思他的长诗时,从洛奇的长诗中得到了感兴。

叙事诗中关于狰狞可怖的野猪的一段描写(619~621 行),可能也有所参照;《变形记》卷八第 376 行以下,形容了"眼里射出血红的火光"、"脖子上布满着可怖硬刺"的一头野猪。

至于阿董尼身边的骏马,很像一个活跃的配角,它所穿插的那一番即兴表演,以及那穿插在绵绵的情话中间的生动的逐猎场景,学者们无可考证,该是莎士比亚无所依傍的匠心独创。

附　录

关于阿董尼、维纳斯的神话

阿董尼最初是地中海东岸腓尼基的自然之神，"阿董"（Adon）在腓尼基语里是贵族的尊称。公元前五世纪，阿董尼成为希腊神话中的人物，他是美丽的弥拉（Myrrha）所生。奥维德把阿董尼的身世，也就是把他生母的悲惨的故事记载在《变形记》卷十中。

年轻美丽的弥拉是塞浦路斯国王西尼拉斯（Cinyras）的女儿，许多王子、美少年来求婚，都遭到了她的拒绝。她怀着强烈的欲念爱上了自己的生父，因此犯了不容于人间的罪恶，流亡在荒漠僻野里。她拖着一个越来越沉重的身子，心里充满了死的恐惧和生的绝望；最后，她吐出了这样哀切的祷告："神啊，我不敢逃避我应得的惩罚；但只怕，我活着的时候触怒了人，我死之后，又要触犯冥灵。请让我超脱了生界和死域吧；请把我变一下，使我既不生、又不死吧！"天神成全了她的愿望，她还没做完祷告，泥土就涌起来掩没了她的双腿，树根由她的足趾中向左右伸张，她的身子变成了树干，她的骨骼关节僵硬了，她的血液变成了树汁，她的双臂伸张成了树枝，十指成为枝杈，白皙的肌肤皱成苍褐色的没药树的树皮，她生前的盈盈热泪变成了点点树脂，凝成没药（Myrrh）。只有她那累赘的身孕还密包在树干里，继续成长，待足月后，树干裂开，生下了阿董尼。

阿董尼生下后，阿芙洛蒂特（Aphrodite，即维纳斯）见这孩子生得俊俏可爱，特地把他放在一个箱子里，不让众神知道，交托给冥府的王后佩赛福（Persephone）抚养，谁知冥后得了那孩子再不愿把他交出来了。爱的女神和冥府的女神为此闹到天父宙斯（Zeus）跟前。宙斯作了这样的裁决：他把一年平分作三份，阿董尼在一年中，四个月得跟冥后在一起，四个月跟爱神在一起，还有四个月属于阿董尼本人，他爱待在哪儿就在哪儿。

另一种说法，为公元前二世纪的西西里岛诗人皮昂（Bion）以及奥维德所接受：阿董尼出世之后，由森林里的仙子们抚养成人，出落得十分俊秀。这美少年得到阿芙洛蒂特的钟情，但是不幸在一次逐猎中给野猪的利牙刺死了。死后，从他的血泊里长出一朵"风花"来。

又有一种传说：阿董尼遭难之后，在冥府里得到佩赛福的欢心，就像他生前得到阿芙洛蒂特的爱宠一样。阿芙洛蒂特丧失了心爱的人，异常悲痛，佩赛福发了慈悲，作了情让，一年中阿董尼半年跟爱神住在一起，半年仍跟冥后住在一起。

流传下来的种种传说不止这一些，不过尽管彼此细节有所出入，有两点却总是一致的，就是阿董尼的遭难，以及更重要的，他的交替逗留在冥间和回到阳世来。

早在公元前五世纪，希腊各地已开始一年一度庆祝叫做"阿董尼亚"（Adonia）的节日了。这是妇女们的节日。像阿董尼的神话一样，这一个节日也是从东方传来的。① 在古代叙利亚，每年夏雨季节，从黎巴嫩的山脉冲下的泥土使河水变红时，当地的妇女就认为阿董尼在山谷里给野猪杀害了，他的血液染红了河

---

① 这一崇拜阿董尼的节日从小亚细亚传到希腊后，又从希腊传到托勒密王朝时代的埃及和古罗马帝国。古希腊诗人肖克里托斯在他的《田园诗》第十五篇中提到了古埃及亚历山大城庆祝这一热闹的节日。在许多地区，这是一个夏季的节日。

水。她们赶到山中去搜寻他的"骸体",放声悲悼,为他举行"葬礼";过后又庆祝他的"复活",于是她们毫无拘束地狂欢起来。弥尔顿在他的巨著《失乐园》第一卷第446行以下,提到了古代崇拜阿董尼的这一风俗:

> 当畅流的阿董尼河变成殷赤
> (相传是塔木兹的血液所染红),①
> 从发源的山地流入了海洋;他年年
> 在黎巴嫩的遭难,赢得了叙利亚少女的怜悯,
> 在夏天里尽把香艳的哀歌吟唱。

这些原始的哀号和欢声,我们有理由相信,逐渐发展为有韵律的挽歌和赞歌,成为崇拜阿董尼活动中的主要节目。古希腊诗人肖克里托斯(Theocritus,约前325~前267)和皮昂所写的那些阿董尼的挽歌,都是准备在这个节日吟唱的。这样,古代欧洲文学史上有了一系列关于阿董尼的诗歌。

在古希腊的"阿董尼亚"节日中,妇女们做一个小小雕像,代表阿董尼,仪式举行完毕后,把它扔入河中;她们还弄来一个小花盆,栽培着迅速成长或是易开易谢的草花,叫做"阿董尼花园"(Adonis Gardens),最后也跟雕像一起扔入水中。这一节日给古代希腊劳动妇女带来了欢乐和兴奋,也表达了劳动人民要从大自然获取更多的生活资料的愿望——祈求农作物迅速成长、丰收,祈求雨水调匀,生命得到充分的滋养。

古代希腊妇女年年纪念阿董尼的活动,从人类文化发展史的角度看,具有更深远的意义,可说是原始农业社会的部落对于谷物崇拜的一种遗迹。阿董尼并不只是传说中的美少年,后世艳情诗中的爱人儿;他该是古代劳动人民的淳朴的想像,从田野里的

---

① 塔木兹(Tammuz)是阿董尼在叙利亚的异名。

农作物得到了启发,而创造出来的一种精灵。阿董尼的交替逗留在冥间和转回阳世的双重身份,他的生死轮回,正好象征了植物的坚韧的生命力。一粒谷子埋入泥土,经历了黑沉沉的一段时期,破土而出,抽芽发叶,到了秋冬肃杀的季节,再化为无数谷粒而暂时埋入泥土;待来年春回大地,重又欣欣向荣。有些神话学者还指出:古代劳动妇女对于阿董尼的悲悼,并非感伤谷物在冬天里枯萎,而是为了谷子成熟后所遭受的镰刀割、磨子磨的痛苦。

"维纳斯"是一个拉丁名字,是罗马人对于爱神的称呼。原来的希腊名称是阿芙洛蒂特。关于她的神话和崇拜,据学者们的研究,大概是从小亚细亚一带传来的。在东方民族的神话里,她跟海洋密切地联系在一起。航海的腓尼基人首先把这些原始的神话带到爱琴海的早期文化中心:塞西拉(Cythera)、塞浦路斯(Cyprus)和克里特(Crete)等岛屿,再从这些仿佛跳板似的岛国传入希腊本土。最初,她还是一位象征海洋的女神。希腊民族给了她"阿芙洛蒂特"的称呼。"阿芙洛"(Aphros)在希腊语里即"浪花"的意思。公元前八世纪的希腊诗人赫西俄德(Hesiod)在《神谱》里记载着她的诞生:有一个肉团"从陆地上漂落到汹涌的海洋中,长期颠簸在海浪里,在这仙气所钟的肉团四周,不断涌起白色的浪花,里面孕育着一个少女。她先漂流到神圣的塞西拉岛,接着来到浪涛冲击的塞浦路斯岛,于是有一个端庄美丽的女神一跃而起,有一片绿茵在她的纤足下铺展。神和凡人把她称为'阿芙洛蒂特',意即:浪花里升腾起来的女神"。

航海的民族对于海洋怀有一种亲切的感情和崇敬的心情,变幻不定的大海激发起他们种种幻想;他们需要有一位海洋的女神和航海的庇护者。不过阿芙洛蒂特的神话,经过逐渐演变,跟海洋的联系慢慢疏远,而另一种生殖繁育的因素逐渐突现出来了——她成为丰产的女神,使庄稼茂盛,禽兽繁殖;不仅这样,人类在她的点化下，萌发爱情，少男少女向她祈求美好的爱情和美满的婚姻——她成为爱的女神。

古代希腊人民不仅把象征自然的原始的女神，提高到职掌人类伦理的爱之女神；同时也逐步发展她的形体，创造出一个完美的女性形象。据说，在叙利亚的神话里，原始的"阿芙洛蒂特"只是一尾鱼神，而得天独厚的希腊人民，凭他们的天赋，用岛上盛产的大理石，把她作为女性人体美的最高典范，创造出"美的女神"的形象，炫耀着健美的青春。阿芙洛蒂特作为美的女神，不仅受到古代希腊人民的崇拜；她那完美的艺术形象，也受到后世人们的崇仰，代代不绝。

关于威武的战神屈服于爱神的魅力，"甘心做我的俘虏"（长诗第101行），常被欧洲文艺复兴时期的画家作为画题；这段故事原见于荷马（公元前九至八世纪）史诗《奥德赛》卷八：阿芙洛蒂特由天父宙斯主配，嫁给火神赫菲托斯（Hephaestus）为妻。火神是煅冶能手，技艺高超，但生而瘸腿，其貌不扬。后来他从太阳神阿波罗（Apollo）那儿听得风声，才知道他的妻子和战神阿瑞斯（Ares）相好，他的三个孩子都非他亲生。他十分气愤，暗地用青铜打成一张纤细得几乎看不见的软网，撒在他们的合欢床上，阿芙洛蒂特没有发觉，在跟战神忘形作乐时，被一起捆住了。因此遭到众神的取笑。

古希腊人对于阿芙洛蒂特的崇拜，显示出古代原始社会的群婚制的残余。她有很多"风流韵事"，除了战神外，赫尔墨斯（Hermes，众神的使者）、波塞冬（Poseidon，海神）等，以至下界的凡人，都曾经是她的相好。

有一次，西尼拉斯（塞浦路斯国王）的王后夸耀她的女儿弥拉长得甚至比阿芙洛蒂特更美，因而遭到女神的惩罚，她使美丽的弥拉爱上了自己的生父，于是产生了一段最悲惨的故事，这在前文已介绍过了。

这爱和美的女神，对我国读者说来，更熟悉的是她的罗马名字"维纳斯"。维纳斯本是罗马神话中的丰收女神,约在公元前三世纪,和希腊神话中的阿芙洛蒂特合而为一,于是成为夫妇之爱的保护神。

The Rape of Lucrece
鲁克丽丝失贞记

屠 岸 屠 笛译

前　言

　　莎士比亚的长篇叙事诗《鲁克丽丝失贞记》于1594年5月9日在伦敦书业公所登记，旋即印刷出版。在前一年（1593）出版的莎士比亚"文思的头胎儿"《维纳斯与阿董尼》卷首给骚桑普顿伯爵的献词中说："愿今后尽量利用闲余的时间，务必呈献较有分量的作业为大人增光。"《鲁克丽丝》应该就是作者自认为"较有分量的作业"。其写作时间，当在1593年4月至1594年5月之间。

　　这部长诗于1594年第一次出版时被印成四开本，扉页上印的书名是"Lucrece"（《鲁克丽丝》），但在诗的正文前标出的诗题是"The Rape of Lucrece"（《鲁克丽丝失贞记》，直译应为《鲁克丽丝之被强奸》）。——此诗在书业公所登记册上登记的书名是"The Ravyshement of Lucrece"，直译也是《鲁克丽丝之被强奸》，但"被强奸"的原文 Ravyshement 与书中正文前诗题中的 Rape 不是同一个字，不过意思一样。——扉页上的标题是否反映了莎士比亚自己最后的选择，不能断定。这部长诗的印刷者与《维纳斯与阿董尼》一样，是理查德·费尔德（Richard Field）；出版者是约翰·哈立森（John Harrison）。

　　这部长诗也与《维纳斯与阿董尼》一样，由作者呈献给骚桑普顿伯爵亨利·莱阿斯里（Henry Wriothesly, Earl of Southampton）。这个献词，口气十分亲近——比《维纳斯与阿董尼》的献词口气亲近得多。塔柯·布鲁克（Tucker Brooke）说："伊丽莎白女王时代文学作品的献词，没有一个是这样的。"从这口气中可以看出，莎士比亚受到了这位伯爵的恩宠，想来这部长诗也得到了他的嘉许。此诗出版之时，骚桑普顿伯爵年方二十有一，比莎士比亚小九岁。但这个翩翩少年似乎对文学有一定的鉴赏力。这部作品在社会上也受到了欢迎，在莎士比亚生前至少印行了七版，其中有四次是八开本。

在伊丽莎白女王一世时代，写诗是绅士们的高尚行为，而写戏则被认为是不能登大雅之堂的。所以莎士比亚写这两部长诗都十分用心用力；长诗的印制也相当认真，与当时他的剧本的刊印不可同日而语。

莎士比亚自己为这部长诗写了《内容提要》，附在卷首。公元前509年，当罗马大军围攻阿狄亚城时，罗马国王的儿子塔昆从大将柯拉廷的嘴里听到说他的妻子鲁克丽丝无比贞洁，便到罗马去秘密探访她。塔昆一见鲁克丽丝，便起淫心。到夜里，他潜入她的卧室，不顾她的哀求，用暴力强奸了她，然后潜逃。鲁克丽丝派人召回了丈夫和父亲，控诉了塔昆的暴行，举刀自杀。众人抬起她的遗体在罗马游行。塔昆家族被放逐。这是古典文学中流传颇广的故事之一。故事来源于奥维德（Ovid）的《岁时记》和李维（Livy）的《罗马史》第一卷。这个故事还出现在乔叟（Jeoffrey Chaucer）的《好女人的故事》和彭特（William Painter）的《逍遥宫》中。莎士比亚写这部长诗时，想必参考过若干资料，肯定读过奥维德的书。有些情节为李维的书中所特有，常被大段引用来注释奥维德。莎士比亚是直接读过李维的书还是间接借用了李维的资料，难以断定。

1592年，萨缪尔·丹尼尔（Samuel Daniel）的诗作《罗莎蒙的怨诉》出版。美丽的罗莎蒙，成了亨利二世的情妇，被嫉妒的王后毒死。诗里写的是罗莎蒙鬼魂的怨诉。她把她的沉沦归因于自然、青春和美貌，她呼吁同情，呼吁拯救。这是当时在诗人和读者中间流行的被称作"怨诉诗"的文学样式。这种诗中的主人公往往是一个被侮辱的女子，她的鬼魂出现在人间，控诉她悲惨的命运。莎士比亚的这部长诗也属于"怨诉诗"一类。但是他放弃使用鬼魂形象，而采用第三人称叙事的方式。莎士比亚追随丹尼尔，采用"君王诗体"（rhyme royal），即：诗行为抑扬格五音步，诗节由七行组成，韵式为 ababbcc。（这种诗体也称作"特洛伊罗斯诗体"，因为乔叟的《特洛伊罗斯与克瑞西达》即用这种诗体写成。）据说莎士比亚本来要用《维纳斯与阿董尼》的六行一节的诗体来写，而且已试写了几节，后来才改用"君王诗体"来写，因为这种诗体显得更加庄重。全诗有 265 个诗节，总共 1 855 行，比《维纳斯与阿董尼》还多出 661 行。

这部长诗大力歌颂了一个女子的贞烈行为，抨击了狂徒施暴的恶行。斯宾塞的朋友加伯列·哈维（Gabriel Harvey）在笔记中写道："年轻的一辈非常喜欢莎士比亚的诗《维纳斯与阿董尼》，可是他的诗《鲁克丽丝》和悲剧《哈姆莱特》则使更有智慧的人们感到兴趣。"正如《罗密欧与朱丽叶》的悲剧结果是导致维洛那两个家族结束世仇而言归于好，《鲁克丽丝》的悲剧结果是导致罗马君主政体的结束和共和政体的开始。但莎士比亚的主要笔墨是用在人物心理活动的刻画方面。由于采用了第三人称叙事的方式，因而人物的深层内心活动得以充分体现。这种叙事方式还使这部长诗取得了戏剧性效果，这是第一人称叙事方式所难以达到的。莎士比亚写这部长诗时，已写过《驯悍记》、《亨利六世》、《理查三世》等剧本。他似是运用了一枝写戏的笔写了这部长诗。读者会感到，这部长诗仿佛是为了舞台演出而写的，全诗的"剧场感"十分明显。分幕与分场宛然可见。塔昆潜入卧室和寅夜潜逃像是两个过场；塔昆施暴和鲁克丽丝控诉是两幕重头戏。鲁克丽丝自杀的描写，无论场面、台词，还是动作，都显示出集中的舞台处理的痕迹。有的论者如泽斯默（D. Zesmer）认为,"如果考虑到这部诗作的戏剧因素,那么是塔昆,而不是鲁克丽丝,占据着舞台的中心位置。"这也未必。作品的前半部分,重心在塔昆,后半部分,重心在鲁克丽丝,不能说整部作品的中心由塔昆贯穿。梁实秋说,"诗中重心,时而在露克利斯,时而在塔尔昆,未能收人物统一之效,当然也是可议之处。"这也不见得。鲁克丽丝被辱前前后后的情节发展,形成戏剧性纠葛和对抗,把塔昆和鲁克丽丝两个人物统一在一个矛盾体中,贯穿全诗,直达戏剧性高潮:鲁克丽丝自裁。梁实秋的观点,似乎比"三一律"的要求更为严格。

诗中的两个主要人物,性格并不复杂:一个是圣者,善的化身;一个是强徒,恶的代表。这类人物,可以从欧洲古老的道德剧中找到。但莎士比亚决没有把他们写成简单的符号。塔昆在犯罪之前、之后,经历着剧烈的内心斗争,承受着痛苦的精神煎熬。在塔昆的心里,"冷冻的良知和炽烈的欲念对峙"(247行)着,后来在逃离途中他又自觉有罪,痛骂自己(715~735行)。莎士比亚在他的十四行诗第一二九首中写道:

> 生气丧失在带来耻辱的消耗里,
> 是情欲在行动,情欲还没成行动
> 已成过失,阴谋,罪恶,和杀机,
> 变得野蛮,狂暴,残忍,没信用;
> ……
> 疯狂于追求,进而疯狂于占有,
> 占有了,占有着,还要,绝不放松;
> 品尝甜头,尝过了,原来是苦头;
> 事前,图个欢喜;过后,一场梦:
> 这,大家全明白;可没人懂怎样
> 去躲开这座引人入地狱的天堂。

这首诗可以与塔昆这个人物相印证,塔昆似乎就是这首诗的注脚。他成为人类弱点的体现者。因此莎士比亚所鞭挞的不仅是一个成了色狼的罗马王子,而是人性中普遍存在的"恶"的劣根性。

　　莎士比亚着力刻画了鲁克丽丝的贞女形象。但是弱女子抗不过暴力的侵袭,事后她悲愤已极,却镇定地召回丈夫,说明原委,然后以自杀抗议邪恶,激励复仇。有的论者指出,根据中世纪基督教神学理论,鲁克丽丝是并不干净的,她不应该向塔昆屈服。自然这近于苛求。又一种论点则是,她不该犯下自杀的"大罪"。其实,莎士比亚在诗中就让鲁克丽丝自己说:

　　　　"唉!自杀,这事算什么,"她说道,
　　　　"不过是玷污了身体,又玷污灵魂!"
　　　　　　　　　　　　　　(1156~1157行)

然而,所谓自杀会玷污灵魂,是天主教的伦理,古罗马人并没有这种观念。如果认为鲁克丽丝应该不用担心地活下去,认识到她的肉体受辱无损于她灵魂的贞洁,因为她的独立的灵魂并没有受到玷污,那么这倒是符合古罗马人的道德标准的。长诗的结尾处,当鲁克丽丝问在场的各位罗马贵族:

　　　　"我身处危境,受到可怕的逼迫,
　　　　这样造成的失误该怎样定性?"
　　　　　　　　　　　　　　(1702~1703行)

这时,那些贵族们

　　　　听了这番话,他们立即回答道,
　　　　洁净的心灵已涤净肉体的污痕;
　　　　　　　　　　　　　　(1709~1710行)

尤其是当鲁克丽丝自杀后，布鲁图斯责备柯拉廷企图追随他的妻子去自杀，最后向他指出：

"你那可怜的夫人错得没道理，
竟然自杀了，她本该去诛杀仇敌。"

（1826～1827 行）

即可为证。虽然如此，鲁克丽丝的被辱却不符合基督教对一个为人妻者的道德要求。莎士比亚在处理鲁克丽丝的行为时，似乎有点矛盾，但他让布鲁图斯认为自杀是错误的观点在长诗的最后亮出，不能不说是寄予了深意。

这部长诗给人以"剧场感"还由于诗中多次出现"独白"和"对白"现象，塔昆施暴前，鲁克丽丝劝导他、训诫他、感化他，塔昆则一再强词夺理，威胁恫吓。这里针锋相对的对白具有明显的剧场效应。这两个人物也都有他们的独白。塔昆的独白所勾画出的这个恶棍的面目，仿佛是麦克贝斯的雏形。鲁克丽丝的怨诉独白则使人联想到《约翰王》里的康斯坦丝。鲁克丽丝被辱后有三大段独白，一是抨击"黑夜"（746～875 行，十七节），一是谴责"机缘"（872～924 行，七节），一是训斥"时间"（925～1036 行，十一节）。在这三段独白里，她从咒骂塔昆发展到控诉种种社会不公，鞭挞人间的一切假、恶、丑。这三段独白的分量很重，体现着莎士比亚对当时社会的看法，不仅可以与莎士比亚十四行诗的某些篇章（例如第六六首）相互印证，也为他后来的悲剧独白（如哈姆莱特考虑生死问题的独白"活下去还是不活"、李尔王在暴风雨袭击的荒野里自责的独白以及泰门关于黄金的独白等）预示着端倪。认为《鲁克丽丝》是莎士比亚伟大悲剧创作的预习，是有道理的。

这部长诗中成串出现的喻象和意象，可以用中国成语"妙语如珠"来形容。莎士比亚的喻象常常不是传统的或仅仅装饰性的比喻。他有时从单纯比喻发展到怪诞喻象，如写到柯拉廷的悲痛时说："他的哀叹也如此，仿佛拉锯，／推出了悲痛，又把它拉了回去。"（1672～1673行）又如，写到塔昆施暴的前奏时，把鲁克丽丝的乳房比作受到敌人侵犯的处女城堡（435～441行），这就与罗马军队围攻阿狄亚或希腊大军进犯特洛伊联系了起来。有的论者认为，莎士比亚不仅善于调遣诗歌意象，而且能自如地运用戏剧性喻象，显示他后来写作伟大悲剧的先兆，这也不是没有道理的。

鲁克丽丝派遣仆人给丈夫送信之后到柯拉廷被召回之前，有一段等待的时间。莎士比亚有意利用这段时间安排了鲁克丽丝观看她房内墙上挂着的一幅图画这个情节。这恰像在舞台上安排了一场衔接两场重头戏之间的过场戏。但这场戏分量很重，而且冗长，用了两百多行的篇幅（1366～1582行，三十个诗节）。墙上的画到底是挂毯还是绘画，评论家们至今争论不休，因为诗中没有交代清楚。画面上出现的是古代希腊大军围攻特洛伊的情景。交战双方的重要人物一一出现，不下十二三个，而整个画面上出现的则是"成千个不幸的人物"（1373行）。场景从涅斯托演讲鼓动希腊士兵上阵、特洛伊将士的母亲们登城观战，一直到西农诱使特洛伊人把木马拖进城去，导致城破，特洛伊王被杀等等，几乎包括了特洛伊战争的全过程。因此这幅画不是用集中透视法绘成，它所表现的也不是一个时间点上所发生的事件。古罗马时代的"湿壁画"（fresco）有时是长卷式的，能绘出连续性故事场景。但这首诗中明确地写着这是"挂在墙上的图画"（1366行），一个"挂"字排除了壁画的可能。

这一大段"插曲"常为论者所诟病，是由于它的过于冗长。但莎士比亚下笔时还是考虑到效果的，他特别刻画了诱使特洛伊人接受木马的西农的狡狯，让鲁克丽丝从画面上西农的形象中更深刻地认识塔昆的面目，增强了她对邪恶的憎恨。莎士比亚还把注意力放在特洛伊战争的悲剧性结局上面，揭示了这幅图画同鲁克丽丝悲剧的内在联系。

《鲁克丽丝失贞记》在总的艺术设计上是完整的、谐调的、感人的，但不能说是完全成功的作品。诗中的道德说教过多；比喻的堆砌，辞藻的铺张，陈述的繁缛，接二连三的文字游戏，都相对减弱了它的魅力。铺张的辞藻曾使基德（Kyd）和马洛（Marlowe）的剧作在舞台上红极一时。莎士比亚也避免不了时代风气的浸染。——当诗中故事结束于群情激愤、将塔昆家族永远放逐时，莎士比亚却改用极其简洁的笔墨，只花了两个诗节，便使全诗戛然而止，干净利索，颇有"史笔"风貌。总之，此诗大胆华丽的文风和深入细致的心理刻画，依然受到一代又一代直至当代读者的喜爱和赞赏。

屠 岸
1997年1月11日

献　词

谨呈骚桑普顿伯爵兼蒂契菲尔德男爵
亨利·莱阿斯里阁下

　　我对阁下的敬爱无尽头：这本无开端的小书只代表此种敬爱流溢而出的一小部分。这些谫陋的诗行甚少价值，然而阁下秉性高尚，必能惠予哂纳。我所做的一切属于阁下，我应做的一切属于阁下；本书为我所有的一部分，亦自当属于阁下。设若我有更多的才力，我必将对阁下尽更大的职责；此刻，我只能竭尽绵薄，将这一切奉献于尊前。谨祝阁下青春不老，幸福无疆。

时刻愿为阁下效忠的
威廉·莎士比亚

内 容 提 要[*]

路修斯·塔昆纽斯①（此人由于过分的傲慢狂妄，被称作"塔昆纽斯·苏帕布斯"②）指使人残酷地杀害了他的岳父塞维乌斯·图琉斯③，并违反罗马的法律和习俗，既未征求亦未等到公民的同意，即公然窃据了国王的宝座。之后，他与儿子们和其他罗马贵族们前往围攻阿狄亚城④。在围攻期间某一天晚上，诸将领在国王的儿子塞克斯图斯·塔昆纽斯⑤的营帐里聚会。晚饭后，大家在交谈间都夸赞各自妻子的贞德。他们中间，柯拉廷弩斯⑥盛赞自己的妻子鲁克丽丝，说她贞德贤惠，无与伦比。在愉快的气氛中，他们全都疾驰返回罗马城，企图神不知鬼不觉地突然到来，去检验他们的妻子是否真配得上那些赞辞。结果发现，只有柯拉廷弩斯的妻子在与侍女们一道从事纺绩（尽管当时已是深夜）；而其他贵妇人却在跳舞、饮宴、作乐。于是，大家一致承认柯拉廷弩斯获胜，承认他的妻子名不虚传。此时，塞克斯图斯已因鲁克丽丝貌美而起歹心。他暂时克制住心头的欲望，同大家一道返回营中。之后不久，他溜出营地，来到柯拉廷城堡⑦。由于王子的身份，他受到鲁克丽丝的盛情款待，并在此地留宿。当夜，他背信弃义，潜入她的寝室，用暴力奸污了她，第二天一早就溜之大吉。鲁克丽丝痛不欲生，火速派两名信使出发，一人到罗马去请她的父亲来，一人到军营去请柯拉廷弩斯来。两位都来了，一位由朱纽斯·布鲁图斯⑧陪同、另一位由帕布留斯·瓦勒留斯⑨陪同到达。他们见鲁克丽丝身穿丧服，便询问她悲伤的缘由。鲁克丽丝先请他们发誓为她报仇，然后讲出了罪犯的名字及其全部罪行，最后她猝然拔刀自裁身亡。惨剧已经发生，目击者一致宣誓，务必把万恶的塔昆家族连根铲除而后已。他们抬着鲁克丽丝的遗体来到罗马，布鲁图斯向众人通告了祸首的姓名及其罪行，并且痛斥国王的专制暴政。百姓听了都义愤填膺，经口头表决，一致同意将塔昆家族全体驱逐出境。罗马政权从此变国王统治为执政官统治。

---

* 内容提要是作者写的。
① 路修斯·塔昆纽斯（或塔昆）是罗马第七任国王，也是罗马王政时期最后一位国王。他谋杀岳父，篡夺了王位，在位期间施行暴政。公元前509年，其子奸污鲁克丽丝，激起公愤，塔昆纽斯及其家族遂被放逐，王朝被推翻。罗马自此成立共和国。
② 苏帕布斯，意为自大狂者。
③ 塞维乌斯·图琉斯，罗马第六任国王。本为奴隶出身。
④ 阿狄亚城，鲁图里的首府，在罗马的南面，相距二十四英里。
⑤ 塞克斯图斯·塔昆纽斯（或塔昆），为路修斯·塔昆纽斯的第六个儿子。塞克斯图斯含"第六"意。
⑥ 柯拉廷弩斯（或柯拉廷）是国王路修斯·塔昆纽斯的外甥，与王子塞克斯图斯·塔昆纽斯为表兄弟。
⑦ 柯拉廷城堡在罗马城东十英里处。
⑧ 朱纽斯·布鲁图斯，罗马贵族，其父、兄均为路修斯·塔昆纽斯所杀，他装疯而逃过劫难。塔昆王朝结束后，他与柯拉廷弩斯共同担任罗马第一任执政官。
⑨ 帕布留斯·瓦勒留斯，罗马绅士。柯拉廷弩斯退隐后，他曾担任罗马执政官。

从围困阿狄亚的军中来,一路飞奔,
满脑子邪念,拍着险恶的翅膀,
好色的塔昆,离开了罗马大军,
4 驰向柯拉廷城堡,他胸中阴火旺,
灰白的余烬里,暗藏着炽热的欲望,
　想用烈焰去抱住柯拉廷的夫人——
　美丽贞洁的鲁克丽丝纤细的腰身。

8 不幸呵,恐怕恰恰是"贞洁"这美誉
激起了他的情欲,似磨快了刃锋,
只怪柯拉廷太傻,嘴巴关不住,
称赞她嫩白艳红无匹的丽容,
12 那美貌正是他欢欣爱悦的晴空,
　人间的双星如天仙般晶亮明丽,
　投给他纯洁的月光,专一的情意。

前一天夜里,他在塔昆的营帐,
16 透露出他之所爱,幸福之所系,
上苍赐给他贵重无价的宝藏,
使他拥有这姿容绝代的佳丽,
谈他的幸福,一派高傲的口气,
20 　说国君享有的荣誉高与天齐,
　但帝王无法与这位美人匹敌。

哦,只有少数人能享有幸福!
可幸福降临了,很快便萎蔫枯凋,
24 正如在清晨消融的银亮露珠

抵不住太阳金光赫赫的照耀；
还没有好好地开始，便云散烟消：
　　荣誉和美人，尽管拥抱在怀中，
　　却无力自卫，敌不过暴力的猛攻。　　　　　28

美容丽质，凭自身的力量能征服
男人的眼睛，用不着雄辩家帮腔；
那么，又何必喋喋不休地辩护，
来把这独一无二的美貌张扬？　　　　　　　32
柯拉廷何必让宝珠当众亮相？
　　他本应不显山不露水，不让人知道，
　　自己的财宝才能够永远守牢。

也许他夸赞鲁克丽丝貌美德高　　　　　　　36
正好怂恿了这位骄纵的王子，
要知道心灵时常受耳朵的误导；
也许由于他妒羡这贵重的珍奇，
于是引起了对比，无异于讥刺　　　　　　　40
　　他高傲的头脑，请看位卑者竟能
　　夸耀他们有位高者没有的好运。

总有些冒失的想法使塔昆采取
急躁的行动，不排除这样的考虑：　　　　　44
把他的事业、朋友、地位和荣誉
全抛弃，怀着顷刻间产生的意图，
他前往，去平息心头似火的情欲。　　　　　48
　　莽撞的虚热呵，会裹进悔恨的寒潮，
　　仓促的萌芽长不大，在萎缩枯凋！

这个伪君子来到柯拉廷厅堂，

受到那罗马贵妇的热诚欢迎,
52　　她脸上美貌与美德互不相让,
争辩着两者中是谁给了她美名:
美德夸自己,美貌便羞红难为情;
　　美貌自炫着嫣红,美德瞧不上,
56　　　便在那上面盖一层银白的容光。

美貌以维纳斯白鸽的名义宣称①
素白为自己所有,挑起了争论;
美德向美貌声明,要索回嫣红,
60　　说红晕原是由美德赠给了青春,
镀上白皙的面颊,为玉颜作金盾;
　　若羞赧进攻,教面颊把它推出来
　　抵挡一阵,用嫣红来保卫素白。

斑斓的纹章出现在鲁克丽丝脸上,②
64　　看得见美德的淡妆,美貌的红颜:
红色与白色都争当两者的女王,
都说古道今,来论证各自的威权:
68　　两者都雄心勃勃,不断地争辩;
　　美貌与美德,都伟大,都至高无上,
　　它们便经常换宝座,轮流登场。

塔昆见到,在她俊美的脸颊上
72　　白百合与红玫瑰进行着无声的战争,
无邪的士兵围住他奸邪的目光;
在两军夹击中,胆小鬼害怕丧命,

---

① 维纳斯,罗马神话中美与爱的女神,她的车驾由两只白鸽牵挽。
② 纹章,见本诗205行注。

成了百合和玫瑰的俘虏,甘心①
　　向双方投降,可两军宁肯放他走,
　　也不愿庆祝战胜了假冒的敌手。

他现在察觉,她的丈夫没口才——
吝啬的浪子,竟这样来把她赞美,
承担了重任,却贬损了她的风采——
她的美超过那贫乏的赞辞千百倍!
于是柯拉廷赞她时欠下的词汇
　　心荡神迷的塔昆用想像来补足,
　　他屏住气息,圆睁着惊羡的双目。

这人间的圣女受到恶魔的崇拜,
她对奸诈的朝圣者未起疑窦;
纯净的心灵想不到邪恶的祸害,
鸟没遭暗算便不怕僻远的林薮:
就这样她热情款待了佳宾贵胄,
　　怀着天真的敬意,她毫无警惕,
　　他却把邪恶的图谋深藏在心底。

他用高贵的身份把自己伪装,
让威严把内心的罪恶层层遮掩,
看不出他的举动有越轨的迹象,
只时或转动着极度惊奇的两眼,
饱览了一切,却还是贪得无厌;
　　像个赤贫的富豪,他求索不休,
　　享有的太多,却渴望更加富有。

---

① 被俘的胆小鬼指"目光"。

　　　　　她从未遇到过陌生眼睛的盯视，
100　　　看不清能言的眼神有什么含意，
　　　　　读不懂写在这书页边上的注释①
　　　　　包涵着怎样狡黠而闪亮的秘密；
　　　　　没碰过诱饵，便不怕钓钩的诡计：
104　　　　她毫不理解他肆无忌惮的目光，
　　　　　　总以为那眼睛只是向亮处张望。

　　　　　他在她耳边说到她夫君的名望，
　　　　　说他为丰饶的意大利屡建战功；
108　　　用美言把柯拉廷高贵的名字颂扬，
　　　　　说他英勇又正直，取得了光荣，
　　　　　他身披胜利的花环、受损的护胸。
　　　　　　她心里高兴，把手臂高高举起，
112　　　　向上苍默默地祝贺夫君的功绩。

　　　　　他丝毫没透露此行的真正目的，
　　　　　却编出理由来解释自己的行踪；
　　　　　他那晴朗的蓝天上并没有飘起
116　　　乌云来预示即将有暴雨狂风，
　　　　　直到黑夜——恐惧与忧虑的母亲
　　　　　　向人间世界撒一片朦胧的幽暗，
　　　　　　把白昼收入了她那穹隆形牢监。

120　　　塔昆被请进为他安排的寝室，
　　　　　他假装耗费了精神，困倦不堪；
　　　　　因为晚饭后他与端庄的鲁克丽丝

---

① 这里把塔昆的脸比作书页，把他的眼睛比作书页边上的注释。

长时间交谈，消磨了这一个夜晚。
昏沉的睡意与生命的活力在争战； 124
　　这时候人人都要去安歇就寝，
　　除了盗贼、忧伤者、烦恼的心灵。

塔昆就是不眠人，他辗转思量
他的图谋会招致怎样的危险， 128
然而他决意去满足心中的欲望，
渺茫的前景止不住他放弃邪念。
没希望盈利，对盈利更加垂涎；
　　脑子里只想到将获得巨大的宝藏， 132
　　哪怕后果是一死，也不再多想。

贪心的人们利令智昏，总迷恋
尚未占有的东西，可是守不牢
已有的一切，让那些财宝失散； 136
这样子越是贪多，得到的越少，
或者是得到的过多，接纳不了，
　　还必须忍受暴食引起的后患，
　　他们是富而又穷，免不了破产。 140

人到了暮年，生命的目的不外乎
取得荣誉、财富、生活的安逸；
为此要克服万难，要冒险为全部
而舍弃一件，为一桩而牺牲全体：
正如激战中用生命去博取荣誉， 144
　　为财富而抛却名望，财富却常常
　　带来全体的毁灭，把一切都丢光。

148 　为实现意愿,我们敢于做一笔
　　　蚀本的生意,丧失了我们的本性;
　　　患上了污秽可耻的贪婪这痼疾,
　　　已经够富了,它借口还不够丰盈,
152 　而折磨我们,我们便不再关心
　　　　已有的财产,就因为缺乏理智,
　　　　为得到更多的,却把已有的丧失。

　　　这时痴迷的塔昆竟铤而走险,
156 　为满足淫欲他不惜抵押荣名;
　　　为了他自己,把自己抛在一边。
　　　对自己都不忠,哪里去寻找忠贞?
　　　既然他自己毁灭了自己,甘心
160 　　受众人辱骂,度可怜无趣的生涯,
　　　　他怎能指望陌生人来说公道话?

　　　死一般岑寂的深夜悄悄地来到,
　　　酣浓的睡眠合上了人们的眼睛。
164 　天上没一颗安恬的亮星在闪耀,
　　　鹰叫与狼嚎的凶兆打破了寂静;
　　　叫声即将使天真的羔羊惊醒,
　　　　时候到了,贞洁已沉默,已麻木,
168 　　淫欲与杀机正醒着去玷污,去屠戮。

　　　好色的王子从床上一跃起身,
　　　他拽过披风胡乱地披在肩膀上;
　　　在邪欲和恐惧之间他犹豫不定;
172 　一个引诱他,另一个担心会遭殃。
　　　老实的恐惧受邪念蛊惑而彷徨。

恐惧虽常常劝导他抽身后退，
却被那疯狂暴戾的淫欲击碎。

他在燧石上轻击着他的弯刃剑，　　　　　　176
冰冷的石头迸发出飞舞的火星，
他借这火星很快地把蜡炬点燃，
蜡炬像北极星引导他淫亵的眼睛；
他深思熟虑，对蜡焰表明决心：　　　　　　180
"我既然能迫使燧石把火星爆出，
就一定能迫使鲁克丽丝听我摆布。"

因恐惧而面色苍白，他事先思忖
他的恶行会带来怎样的危机；　　　　　　184
在内心深处他不断与自己辩论
事后会出现怎样可悲的结局。
于是他脸带轻蔑地决心舍弃
　他的铠甲——那屡遭扑灭的欲望，①　　　　188
　合理地约束住他那非礼的思想：

"美丽的火炬，烧尽你的光，不准你
把她比下去，她的光比你更明亮；
死去吧，邪恶的念头，再也不许你　　　　　192
用污泥浊水去玷辱圣洁的形象；
给纯净的神龛送去纯净的天香。
　爱情的纯白衣裳被罪行玷污，

---

① 这一诗行是引起注家们多种解释的神秘诗行，据吉特列奇（Kittredge）解释，此行意为："在此项冒险事业中他的惟一的铠甲就是色欲……那不是真的铠甲，因为它一旦得到满足，便总是等于被杀死（扑灭，消失殆尽），色欲的满足杀死了色欲。"

196 　　　　　仁慈的胸怀对此怎么能宽恕。

　　　　　"可羞呵！侠义的骑士，威武的干戈！
　　　　　地下的祖先呵，要蒙受奇耻大辱！
　　　　　渎神的恶行呵，将招来悲惨的后果！
200　　　　勇敢的军人呵，竟要做猎艳的丑奴！
　　　　　真正受尊敬才算是真正的勇武。
　　　　　　我踏上歧途，是这样龌龊卑鄙，
　　　　　　我脸上会刻下恶行的恒久印记。

204　　　　"而且，我死了也不能摆脱羞耻，
　　　　　那是我金甲纹章上触目的丑斑。①
　　　　　纹章官会设计可憎的耻辱标志，
　　　　　指出我曾经愚蠢地沉迷于淫乱：
208　　　　我的后代将为此而含羞抱怨，
　　　　　　将诅咒我的尸骨，不以为罪愆，
　　　　　　只愿我，他们的先父，没来到人间。

　　　　　"即便达到了目的，赢得的是什么？
212　　　　梦幻、空气、泡沫般飞逝的欢笑。
　　　　　得片刻欢娱，换来一星期哀哭？
　　　　　为了个玩偶，把永生的希望卖掉？
　　　　　摧毁葡萄藤，为了尝一颗甜葡萄？
216　　　　　多蠢的乞丐，为了摸一摸王冠，

---

① 纹章起源于古代欧洲，是用以识别身份的标志。从公元十二世纪起，西欧开始普遍使用纹章图案，其主体往往是盾形纹。到中世纪后期，佩戴纹章表示出身高贵。家族纹章亦称家徽或族徽。骑士的纹章常绘于军服或甲胄上。如果纹章上附加了惩戒性的耻辱标志（"触目的丑斑"指此），就说明佩戴者有了不名誉的劣迹。纹章官是负责设计、记录、解释纹章的官吏。

被帝王的节杖一下子击倒也心甘?

"假如柯拉廷梦见了我的行迹,
难道他不会惊醒,怀一腔怒火,
飞速地赶来,阻止我达到目的? 220
这对于他的婚姻,是围困,折磨,
是玷污青春,是给予圣者的灾祸,
 贞洁呵处境危殆,羞辱将长在,
 罪行将遭到千秋万代的指摘。 224

"唉!你若是责骂我丧尽天良,
我又能编出怎样的托词来辩解?
我岂不张口结舌,腿关节摇晃,
两眼一抹黑,虚伪的心肠滴血? 228
罪行严重呵,恐惧更严酷,更剧烈;
 既不能前去作战,也无法脱逃,
 懦夫般心惊胆战,等死亡来到。

"假如柯拉廷杀过我幼子或老父, 232
或曾经设下埋伏要对我下毒手;
假如他不是我的密友,我唐突
他的爱妻就还能找到个借口,
好比是冤冤相报,报一箭之仇: 236
 然而,他正是我的亲戚和好友,
 这耻辱和罪过便没了理由和尽头。

"可耻啊,假如向世人公开这件事。
可恨啊,但是爱与恨不能共处。 240
我求她爱我,她却不属于她自己。

　　　　　最坏的结果是遭她斥责和严拒。
　　　　　理智太软弱，难改我顽强的意图：
244　　　　　谁要是敬畏箴诚或尊长的训谕，
　　　　　　墙头画也会促使他有所戒惧。"①

　　　　　他心中展开了一场粗野的争吵，
　　　　　冷冻的良知和炽烈的欲念对峙，
248　　　　他横下心来，放逐了善良的思考，
　　　　　却怂恿邪恶的意向去占据优势；
　　　　　这恶意立即把一切纯洁的情思
　　　　　　打倒并加以摧毁，更扩大战果，
252　　　　　使为非作歹表现为行善积德。

　　　　　他说："她把我的手友善地拉起，
　　　　　凝视我热切的眼睛，想了解底细，
　　　　　只怕我会从前线带来坏消息，
256　　　　因为她爱的柯拉廷正在军营里。
　　　　　忧虑呵，促使她脸上升起了红霓！
　　　　　　红如丝绢上两朵玫瑰花呈艳，
　　　　　　顷刻间玫瑰拿走了，又白如丝绢。

260　　　　"我的手握住她的手，两手紧相扣，
　　　　　她由于忧惧而发抖，我的手跟着颤，
　　　　　这使她更加惊疑，手抖得更急骤，
　　　　　直到她听说她丈夫一切平安；
264　　　　于是她笑了，露出迷人的笑颜，

---

① 指常挂在墙上以代替壁毯的绘画，画的内容大都是《圣经》故事或希腊、罗马传说，画上常有道德箴言。

假如纳西瑟斯见到这模样,
他就决不会因自恋而沉入汪洋。①

"我还用找什么借口,把自己伪装?
美本身说话了,雄辩家便不必多言。 268
可怜虫才因可怜的过错而懊丧;
爱之火不会在胆怯的心中点燃。
情欲是我的统帅,指引我向前;
  只要他华丽的旗帜在前面飘扬, 272
  胆小鬼也会拼上去,不再惊慌。

"滚开,幼稚的恐惧!停止吧,争辩!
让慎重和理智去侍奉龙钟的老耄!
我的心决不会跟我的眼睛为难; 276
只有圣哲才瞻前顾后地思考;
我是个年轻角色,不演这一套。
  情欲是我的向导,美色是目标,
  谁担心溺水,既然对岸有珍宝?" 280

像麦苗被杂草覆盖,慎重的顾虑
几乎被无法抵御的情欲窒息,
他竖起耳朵仔细听,偷偷溜过去,
怀揣罪恶的希望和罪恶的狐疑; 284
希望和狐疑如奴仆伺候着不义,

---

① 纳西瑟斯(Narcissus),希腊神话中的美少年。回声女神爱上了他,他却不爱回声女神,致使她憔悴而死。其他自然女神为了报复,使纳西瑟斯爱上水中自己的影子,他得不到所爱者,最后憔悴而死;一说他下水去拥抱自己的影子,因而溺毙;死后化作水仙花。纳西瑟斯的引申义为"孤芳自赏的人","顾影自怜者","自爱者"。

两者相悖的诱导插入他脑际，
使他一会儿休战，一会儿进击。

288　　他的想像中，她形同天仙般端坐，
在她的座位上同时并坐着柯拉廷。
一只眼贪看她的脸，使他失措；
一只眼正视她夫君，较为虔敬，
292　　这只眼不会赞同这不义的行径，
就发出真诚的呼吁，求助于心灵，
可心灵已经被腐蚀，竟倒向恶行。

这想像调动起他那卑劣的膂力，
296　　寻欢的心灵使膂力得意忘形，
使淫欲鼓起来，如分秒填满了小时；
膂力跟心灵一样，越来越骄矜，
卑下地给心灵献上超额的贡金。
300　　受到邪恶的意欲疯狂的引诱，
这罗马王子迈向鲁克丽丝床头。

在她的卧室与他的意愿之间
每一把铁锁都被他强行开启；
304　　铁锁开启时，一个个责骂他疯癫，①
潜行的窃贼更不免小心翼翼。
户枢的摩擦声指出了他的行迹；
夜游的鼬鼠见到他，尖叫一声，
308　　他害怕，却继续冒险的进程。

―――――――

① 责骂，生锈的铁锁开启时吱吱作响。

每扇门都勉勉强强地给他让路,
夜风使劲地钻进小孔和缝隙,
向火炬挑战,使他的行动受阻,
风向他脸上吹去火炬的烟气,   312
终于吹灭了引导他行进的火炬;
  他的心被情欲烧灼,躁动不安,
  吹出另一股风来把火炬点燃。

火炬又点着,他凭着亮光见到   316
鲁克丽丝的手套,有银针缀在上面;
他拾起那躺在灯心草上的手套,①
把它紧握住,银针刺痛了手指尖,
针似乎在说:"对于淫邪的冒犯,   320
  这手套不能适应,快回吧,别再来;
  瞧啊,我们夫人的饰物多洁白!"

可怜的障碍都不能制止他向前;
他作出种种解释,无理又横蛮。   324
门扇,夜风,手套,曾将他拖延,
他却把这些看作意外的磨炼;
好似刻线控制着时钟的运转,②
  他只好走走停停,慢慢地举步,   328
  让每分每秒都把该做的做足。

"是的,"他说,"一路上有这些阻碍,

---

① 在莎士比亚时代的英国,常在室内地上铺灯心草,略似后来的地毯。古罗马人其实无此习惯。
② 刻线指刻在钟面上的把一小时划分成六十分的条纹。

正如有时候晚霜来惊扰春天，
是为了给春日增添更多的欢快，
为了给寒禽更多的理由去鸣啭。
为取得宝物，一定要忍受苦难。
　　对巨岩、烈风、剧盗、险滩和狂沙，
　　商人不畏惧，才能够致富发家。

此刻他已经来到卧室的门边，
这门隔断了他魂牵梦萦的仙姝，
门上没别的，只一个易拔的门闩
阻止他取得他一心追求的幸福。
作恶的邪念烧得他晕晕乎乎，
　　为取得猎物，他竟然祷告不辍，
　　仿佛上苍会支持他作奸犯科。

在他那劳而无功的祷告声里，
他已向永恒的神明祈求赐福，
祈愿他终能亲近那贤德的佳丽，
想做的丑事到时候会通行无阻，
他惊起；说道，"我这是偷香窃玉，
　　神明对这事必定要深恶痛绝，
　　怎么会因我祈求便助我作孽？

"让爱情和好运做我的天神和指南！
坚定的决心支撑着我的意愿；
只空想而不去实践不过是梦幻；
滔天的罪行被赦免就等于没干。
爱情的烈火能化解畏惧的严寒：
　　上苍的眼睛熄灭了，朦胧的夜幕

把贪欢带来的羞耻严严地遮住。"

说完这句话,他动手把门闩拔掉,
然后用他的膝盖把门扇顶开。
鸽子睡得甜,猫头鹰想把它抓到; 360
没人发现这歹徒要暗中加害。
瞧见潜行的毒蛇,人人躲得快;
 可是她睡得香甜,高枕无忧,
 任凭那毒蛇来咬致命的一口。 364

他心怀鬼胎,偷偷地溜进卧室,
注视着她那纯洁无疵的床铺。
床幔合拢着,他绕床走来走去,
额前滚动着一双贪婪的眼珠; 368
心灵被悖谬的眼珠引入了歧途,
 立即对双手发出行动的暗号,
 去把那遮蔽银月的乌云清扫。

瞧啊,她正如火一样艳丽的太阳 372
从云间喷出,烧灼着我们的视线;
床幔一拉开,他两眼便立即闭上,
比太阳更强的亮光使他缭乱。
不知是不是她一身夺目的光焰 376
 照得他晕眩,还是他感到羞赧,
 他两眼漆黑,只好紧闭着眼帘。

假如他两眼死在黑暗的牢房,①

---

① 黑暗的牢房,指上文"两眼漆黑,他只好紧闭着眼帘"的情状。

380 那就算见到了这桩罪行的终止；
柯拉廷又会来到鲁克丽丝身旁，
在这洁净的床榻上安静地休憩。
但两眼势必睁开来杀这对夫妻；
384 　　圣洁的鲁克丽丝面对两眼的逼视
　　势必把生命和人世的欢乐丧失。

洁白的手臂在红润的脸颊下搁着，
不让枕头对嫩腮合法地亲吻；
388 枕头发了火，似乎要裂成两半个，
两边鼓起来，想夺回失去的福分；
在两山之间，她的头埋得深深，
　　像一尊贞洁的石像，她躺在床上，
392 　　让那双淫亵的眼睛来百般赞赏。

床边斜倚着她的另一只玉臂，
映衬着绿色的床单，洁白无比，
像一朵四月的雏菊，盛开在草地，
396 晶莹的汗珠恰似夜晚的露滴。
她的两眼如金盏花收敛了亮丽，
　　隐在淡淡的暗影里，睡得甜美，
　　等着到时候睁开来为白昼增辉。

400 秀发如金丝，随呼吸而起伏游戏，
哦，温雅的放纵，任性的谦虚！
死的图形上显示出生的胜利，
有限的生命中含着死亡的阴翳。
404 睡眠中，生与死都使对方更美丽，
　　似乎这二者之间从没有纷争，

只是生中有死，而死中又有生。
象牙球似的双乳环布着蓝晕，
是两片未受蹂躏的贞节地带； 408
除了对夫君，不对任何人屈尊，
发誓只对他真诚地侍奉，爱戴。
见双乳，塔昆重新怀上了鬼胎；
　像个罪恶的篡位者，他即刻动手， 412
　要从宝座上把在位的主君赶走。

除刻意留心的，他能够瞧见什么？
除强烈渴望的，他向什么去观看？
面对眼前的景象，他屏息注目， 416
那双贪馋的眼睛凝视得发酸，
他礼赞，不，超过了礼赞，他迷恋
　她玉石一般的肌肤，蓝色的脉络，
　珊瑚一般的嘴唇，雪白的酒窝。 420

像猛狮见到猎物便变得温顺，
征服的喜悦满足了强烈的饥渴；
塔昆收住脚，盯着这熟睡的灵魂，
淫欲的冲动在凝视中渐趋缓和，—— 424
松弛了但没有平息，他站在床侧，
　那一双眼睛，刚刚遏制了反叛，
　又诱使血脉掀起更大的骚乱。

那血脉像一路掳掠的乌合之众， 428
凶悍的兵丁，热衷于野蛮的战绩，
欢呼血腥的杀戮、放纵的奸淫，
全不顾孩子的哭叫、母亲的哀啼，

432 趾高气扬,期盼着出击的时机。
　　他的心狂跳,敲响作战的警钟,
　　下达冲锋令,叫血脉按意志进攻。

擂鼓的心脏为燃烧的眼睛鼓劲,
436 他的眼吩咐他的手把先锋担当;
他的手得此殊荣,便得意忘形,
傲气熏天,大踏步进军,直开往
裸露的胸脯,她全部领地的中央;
440 　　他的手进犯,逼退蓝色的血脉,
　　使一双圆塔变得贫瘠而苍白。

血液向宁静的心房奔涌汇集,
哪管女主人正在心房里安寝,
444 一阵混乱的呼叫使她惊悸,
禀告说她已遭到可怕的侵凌。
她万分惊愕,睁开紧闭的眼睛,
　　向外窥视,要看清是什么骚乱,
448 　　蜡炬的凶焰照得她什么也不见。

试想有一个女子在夜半时刻
突然被可怕的梦魇惊醒了酣眠,
以为自己见到了鬼怪或妖魔,
452 狰狞的面目使骨节一根根震颤:
多么吓人哪!而她的遭际更惨,
　　梦境已经被打破,她亲眼目睹
　　想像的惊惶成了真实的恐怖。

456 她陷入种种惊惧与极度的惶乱,

像刚遭捕杀的小鸟颤抖不停。
她不敢睁眼,眼前却依然出现
迅速变形的鬼怪,丑陋而狰狞。
那是她虚弱的脑筋臆造的幻影; 460
　脑筋生气了,恨眼睛逃离了光明,
　就用更可怕的景象威吓眼睛。

塔昆的手呵还抚着她的双乳——
如攻城巨槌,向象牙城墙撞击!—— 464
摸到她的心(可怜的市民!)在受苦,
在拼命把自己毁伤,跃起又倒地,——
敲击着她的身,他的手也随之颤栗:
　这使他更加疯狂,更少怜悯心, 468
　去打开缺口,进入迷人的城镇。

塔昆的舌头首先如喇叭吹响,
声称他要同受惊的对手谈判,
她探出更白的下巴在白色床单上, 472
想弄清这突然袭击究竟为哪般;
他只用沉默的举止来表明心愿:
　但她强烈地要他把理由讲清,
　凭什么名义他敢于犯下这罪行。 476

他这样回答:"你那美丽的容颜,
使百合感到恼怒而变得苍白,
使玫瑰自惭形秽,羞红了脸面,
会为我辩护,为我诉说一片爱。 480
我来攻取你从未失守的要塞,
　就以这名义:失误由你来负责,

是你的媚眼把你出卖给了我。

484 "假如你斥责我,我预先把你钳制:
你的美已使你陷入今夜的网罗,
你必须顺从地按我的意志行事,
只有你能使我得到世间的极乐;
488 我必将竭尽全力去摘取甜果:
　理智与自责刚压下我的欲念,
　你亮丽的姿容又把它重新点燃。

"我明白这图谋会带来怎样的忧烦,
492 我知道玫瑰用怎样的尖刺来防身;
我想到蜂蜜靠螫针来保障安全:
所有这些都事先劝我要谨慎。
但'欲望'聋了,朋友的忠告听不进;
496 　他有一只眼专用来向美人凝视,
　痴迷到极点,全不顾法律和天职。

"我已同自己的良心讨论过,这举动
会引起怎样的不幸、痛苦与耻辱;
500 但什么也阻挡不了爱欲的奔涌,
教他那横冲直撞的色胆停步。
我明知随后就会因懊悔而痛哭,
　还会遭责骂、鄙弃、刻骨的仇视;
504 　我仍要全力以赴,去拥抱丑事。"

他说着,高高地挥舞着罗马宝剑,
那宝剑像空中盘旋搜索的猎鹰,
鹰翅的阴影使小鸡缩成一团,

钩形嘴威胁着，动一动便会丧命： 508
无辜的鲁克丽丝面对侮慢的剑刃，
　仰卧着，恐惧中颤抖不止，听他讲，
　如小鸡听着猎鹰的铃儿叮当响。

"鲁克丽丝！"他说，"我今晚要把你享有。 512
你若是拒绝，我就以武力相逼：
我横下心来要把你摧毁在床头；
然后再杀死你一名卑微的奴隶，
去损毁你的名誉和你的肉体； 516
　在你僵死的双臂里我让他安歇，
　发誓说见你拥抱他才将他处决。

"于是你那活着的丈夫将成为
每个冷眼观望者讥刺的对象； 520
你家人在讪笑声中把头颅低垂，
儿孙被当作杂种，遭众人诽谤。
是你，让他们把这等恶名担当；
　你这桩罪孽将被人编进歌篇， 524
　今后的岁月里，孩子们把它唱遍。

"如果你顺从，你我可暗中亲近；
罪行没有人知道，就等于没犯。
为了至善的目标而稍作牺牲， 528
法律也认为这做法情有可原。
毒草有时候跟香草掺和、搅拌，
　成为纯正的合剂，给病人吞服，
　它的药力中便不再含有毒素。 532

"为了你的丈夫和子孙的缘故,
请答应我的恳求;不要给他们
留下怎样也无法摆脱的耻辱,
永远也不会被人忘记的污损,
有甚于婴儿的胎记、奴隶的烙印,——
　人们出生时身上带来的青痣
　归咎于自然,不是自己的过失。"

瞪一双毒蛇般露出杀机的眼睛,
他站直身子,暂时停止了讲话;
而她,本来是一片纯真与虔敬,
像白色母鹿落入兀鹰的利爪,
在荒野里哀求,这儿可没有王法;
　凶残的禽兽不懂得半点温柔,
　不服从一切,除了淫邪的欲求。

当黑色云团威胁着向世间逼近,
阴沉的雾气遮住巍峨的群山,
从大地中心忽吹来清风阵阵,
浓黑的烟霭被刮得四下逃窜,
暴雨被阻止,靠风把乌云驱散;
　他急于造孽,被她的话语推延,
　俄耳甫斯弹琴,普卢同紧闭两眼。①

恶猫在夜里醒着,把猎物戏耍;

---

① 希腊神话中,俄耳甫斯是诗人、音乐家。其妻被毒蛇咬死,他追到冥府,以琴声感动了冥王普卢同,冥王允许他领回妻子,但不准他在过冥界前回头看妻,他中途不禁回顾,其妻终被留在冥府。

小耗子挣不脱利爪,直喘作一团。
她神态严肃,反使他情欲大发, 556
他的欲壑填不满,贪求没个完。
他耳朵听她的哀告,他的心却不愿
　　把大门打开,让她的怨诉进入;
　　雨能化石,泪却能把淫心加固。 560

她乞求怜悯的眼睛悲切地凝视
他那紧蹙着眉毛的冷酷的面孔,
她吐出谦恭的话语,夹杂着叹息,
使她的雄辩添几分高雅雍容。 564
她的话时常停顿在句子当中,
　　还没有说到一半便突然中断,
　　有两次话到嘴边又难于开言。

她向他恳求,凭天帝约夫的名义,① 568
凭骑士高贵的身份、友谊的誓盟,
凭丈夫的爱情和不该挥洒的泪滴,
凭人类神圣的公德、共守的忠信,
凭苍天和大地、天地间一切神明, 572
　　恳求他赶快回到他借宿的床上去,
　　要服从荣誉,别屈从邪恶的淫欲。

她说,"不要打算用污黑的报酬
来答谢我对你这样热情的款待。 576
请不要弄脏供你解渴的泉流,
也不要把不能修补的东西损坏。

---

① 约夫,希腊神话中最高的天神,即宙斯。也就是罗马神话中的朱庇特。

　　　　不要再瞄准，趁箭还没有射出来；
580　　　　季节还没到就袭杀可怜的母鹿，
　　　　　　这样的射手算不得真正的猎户。

　　　　"我丈夫是你的朋友，为了他，放开我。
　　　　你是条好汉，为了你自己，快走。
584　　　我是个弱女子，请你不要陷害我。
　　　　看上去你不像骗子，别骗我上钩。
　　　　我的叹息如旋风能把你刮走；
　　　　　只要男子汉能怜惜呜咽的女人，
588　　　　就请你怜惜我流泪、叹息、呻吟。

　　　　"泪水、叹息和呻吟，如海浪腾翻，
　　　　击打你礁石般威胁航船的心脏，
　　　　用连续不断的冲激使它变柔软，
592　　　石头一旦被溶解，会化入汪洋。
　　　　假如你内心不像石头般顽强，
　　　　　在我的泪水中溶解吧，发发善心！
　　　　　仁慈和怜悯会进入铁铸的大门。

596　　　"我把你款待，因你有塔昆的外表，
　　　　难道你扮作塔昆给他添羞耻？
　　　　我要向天上所有的神祇控告——
　　　　你损毁塔昆的荣誉、王胄的姓氏；
600　　　你不是你所冒充的那人，假如是，
　　　　　你也不像你———位天神或君王；
　　　　　君王似天神，能控制万事不失常。

　　　　"还没到盛年，你的恶念已发芽，

等你更长大，耻辱必然结硕果！ 604
你现在是储君，就胆敢施暴逞霸，
一旦当上了国王，什么事不敢做？
你要记住啊，普通的臣民作了恶，
　一桩桩一件件，都不能一笔勾销， 608
　君王犯了罪又岂能在坟里逍遥！

"这样做，臣民对你因惧怕才拥戴；
因拥戴才惧怕，只对坦荡的国君。
对违法乱纪者，你势必姑息、忍耐， 612
因他们能证明你犯了同样的罪行。
你要是害怕这一点，就应该抽身；
　君王们好比是镜子、书本、学校，
　臣民的眼睛学着、读着、盯着瞧。 616

"你可愿当学校，让淫棍来进修用功，
从你的身上把可耻的课业学得？
你可愿当镜子，让淫棍从照影当中
看出逞凶有根据，犯罪得认可， 620
借你的名义为无耻的丑行开脱？
　你是在支持对不朽美名的攻击，
　把贞洁的声誉变成淫贱的娼妓。

"你有权下令吗？凭神明授予的权柄， 624
你敢叫贪欲背叛纯洁的心灵？
别抽出宝剑来护卫邪恶的罪行，
给你剑是为了诛杀罪孽的子孙。
有你作先导，无耻的罪犯会声称 628
　正是你教会他怎样去施暴作孽，

那么你怎能去完成王子的大业？

"想想看，这是个多么丑恶的场景，
假如是别人像你这样地越轨。
人们很少能看清自己的恶行，
总是想粉饰自己悖逆的行为。
别人这样干免不了定为死罪。
啊，那些人终将被恶名紧裹，
如果他们不正视自己的罪过！

"向你，向你呵，我举起双手恳请——
这不是向诱人堕落的淫欲哀求。
我求你召回被你放逐的自尊，
叫他归来，叫谄媚的妄想退走；
让你的自尊锁住淫邪的念头！
快从你痴迷的眼睛里擦去灰尘，
看清你我的处境，对我发善心。"

"别说了，"他说，"我心中欲潮翻腾，
不会因受阻而退去，反而更高涨。
微火会很快熄灭，可烈焰燃不停，
借助于猛烈的风势，它越烧越旺；
小溪每天向咸涩的大海流淌，
带着一股股清澈的淡水奔向前，
海水增加了，咸味却无从改变。"

她说："你就是大海，至尊的君王，
看呵，邪欲、奸诈、耻辱与妄念，
这一切全都注入你无边的海洋，

要把你血液的洪流肆意污染。
假如你的良知被恶德偷换，　　　　　　　　　　656
　　你的大海就会在泥潭里埋葬，
　　而不是泥潭在你的大海中消亡。

"奴才要称王，你成了他们的奴仆：
他们卑微却尊荣，你高贵但低下；　　　　　　　660
他们被你放了生，却给你坟墓；
你为了他们、他们为了你，遭唾骂。
区区的卑贱怎么能遮盖伟大！
　　高耸的雪松不会对灌木弯腰，　　　　　　664
　　低矮的灌木在雪松脚下枯凋。

"让你的邪念，你的贱仆，退走——"
"住嘴，"他说，"我决不再听你唠叨。
顺从我的爱，否则，挑起的冤仇　　　　　　　668
将代替爱抚，把你撕扯成碎条；
完事后，我还要下狠心把你拖到
　　某一个下贱的男仆肮脏的床边，
　　让他在耻辱的劫数中与你做伴。"　　　　　672

塔昆说完后便一脚踩灭了烛光，
因为光明和淫欲是相克的死敌；
丑行总是在隐蔽的黑夜里潜藏：
极难见到的，是极度暴戾的行迹。　　　　　　676
饿狼已逮住猎物，羔羊在哀啼，
　　直到她自己的绒毛把哭声堵塞，
　　呼叫被甜嫩双唇的围栏掩埋。

680　　塔昆拿起她夜间穿着的睡衣,
　　　　塞进她嘴里,堵住了惨切的叫嚷,
　　　　坚贞的眼睛里涌出圣洁的泪水,
　　　　把塔昆火热的脸庞濡染得冰凉。
684　　贪欲呵,竟然玷污了洁白的卧床!
　　　　　假如哭泣能洗净这样的污垢,
　　　　　她的泪便将永远洒落在上头。

　　　　她所失去的东西比生命更宝贵,
688　　而他所得到的东西将再次失去;
　　　　强迫苟合后必然是进一步敌对;
　　　　瞬间的欢乐带来长久的痛苦;
　　　　灼热的欲念化作冰凉的嫌恶。
692　　　纯洁贞节的宝库被全部盗空,
　　　　　淫欲这盗贼比以前更加贫穷。

　　　　正像餍足的老鹰、吃饱的猎犬,
　　　　不再想疾飞,嗅觉也不再灵敏,
696　　追捕猎物原本是天性所喜欢,
　　　　此刻它们只慢慢追,或干脆放行。
　　　　塔昆在今夜暴食后情况相近:
　　　　　原来是美食,吞下后,变得酸涩,
700　　　他是吞噬了靠吞噬活命的欲火。

　　　　罪孽呵,玄想的头脑挖空心思
　　　　也想像不出罪孽有这样深重!
　　　　烂醉的邪欲须吐出吞下的东西
704　　才能看清楚自己可憎的面容。
　　　　他恣意纵欲,谁来呵斥也没用,

炽热的情焰难熄灭,欲火难遏制,
　像野马任性地驰骋,把自己累死。

一张脸失去血色,枯瘦而细长, 708
眼光呆滞,眉紧蹙,脚步蹒跚,
软弱、怯懦、胆小又可怜的欲望,
像乞丐途穷,哀叹处境的艰难。
肉欲膨胀时,淫秽与贞洁激战; 712
　一夜风流,当欢乐已化为乌有,
　罪孽深重的叛贼又祈求宽宥。

这就是罪恶的王子目前的心情,
他曾经热切地追求极乐的仙境, 716
而现在他却宣判对自己要严惩:
他终将受到万世的唾骂与痛恨。
他灵魂的圣庙已经被捣毁,夷平,
　在圣殿废墟上,成群的忧虑集合, 720
　来叩问蒙垢的女神情况如何。①

她说道,她的臣僚们犯上作乱,②
已经彻底摧毁了圣庙的墙基,
叛将们压服了她的不朽的尊严, 724
穷凶极恶地把她贬斥为奴隶,
活着受死罪,承担着无穷的苦难;
　对此,她早有预见,掌握了一切,

---

① "蒙垢的女神"指圣庙的主人:塔昆的灵魂。
② "她"指"他(塔昆)的灵魂",即上一行的"女神"。"她的臣僚们"指各种邪欲。

728 但是,她无法防止他们去作孽。

这样想着,他悄悄趁黑夜溜走,
被俘的赢家,他同时获取又丢失,
他身上带着永不愈合的伤口,
732 任何良医也难除疮疤的痕迹;
他甩下受害人,使她更痛苦不已,
　她在承受着他的纵欲的后果,
　他所负载的是他负罪的魂魄。

736 他像偷食的癞狗在那儿爬走,
她躺着喘息,像羔羊神疲力倦;
他皱着眉头,恨自己行为污臭,
她极度绝望,用指甲把皮肉撕烂。
740 他落荒而逃,因畏罪而浑身冒汗;
　她待在房中,诅咒这可怕的黑夜,
　他奔逃,责骂那已经逝去的欢悦。

塔昆离去了,心里是沉重的悔恨,
744 她被抛弃了,在绝望的境地哀叹;
他飞速奔逃,盼望晨光的来临,
她却祈求着再不要见到白天:
她说:"黑夜的孽障到白天会显现,
748 　我两眼诚实,从来没学过如何
　做出狡狯的表情来遮盖罪恶。

"我两眼只想到,在白天人人睁眼
看得见那丑事,像在我眼前演出;
752 因此我眼睛宁愿固守着黑暗,

以便隐蔽的罪恶不至被公布。
我眼睛一哭就会把罪行暴露,
　　泪水跟侵蚀钢铁的镪水一样,
　　会把无奈的羞辱刻在我脸上。" 756

她大声诅咒夜间的安恬与宁静,
还命令两眼今后永不见亮光。
她猛击胸脯来唤醒自己的心灵,
叫心灵跳出去另找纯洁的胸腔, 760
在那里好让纯洁的心灵安放。
　　她悲痛已极,简直要发狂,面对
　　幽冥的黑夜,她倾诉满腔的怨怼:

"绞杀温馨的黑夜呵,你形似地狱, 764
你的灰纸上记载着、证实着耻辱,
你专演惨剧和凶杀的黑色氍毹,
窝藏罪恶的渊薮,孽障的保姆!
蒙眼的老鸨,给邪恶避风的黑屋, 768
　　死亡的阴森洞穴,跟叛徒、强奸犯
　　私底下商议,串通好一起作乱!

"啊,雾气弥漫的、可恨的黑夜!
我受伤难愈,你既然对此有责任, 772
就该聚烟雾来挡住晨曦的光烨,
跟循规蹈矩的时间程序相抗衡;
假如你允许太阳一步步上升,
　　爬到高空,那就该趁他没就寝, 776
　　织出些毒雾罩住他金色的头顶。

"要趁太阳还没上正午的峰巅,
用霉烟浊雾去毒化早晨的清气;
要让致病的恶臭向四处扩散,
去破坏宏伟的美景、纯洁的生机。
把你的乌烟瘴气聚拢在一起,
　　叫太阳锁闭于雾霭密集的阵列,
　　到中午就日落,带来恒久的黑夜。

"假如塔昆是黑夜(他本是夜所生),
他就会玷辱银光四射的月亮;
会污损她的侍女——闪烁的星星,
使她们再不能从黑夜向外探望。
这样,悲痛中我就有伙伴好依傍;
　　患难之交总能够把痛苦减轻,
　　如同香客们聊天能缩短路程。

"我这里羞愤难当,却没人陪伴我,
没人挨着我,垂着头,合抱着胳臂,
还遮住脸面,藏起身上的污浊,
只有我孤零零坐着,心力交瘁,
洒银色咸雨,给大地浇灌泪水,
　　一面说,一面哭,痛苦中夹着呻吟,
　　消逝的哭诉记载着永恒的悲辛。

"长夜啊,你这冒着臭烟的火炉!
不要让多疑的白昼瞧见我的脸,
这脸在你的黑袍覆盖下隐伏,
含垢忍辱,承受着痛苦的熬煎。
你尽管继续统领着阴暗的地盘,

这样，在你的管辖下发生的孽障 804
　　都可以在你的黑色阴影里埋葬。

"我不做白昼暴露隐私的目标：
阳光会照出刻在我眉间的字迹——
它叙述完美的贞节如何枯凋， 808
神圣婚姻的盟誓怎样被背弃；
是啊，无知的文盲面对着书籍
　　根本读不懂其中高深的学问，
　　却能看出我脸上有劣迹污痕。 812

"奶妈哄孩子，会讲述我的故事，
用塔昆这名字来吓唬啼哭的幼婴。
演说家为了使演讲更生动有力，
会辱骂塔昆，连带着指责我不贞。 816
助兴的歌手会弹唱我的丑闻，
　　叫宴客仔细听一句句歌词描述
　　塔昆羞辱我，我又把柯拉廷羞辱。

"愿我的美名，那无知无觉的声誉， 820
为了柯拉廷的情分，能免遭污损。
这名声若成了街谈巷议的题目，
另一棵树上的枝叶也会凋零，
柯拉廷会受到不该受到的苛评； 824
　　我受到玷辱，他对此没丝毫干系，
　　正如我此前对他也忠贞无比。

"啊，隐秘的羞耻，无形的贬抑！
不痛的创口，有损门庭的暗伤！ 828

柯拉廷脸上已刻有贬辱的字迹，
塔昆老远就能够见到那词章，
他不是在战时而是在平时负伤：
832 　　唉！多少人遭受着类似的打击，
　　打击者明白，挨打者却蒙在鼓里！

"你的荣誉若系在我身上，柯拉廷，
那么它已被暴力从这儿夺走，
836 我的蜜丢了，我已经变成了雄蜂，①
在遭到凶残的蟊贼洗劫之后，
我整个夏天的劳绩已化为乌有。
　　黄蜂混进了你的脆弱的蜂房，
840 　　吸尽了忠诚的蜜蜂守护的蜜浆。

"你的名誉受损害，我对此有责任，
但我是为你的名誉才热情款待他；
他来自你那儿，我不能撵他出门，
844 我要是对他怠慢，会被人笑骂，
何况，他还诉苦说他已经困乏。
　　他大谈美德，可恨！真叫人看不出，
　　这恶鬼当时已经把美德玷污！

848 "为什么害虫要闯入真纯的花蕾，
可恶的杜鹃要在雀巢中成长？
为什么蟾蜍用毒泥来污染泉水，
凶残的恶德在温柔的胸中潜藏？
852 为什么违反国王命令的正是国王？

———————

① 雄蜂是不采蜜的。

世上并没有绝对的完美存在,
　　白璧总是要受到瑕疵的损害。

"把金银财宝锁入箱子的老头,
被痉挛、痛风和阵阵抽搐所折磨,
两眼顾不得对他的财宝瞅一瞅;
他坐着,像坦塔勒斯,焦渴又饥饿,①
徒然储藏着他精心积攒的成果,
　　收获没给他带来丁点儿欢笑,
　　只有治不好病痛引起的烦恼。

"这样,他拥有财富,却没能用上,
因而他留下遗产给儿子去掌管,
儿子们年少轻狂,很快挥霍光,
老父太虚弱,儿子们又过于强悍,
都不能守住这祸福参半的家产:
　　我们想要的蜜糖,忽然变酸涩,
　　就在我们刚得到蜜糖的时刻。

"狂风暴雨恭候着娇嫩的枝条;
恶草纠缠着奇花异卉的根梢;
好鸟歌唱的地方,毒蛇嘶嘶叫;
美德的产物,往往被邪恶吞掉。
我们想要好东西,总是得不到。
　　得到的只有夹带着恶果的机缘,

---

① 坦塔勒斯,希腊神话中主神宙斯和自然女神普洛托之子。他因得罪众神而被罚入冥界,拘于一个湖的中央。四周是水,渴时低头去喝,水即退去,使他永远喝不到水;头上满树是果子,饿时伸手去摘,树枝即抬高,使他永远吃不到果子。

　　　　　　　它扼杀好东西，或将其本性改变。

876　　　"机缘呵机缘，你的罪实在不轻！
　　　　　是你，给奸贼提供借口去犯罪；
　　　　　是你，使豺狼轻易地扑向羊群；
　　　　　是你，给阴谋作恶者送去机会；
880　　　是你，踢开了正义、理智和法规；
　　　　　　罪恶在你的黑洞里，没人看得出，
　　　　　　它虎视眈眈，把走过的生灵逮住。

　　　　　"你迫使贞女违背自己的盟誓；
884　　　节制一松懈，你就把欲焰狂煽；
　　　　　你扼杀贞洁的美德，你谋杀信义，
　　　　　你这卑污的老鸨，恶毒的教唆犯！
　　　　　你播种诽谤，公然把美誉偷换；
888　　　　你这淫贼、逆贼、坑人的窃贼！
　　　　　　你的蜜变苦，你的欢乐变伤悲。

　　　　　"你暗中的欢娱会变成公开的丑闻，
　　　　　你个人的盛宴将促使众人持斋，
892　　　你荣耀的头衔会沦为卑贱的恶名，
　　　　　你甜蜜的话语将化作难尝的苦艾；
　　　　　你狂热的虚荣绝不会持久不衰。
　　　　　　邪恶的机缘呵，你如此歹毒，可是
896　　　　人人都追求你，究竟是怎么一回事？

　　　　　"你何时才跟恭顺的恳求者交朋友，
　　　　　带他去能使他如愿以偿的地方？
　　　　　你选定何时来结束激烈的争斗，

或把受困于苦难的灵魂释放? 900
你何时给患者送良药,治愈创伤?
　穷人、瘸子和盲者爬着向你喊,
　可是呵,他们永远见不到'机缘'。

"病人在死去,医生却在睡大觉, 904
孤儿饿瘦了,而强徒在吃喝开怀,
法官在作乐,寡妇却在哭号啕,
忠言不务正,瘟疫就蔓延开来。
你不让任何慈善的事业存在。 908
　暴怒,忌妒,叛逆,凶杀,强奸,
　你的时辰伺候着这一切罪愆。

"一旦真诚和美德跟你有联系,
就会有无数磨难阻挠你帮他们; 912
他们得花钱买通你,可罪恶不必,
他免费而得手,你却还满心高兴,
你心甘情愿地听从罪恶的命令。
　塔昆赶来时,我丈夫柯拉廷本可 916
　也来我这里,是你呵,把他阻遏!

"对于谋杀和盗窃,你不能辞其咎,
对于伪证罪,教唆罪,你并不干净,
对于叛逆,伪造证件,搞阴谋, 920
十恶不赦的乱伦,你都有责任;
你是同谋犯,因为你生来关心
　过去未来的一切恶行和丑事,
　从开天辟地一直到世界末日。 924

"狞恶的时辰呵,你,黑夜的同伙,
迅捷而诡秘的信使,噩耗的传递人,
淫逸的恶奴,青春的吞噬者,灾难的
更夫,罪孽的驮马,美德的陷阱!
你养育万物,又杀灭万物,呵时辰,
　　飞奔着害人的时辰!听我把话说:
　　你既然害我有罪,就该害死我!

"为什么机缘(原是你时间的奴仆)
不给我你本该给我的休息时间?
还勾销我的好运,更把我禁锢
到永远,让我去忍受无尽的灾难?
时间的职责是化解敌对的积怨,
　　消灭掉各种成见引起的谬见,
　　而不是毁损合法婚姻的妆奁。

"时间呵,你夸耀能平息帝王的纷争,
能揭露谎言,让真理见到光明,
给衰老的事物刻上岁月的烙印,
唤醒灿烂的黎明,为黑夜守更,
伤害伤害者,直到他改邪归正,
　　用分分秒秒来摧毁豪华的大厦,
　　用尘埃来掩埋金光闪耀的楼塔;

"你夸耀能使巨碑被虫豸蛀空,
能敦促万物枯萎,入遗忘之乡,
能磨损古籍,篡改其中的内容,
能把老乌鸦双翼的羽毛拔光,
能耗干古树的汁液,叫新苗茁长,

能把铁铸的古物研磨成齑粉,
　　能转动命运那令人晕眩的车轮;

"让老妇见到她女儿的女儿,
让孩子变大人,大人向孩子转化,
把专靠杀生活命的猛虎杀死,
驯服独角兽,叫狂暴的雄狮趴下,
嘲笑聪明人,被自己的聪明戏耍,
　　用丰饶壮硕的收成叫农夫喜欢,
　　用滴滴水珠磨穿巉峻的巨岩。

"为什么你一面行进一面恶作剧,
难道你能够回头来赔偿损失?
只要在长途跋涉中退后一小步,
使那些借债给无赖的人们变明智,
你就会赢得朋友,朋友千万亿;
　　可怕的黑夜呵,你若能倒退片刻,
　　我就会制止风暴,躲开那浩劫!

"行进不息的时间呵,'永恒'的跟班!
不要让逃跑的塔昆有一刻平安,
用超过想像力极峰的极端手段
促使他诅咒这该诅咒的罪恶夜晚。
用狰狞的鬼影惊吓他淫邪的两眼,
　　使他因作恶犯罪而内心惶惑,
　　把每棵矮树都看作厉鬼恶魔。

"用骚乱的噩梦滋扰他的宁静,
　　使他困守在卧榻上痛苦地呻吟;

976　　　　　　让他时时触霉头，处处遭不幸，
　　　　　　　叫他去悲鸣，对他丝毫不怜悯。
　　　　　　　用铁石心肠对付他，比铁石更硬，
　　　　　　　　使温柔的女人对他也失去柔情，
980　　　　　　　对他要比那盛怒的猛虎还凶猛。

　　　　　　　"让他有时间去懊悔，把头发乱揪，
　　　　　　　有时间对自己大骂，痛加谴责，
　　　　　　　有时间绝望于时间对他的拯救，
984　　　　　　有时间像人人憎嫌的贱奴般生活，
　　　　　　　有时间去乞讨，求人家把泔脚施舍，
　　　　　　　　有时间看到靠救济过活的乞丐
　　　　　　　　都不屑扔给他被人扔弃的剩菜。

　　　　　　　"让他有时间见到朋友变寇仇，
988　　　　　　跳梁小丑们一齐来把他作笑谈；
　　　　　　　让他有时间注意到发愁的时候
　　　　　　　时间过得多么慢，而当他寻欢
992　　　　　　作乐时，时间又过得多快、多短暂：
　　　　　　　　让他那无法抹掉的丑事永远
　　　　　　　　有时间为他虚掷光阴而悲叹。

　　　　　　　"你这善与恶双方的导师呵，时间！
996　　　　　　教会我去咒骂那受你教唆的恶棍！
　　　　　　　让贼子被自己的影子吓得乱窜，
　　　　　　　自己要杀死自己，在每个时辰。
　　　　　　　这样的污血该通过污手来涌进；
1000　　　　　　 谁愿意这么卑贱地去执行任务，
　　　　　　　　做个卑鄙的刽子手杀死这贱奴？

"他来自帝王之家,就更为卑下,
他行为堕落,葬送了自己的前程;
地位越高,行为的影响就越大, 1004
能得到更高的荣誉或更大的憎恨;
最毒的诽谤总对着最高的身份。
　月亮被云遮,立即受世人惦记,
　星星却可以随意把自己隐蔽。 1008

"乌鸦可以在泥潭里把黑羽洗濯,
飞起时不见他随身把污泥带走;
可要是雪白的天鹅也想这样做,
在他的银绒上肯定会显出污垢。 1012
仆役黑如夜,君王辉煌如白昼;
　小虫子飞到哪儿都没人理会,
　可人人都能见到老鹰在腾飞。

"去吧,废话,鄙陋小人的奴仆! 1016
没用的空谈,懦弱无能的法官!
去吧,到口才竞赛的学堂去忙碌,
去吧,跟闲人瞎聊,同笨蛋争辩,
做个调停人,为诉讼双方斡旋。 1020
　我呢,我丝毫不想去论争、申诉,
　我这桩案子,法律也无法救助。

"一切都枉然!我白白咒骂机缘,
咒骂时间、塔昆、黑夜的阴郁, 1024
我痛责强加给我的恶名也徒然,
我徒然屏斥无法摆脱的侮辱,
废话是空炮,难给我公正的帮助;

1028　　　　　　此刻，对于我惟一有效的疗救
　　　　　　　　是让我已被污染的血液迸流。

　　　　　　"可怜的手呵，你何故听命而颤抖？
　　　　　　请你正直地帮助我清洗恶名；
1032　　　　　一旦我死去，荣誉全归你这只手，
　　　　　　要是我活着，你将在恶名中偷生，
　　　　　　既然你不能卫护你的女主人，
　　　　　　　　又不敢撕掐她那淫邪的仇敌，
1036　　　　　　　那就把你和屈从的她呀，都杀死！"

　　　　　　说着，她从凌乱的卧榻上跃起，
　　　　　　去寻找一种工具能用来自裁，
　　　　　　可这里不是屠场，没有这东西，
1040　　　　　不能为她的呼吸道把气孔另开。
　　　　　　她的一口气聚集在唇间，吐出来，
　　　　　　　　好比轰鸣的大炮冒出了硝烟，
　　　　　　　　又像火山的尘雾飘散在空间。

1044　　　　　她说，"我枉然活着，又枉然寻找
　　　　　　痛快地结束这不幸生命的法子。
　　　　　　我曾害怕过死于塔昆的弯刀，
　　　　　　为同一目的我又来寻找刀子；
1048　　　　　当我怕死时，我是忠贞的妻子；
　　　　　　　　现在仍然是——不，这已经不可能！
　　　　　　　　塔昆夺去了我的忠贞的象征。

　　　　　　"唉！我生活的目的已完全丧失，
1052　　　　　因此我现在没必要害怕死亡！
　　　　　　用死来洗刷污迹，我至少可以

给出丑的衣服戴上扬名的奖章,
我由死而生,教恶名由生而死亡。
　可怜无助的救助呵:珍宝被盗, 1056
　　就把无辜的珍宝盒子也烧掉!

"啊啊,柯拉廷!我决不让你知悉
受辱的婚姻有怎样腥秽的滋味,
我决不亵渎你对我爱的真意, 1060
用受过凌犯的誓约来向你献媚。
杂种的嫁接绝不会长出新蕾!
　玷污你家族的恶徒休想夸口讲
　　你是痴呆的父亲,养他的儿郎。 1064

"他也别打算暗地里把你嘲弄,
跟他的同伙讥笑你现在的处境;
可你该知道,你的宝不是有人用
黄金来买走,而是被偷出大门。 1068
而我呢,我是自己命运的女主人,
　对于自己的失贞我绝不宽宥,
　　直到用一死来洗清屈从的罪尤。

"我不会用我的污渍来把你毒害, 1072
也不用花言巧语来掩盖过失;
罪行的黑色衬底,我不想涂改,
不想把黑夜里丑事的真相隐匿。
我舌头会讲出一切,我眼睛好似 1076
　水闸,又好似山泉向溪谷奔驰,
　　要用净水涤净我不干净的故事。"

　　　　　这样，哀怨的菲洛墨拉停止了歌鸣，①
1080　不再宛转地倾诉夜间的悲伤，
　　　　阴森的黑夜沉重而缓慢地迈进
　　　　可怕的冥府；瞧呵！鲜红的朝阳
　　　　给希求光明的眼睛带来了晨光；
1084　　　但是鲁克丽丝没脸睁眼看自己，
　　　　　只想把自身继续关闭在黑夜里。

　　　　透过每道缝，探入了白日的亮光，
　　　　似乎要指明她正坐着在悲叹，
1088　她对着日光哭诉："啊啊，太阳！
　　　　你何故在窗口侦视？不要再窥探，
　　　　你该用柔光去挑逗别人的睡眼；
　　　　　刺人的亮光别烙刻我的额头，
1092　　　因为黑夜的所为赖不着白昼。"

　　　　她无论见到什么都加以挑剔，
　　　　真正的悲哀如顽童，痴迷又任性，
　　　　一旦倔起来，什么都不合心意；
1096　是旧恨，而不是新愁，变得温顺；
　　　　岁月制服了旧恨，可新愁难驯，
　　　　　像个游泳的新手跳进了水里，
　　　　　本领不到家，拼命游却终于溺毙。

1100　她已深深地沉入苦恼的海涛，
　　　　同她见到的每件事都进行争论，
　　　　拿种种不幸跟自己的遭遇比较，

---

① 菲洛墨拉，参见本诗第1128行注。

结果只能使已有的痛苦加深;
她不断比较着,一轮紧接着一轮。 1104
　　有时候,她悲痛无语,成了哑巴,
　　有时候,她喋喋不休,如疯似傻。

小鸟歌唱着颂赞欢快的清晨,
甜美的鸣啭使她的悲痛更强烈, 1108
欢乐总是要刺透痛苦的底蕴,
愉快的伙伴使伤心人无限悲切,
跟悲哀做伴,悲哀才化为喜悦:
　　只有得到了同病相怜的慰藉, 1112
　　真正的痛苦才会感觉到宽解。

见到了海岸而灭顶,等于死两回,
望着止痛膏,伤口的疼痛更剧烈,
面对着食物却挨饿,胜似饿十倍, 1116
悲痛遇到了救助者,更悲痛欲绝;
深深的哀伤如河水向前流泻,
　　河水被阻拦,便冲决堤坝而去;
　　悲哀被玩忽,就不再循规蹈矩。 1120

她说,"小鸟呵,你在嘲笑我!请你把
歌声埋进你空洞膨胀的胸膛,
在我能听见的地方,请你当哑巴;
我心烦意乱,听不进歌声抑扬, 1124
悲伤的主妇受不了宾客的欢嚷。
　　请你把轻音乐送进快活的耳朵;
　　愁苦人滴泪打拍子,只爱听悲歌。

1128　　　　"唱着歌哀诉受辱的菲洛墨拉，来吧，①
　　　　　　把我散乱的头发当幽树来栖身；
　　　　　　像原野为你的不幸而哭成沼泽，
　　　　　　我一听哀调也止不住涕泪淋淋，
1132　　　　以深长的呻吟伴你低沉的悲鸣；
　　　　　　　像伴唱一般，我低声控诉塔昆，
　　　　　　　你揭露忒柔斯，用更动人的歌吟。

　　　　　　"你总是把身子倚伏在荆棘上面，②
1136　　　　这样来提醒你心中的深痛巨创，
　　　　　　可怜的我来模仿你，拿一把利剑
　　　　　　对准我的心，叫眼睛一见就惊慌，
　　　　　　眼睛一闭拢，我的心就落地死亡。
1140　　　　　荆棘和利剑好比琴上的横柱，
　　　　　　　调准了心弦，就奏出凋萎的哀曲。

　　　　　　"可怜的鸟呵，你不在白天唱歌，
　　　　　　似乎是羞于被任何眼睛窥见，
1144　　　　让我们找一片幽暗僻陋的荒漠，
　　　　　　既没有酷暑，也没有冰冻的严寒，
　　　　　　在那里，我们唱悲天悯人的歌篇，
　　　　　　　借此来改造凶禽猛兽的天性；
1148　　　　　既然人如兽，就让兽有一颗善心。"

---

① 菲洛墨拉，希腊神话中特剌刻王忒柔斯之妻普罗克涅之妹。忒柔斯奸污了菲洛墨拉，并割去她的舌头。普罗克涅大怒，杀儿子以飨其父。姐妹逃跑，忒柔斯紧追，最后菲洛墨拉变为夜莺，普罗克涅变为燕子，忒柔斯变为戴胜。夜莺的哀鸣就是菲洛墨拉在控诉忒柔斯。
② 据说夜莺在夜间总是把胸脯紧贴在荆棘上，以便清醒地唱它的夜歌。

像一头受惊的小鹿停下来四顾,
惶惶然不知道该从哪条路逃走,
或像个迷路人在盘陀路上踟蹰,
没法子立即顺利地找到出口;　　　　　　　1152
就这样她心里自己跟自己争斗,
  是生还是死,不知道哪个更好,
  生当蒙羞,死又怕谴责难逃。

"唉!自杀,这事算什么,"她说道,　　　　1156
"不过是玷污了身体,又玷污灵魂!①
财富丢一半,另一半就护得更牢,
不像骚乱中财宝全丢的人们。
那母亲想做这等事真是太残忍:　　　　　　1160
  两个小宝宝,一个被死神夺走,
  她就要杀掉另一个,一个也不留。

"既然这一个纯洁,那一个也神圣,
哪个更贵重,肉体呢,还是灵魂?　　　　　1164
既然两者都献给天国和柯拉廷——
上帝或丈夫,谁的爱对我更亲近?
唉!劲松的树皮若是被剥尽,
  树叶会凋落枯萎,树汁会耗竭,　　　　　1168
  我灵魂也一样,她的皮已被劫掠。

"灵魂的住所遭洗劫,宁静被破坏,
她那座厅堂被敌人彻底捣毁,
圣洁的神殿被污染、践踏和糟害,　　　　　1172

---

① 自杀会玷污灵魂,是基督教道德,古罗马人没有这种观念。

　　　　　放肆的恶名已把她紧紧包围。
　　　　　那就不该叫做对上帝不敬畏：
　　　　　　　假如在破败的堡垒中挖条孔道，
1176　　　　　我让受困的灵魂从这里出逃。

　　　　　"此刻我还不能死，我要柯拉廷
　　　　　听清楚我过早殒命的真实缘由，
　　　　　好在我惨死的时刻，他发誓声明
1180　　　　要对迫使我自尽的歹徒报仇。
　　　　　我要把受污的血液给塔昆保留，
　　　　　　　这血是被他玷污，就为他流淌，
　　　　　　　我要在遗嘱中写明这是他的账。

1184　　　　"我要把荣誉留给我这把利刀，
　　　　　让它刺进我变得不洁的身躯。
　　　　　是荣誉把那不名誉的生命除掉，
　　　　　荣誉将从此永生，当生命死去。
1188　　　　美誉将在恶誉的灰烬中孕育，
　　　　　　　我一死，同时杀死了可耻的丑名：
　　　　　　　丑名一旦死，荣名立即得新生。

　　　　　"亲爱的，我已经丢失了你的珍宝，
1192　　　　我还有怎样的财物遗赠给你？
　　　　　亲爱的，我的决心值得你夸耀，
　　　　　请按照我的榜样去报仇雪耻。
　　　　　看着我，好决定对塔昆如何处置：
1196　　　　　我（你的朋友）杀死我（你的敌人），
　　　　　　　为了我，请你也这样去对付塔昆。

"现在把我的遗嘱简要地说明：
愿我的灵魂升天，肉体入地，
夫君呵，我的决定你必须执行， 1200
刺我的尖刀该分享我的荣誉；
我的耻辱由毁我名声者承继；
 我的所有的美名，都一一分赠
 给那些从不认为我可耻的人们。 1204

"柯拉廷，你负责执行我的遗嘱；
我怎样受骗，你务必从中看清！
我流的鲜血将洗净我受的耻辱；
清白地一死能除掉污秽的丑名。 1208
别退缩，心呵！勇敢地说一声：'行！'
 服从手吧，我的手会把心攻克：
 心和手都死去，又都成为胜利者。"

她心怀悲愤，安排下自己的死期， 1212
又从眼角把咸涩的珠泪拭干，
她用沙哑而失控的声音呼叫侍女，
侍女急匆匆奔向女主人身边，
责任心像插上翅膀飞到她跟前。 1216
 在侍女看来，主人的脸颊好比
 太阳光融化积雪后冬天的草地。

她向女主人谨慎地问候早安，
那语调细柔宛转，显示出恭顺， 1220
当见到女主人脸上笼罩着哀怨，
侍女的脸上也相应而布满愁云；
但是她没敢贸然向女主人发问：

1224　　　　　　她的明眸为什么被乌云遮暗，
　　　　　　　她的嫩腮上为什么苦水涟涟。

　　　　　　　恰似太阳落山后，大地就哭泣，
　　　　　　　花朵含露像噙泪欲溢的眼睛，
1228　　　　　　侍女也这样，她用盈盈的泪滴
　　　　　　　去湿润圆圆的眼睛，充满了同情：
　　　　　　　女主人的天穹上再不见灿烂的双星，
　　　　　　　　咸涩的海水浸没了双星的光芒；
1232　　　　　　　这又使侍女的眼泪夜露般流淌。

　　　　　　　这两个俊俏的人儿站立了好久，
　　　　　　　似象牙雕像往珊瑚池中喷水。
　　　　　　　一个哭得有缘由，另一个没有，
1236　　　　　　只是跟那一个泪人儿做伴相陪；
　　　　　　　温柔的女人总喜欢伤心落泪，
　　　　　　　　揣度着别人的痛苦就自己悲伤，
　　　　　　　　她们或浸润眼睛或痛断肝肠。

1240　　　　　　男人的心肠似铁石，女人的似蜡，
　　　　　　　女人被塑造全按照铁石的意图；
　　　　　　　弱者受挤压，暴力、机巧和欺诈
　　　　　　　把陌生的印记刻上她们的身躯。
1244　　　　　　不该说她们自己制造了恶誉，
　　　　　　　　正如一块蜡印上了恶魔的形象，
　　　　　　　　总不能认为蜡本身邪恶不祥。

　　　　　　　女人们平整坦荡，如一马平川，
1248　　　　　　开阔得连虫子爬行都一目了然，

男子们似杂树丛生的野林一片,
那里有穴居的罪恶,在暗处睡眠;
水晶墙挡不住一粒粒灰尘向外看;
　　男子们一脸正经,把罪恶掩饰, 1252
　　女人们可怜,脸上写明了过失。

谁也不要去痛骂凋谢的花朵,
应该去责备摧折花朵的严冬;
不是被害者、而是残害他人者 1256
才应该受斥责;别说女人身不正,
啊,她们受男人的凌辱太深重!
　　骄横的少爷迫使柔弱的女子
　　租赁他们的丑闻,该予以痛斥! 1260

这样的事例在鲁克丽丝身上发生,
半夜遭袭击,有可能随时死亡,
死也免不了随之而来的坏名声,
这同时使她的丈夫脸上无光。 1264
反抗而死却仍然要蒙羞,这样,
　　她周身传遍使她瘫软的惧怕:
　　谁不能对一具尸体肆意漫骂?

这时,鲁克丽丝宽和而耐心地开口, 1268
对陪她哭泣的可怜侍女这样说:
"姑娘,是什么缘故促使你泪流
满面,双颊上好似那雨水滂沱?
好心的女孩,你哭泣若是为了我, 1272
　　这无助于减轻我的痛苦:如果能,
　　我自己流泪就足够消愁解闷。

"不过，告诉我，姑娘，"她说着停了停，
"塔昆啥时候走的？"带一声长叹；
"我起床之前，"侍女回答女主人，
"是该责备我贪睡起得晚了点。
不过至少我觉得还情有可原：
  天还没破晓，我已从床上起身，
  在我起床前，塔昆已无踪无影。

"夫人，如果您原谅侍女的冒昧，
我斗胆问一声您究竟有什么困难。"
"别问，"鲁克丽丝说，"即使能讲明原委，
详细叙述也不能将悲痛减缓；
我实在无法讲清遭遇的事件；
  我所感受的太多了，却表达不了，
  这种痛苦可说是地狱的煎熬。

"去，把纸笔和墨水拿到这儿来，
噢，这儿已有了，不用再费劲。——
我该说什么？——我丈夫有一名听差，
你去吩咐他待会儿为我送封信，
把信交给我最亲最爱的夫君：
  叫听差赶快准备好，把信早送到，
  事情紧急，我这儿即刻便写好。"

侍女走了，她立刻着手来写信，
拿羽笔在纸上徘徊，心里费斟酌；
推理和忧伤发生激烈的斗争，
理智定下的，感情立即给涂抹；
这句写得太粗劣，这句太做作。

这样就像一群人挤在入口处，
都想先进去，堵住了她的思路。

最后她这样写开头："尊敬的夫君，
你的卑贱的妻子在这里问候你， 1304
谨祝你健康！我这里，请求你答应——
亲爱的，只要你还想见见鲁克丽丝，
就火速赶回来见我一面，急急！
　我在家向你致意，心中含悲痛， 1308
　我的话简短，却有说不尽的苦衷。"

她把记载着哀痛的文书折起来，
清楚的惨事在纸上却写得不清楚。
从这封短信中柯拉廷会清楚明白 1312
她心中凄楚，却不知是什么缘故。
她不敢就此把实情和盘托出，
　免得她还未用鲜血洗刷污渍，
　他会误以为这全是她的过失。 1316

她要把气力和哀痛的情绪积蓄，
等丈夫到来听她诉说时倾泻，
叹息、呻吟和泪水都将有助于
她陈述怎样受辱，更能够洗雪 1320
世人对她将有的猜疑或妄测；
　为避免污渍，她不在信上多写，
　行动将会把言辞远远地超越。

惨状目击比耳闻更令人惊骇， 1324
眼睛会把它见到的悲惨过程

全部传达给耳朵，让耳朵明白，
每一种感官各领受一部分惨景。
1328　我们听到的仅仅是苦难的一部分。
　　深海发出的声音比浅滩小得多，
　　语言风一吹忧伤的潮水就退落。

她的信已经封好，信封上写道：
1332　"火速送往阿狄亚，交给我夫君。"
信差等候着，她把信件当面交，
催促这脸色沉闷的仆人快启程，
要像北风中掉队的大雁般飞奔。
1336　　加快，再加快，可她还觉得不快；
　　极端的迫切逼出了极端的心态。

老实的仆人向她深深地鞠躬，
目不转睛地注视她，脸上泛红，
1340　默默地接过书信，一声也不吭，
带着单纯的羞怯，他匆匆登程。
谁要是把罪过深深隐藏在心中，
　　便想像人人都见到了自己的过失；
1344　　她以为他脸红是知道了她的丑事。

真是个憨厚的仆人！上帝看得清，
他只是缺少生气，少一点勇敢；
这种人毫无恶意，又忠心耿耿，
1348　用行动代替言语。可有人相反，
答应得好快，做起来却懒懒散散。
他这个往昔时代的忠诚模范，
　　用诚实的目光担保，不用语言。

他燃烧的忠心点燃起她的疑心, 1352
两个人脸上都燃起红色的火焰;
她想他脸红是因为他知道塔昆
犯奸淫,于是她跟着脸红,朝他看。
她目光专注,使得他更加愕然; 1356
  她越是看到他两颊血液涨满,
  便越是疑心他看出她的破绽。

仆人返回前,她觉得时间太慢,
然而忠实的仆人才出发不久; 1360
她无法挨过这段难挨的时间,
再叹息、呻吟和哭泣,已没有劲头:
悲伤厌倦了悲伤,呜咽已哭够,
  于是她暂时停下来不再哀诉, 1364
  她要找出个新法子来宣泄悲苦。

她终于想起挂在墙上的图画,
画上有普里阿摩斯的特洛伊城堡,①
细绘着希腊的大军兵临城下, 1368
因海伦遭劫,要把这座城毁掉,
威胁说高耸的伊利昂即将倾倒;②
  天才的画家下笔时真有气派,
  仿佛苍天在俯身亲吻那楼台。 1372

画面上描绘着成千个不幸的人物,

---

① 普里阿摩斯是荷马史诗《伊利亚特》中的特洛伊末代王,他的儿子帕里斯劫持了希腊斯巴达王后海伦,由此引起了长达十年的特洛伊战争。
② 伊利昂即特洛伊。

　　　　　　　艺术能创造生命，把造化嘲弄；
　　　　　　　多少块干颜料点点滴滴似泪珠，
1376　　　　是妻子洒泪为丈夫被杀而悲痛；
　　　　　　　鲜血在熏蒸：可真是鬼斧神工！
　　　　　　　　垂死者睁着暗淡无光的眼睛，
　　　　　　　　像煤火将熄，在漫漫长夜里烧尽。

1380　　　　你可以看到画上有干活的工兵，
　　　　　　　他们都汗流浃背，沾满了泥土，
　　　　　　　特洛伊城头一双双战士的眼睛
　　　　　　　透过塔楼的观察孔向外注目，
1384　　　　忧郁而紧张地盯着希腊的队伍：
　　　　　　　　这幅画绘制得如此优美而精细，
　　　　　　　　能看到远处的眼睛也那样悲凄。

　　　　　　　你可以看到大将们脸上呈现着
1388　　　　非凡的气度，一个个庄严而威猛，
　　　　　　　年轻的士兵，行动迅捷而灵活；
　　　　　　　画家还在场面上安插了几名
　　　　　　　苍白的懦夫战栗着向前逡巡，
1392　　　　　胆小的村夫描画得活灵活现，
　　　　　　　　观画者肯定能看到他们在打颤。

　　　　　　　画面上还有埃阿斯、尤利西斯，哎！①
　　　　　　　这样的人像画，技艺实在太高超！

―――――――
① 埃阿斯和尤利西斯都是攻打特洛伊的希腊将领。当阿喀琉斯战死后，他的母亲要求埃阿斯和尤利西斯去夺回他的尸体，并说谁表现得英勇，就把他儿子的盔甲送给他。结果尤利西斯被认为是勇者，获得盔甲。埃阿斯愤而自杀。

两人的面容透露出各自的心态,   1396
那表情充分揭示了他们的情操;
埃阿斯眼里滚动着苛刻和暴躁,
  狡黠的尤利西斯含笑,目光温和,
  显示出老谋深算,又泰然自若。   1400

你看沉稳的涅斯托正站着演讲,①
好像在鼓动希腊的将士去奋战,
他姿态庄重,挥动着他的臂膀,
抓住了人们的注意,吸引了视线;   1404
演讲时,他的胡须如银白的丝线
上下抖动着,一股盘旋的气流
从唇间飘出,上升,在空中漫游。

群众围着他听傻了,嘴巴都张开,   1408
像要把他的劝告全吞进肚里,
他们一同听,却有不同的神态,
仿佛美人鱼唱歌使他们着迷;②
这些人有高有矮,描画得精细;   1412
  后面许多人头部几乎被遮住,
  想跳得更高些以便看得更清楚。

这人的手臂靠着那人的头顶,
他的鼻子被旁人的耳朵遮住;   1416

---

① 涅斯托,特洛伊战争时希腊军中的高龄将军,勇敢、老练,还是出色的演说家、智慧的长者。
② 美人鱼,这里实际上是指赛人(Siren),希腊神话中半人半鸟的自然女神,居住在海岛上,常以美女的形象出现,用奇妙的歌声引诱航海者,使他们迷而忘返,遭到死亡的灾厄。

这个被挤得后退，气冲冲，脸通红；
那个被压得愁闷，咒骂得恶毒；
一个个怒形于色，或凶相毕露；
1420   　　看来，若不是怕漏听涅斯托的忠告，
　　就会有一场恶斗，要动枪动刀。

这幅绘画蕴含着非凡的想像力，——
别出心裁的技法，贴切而自然，
1424 一支矛代替了阿喀琉斯的形体，①
握在披甲的手中，本人不出现，
除了心灵的眼睛，人们看不见：
　　一手或一头，一腿或一足，或面庞，
1428 　　就代表整个人形，凭你去想像。

特洛伊城墙被围得水泄不通，
他们的希望——勇敢的赫克托上场，②
许多特洛伊将士的母亲登城，
1432 喜见子侄们挥动闪亮的刀枪；
为获胜，她们这举动太不寻常——
　　喜悦的心头闪过恐惧和忧悒，
　　正如锃亮的器皿染上了污迹。

1436 鲜血从他们厮杀的达丹海滩③
流到西摩伊斯河的芦苇岸旁，④

---

① 阿喀琉斯，无比勇敢、英俊、敏捷的希腊英雄，攻打特洛伊的希腊军队中的主将。是他杀死了赫克托。
② 赫克托，特洛伊军队的统帅。特洛伊王普里阿摩斯和王后赫卡柏的长子，帕里斯之兄。特洛伊的英雄，也是多情的丈夫、慈爱的父亲。
③ 达丹，即达丹尼亚，特洛伊城所在的地区。
④ 西摩伊斯河，源自伊达山，流经特洛伊平原的河。

河水试着要模仿这一场鏖战,
涌起了滚滚的波涛,一排排冲向
损毁的堤岸,然后退到河中央,   1440
 接着与更为汹涌的狂涛交汇,
 撞击出水沫浪花在河岸迸飞。

鲁克丽丝来到精美的画图跟前,
想寻找一张充满悲苦的脸庞。   1444
她看到不少人脸上有一些忧烦,
却没有一张脸包含所有的哀伤,
直到她发现赫卡柏正陷于绝望,①
 两眼盯视着普里阿摩斯的伤口,   1448
 他躺在皮罗斯脚边,鲜血直流。②

画家在她的身上剖析出时间的
暴虐,忧郁的磨难,丽质的凋零;
她的脸变形了,布满皲裂和皱褶,   1452
她曾经有过的容貌已荡然无存。
脉管里蓝色的血液已变黑变浑,
 不再有哺养枯槁血脉的源头,
 生命在一具僵死的躯壳里拘留。   1456

鲁克丽丝两眼盯住这悲哀的身影,
以自己的哀愁来想像老妇的悲戚,
老妇有种种痛苦来给她以回应,

---

① 赫卡柏,特洛伊王后,普里阿摩斯之妻,赫克托之母。
② 皮罗斯,即涅俄普托勒摩斯,阿喀琉斯之子。特洛伊攻陷后,他杀死了普里阿摩斯。

1460　　　　　只缺少哭喊和詈骂来诅咒死敌；
　　　　　　画家可不是能使她哭骂的神祇，
　　　　　　　鲁克丽丝发誓说，画家对她不公道，
　　　　　　　给了她多少苦，却不给舌头一条。

1464　　　　"可怜的木琴，"她说，"却不能发声，
　　　　　　我要用忧伤的舌头诉你的哀愁，
　　　　　　把香膏滴入你丈夫的伤口止痛，
　　　　　　还要对杀他的皮罗斯狠狠地诅咒，
1468　　　　用泪水灭火；特洛伊已烧得太久；
　　　　　　　所有的希腊人都是你的死对头，
　　　　　　　我定要剜出他们愤怒的眼球。

　　　　　　"我还要看看勾起战乱的妖姬，①
1472　　　　让我用指甲把她的粉面撕烂！
　　　　　　痴愚的帕里斯，是你的情欲惹起
　　　　　　天怒，叫烈焰滚滚的特洛伊承担；
　　　　　　是你的眼睛把这场大火点燃；
1476　　　　　现在，由于你那双眼睛的过失，
　　　　　　　父子和母女——在特洛伊送死。

　　　　　　"为什么某些男女的个人欢情
　　　　　　会成为无数人共同遭受的祸患？
1480　　　　谁心血来潮，独个儿去侵犯别人，
　　　　　　这罪责就该由他独个儿承担；
　　　　　　无辜的生灵应摆脱株连的灾难。
　　　　　　　为什么一人犯罪要众人受过？

————————

① 妖姬，指海伦。

为什么惩戒私欲要公众受折磨？　　　　　　　　　1484

"看啊，赫卡柏哭泣，她丈夫死去，
赫克托昏厥，特洛伊罗斯倒下来，①
朋友挨朋友横躺，血流成渠，
混战中，朋友无意间把朋友伤害；②　　　　　　1488
一个人贪色导致千万人遭灾。
　　假如老普里阿摩斯教子有方，
　　特洛伊会得到荣光，不会被烧光。"

她看着画上特洛伊的惨状而哀恸，　　　　　　　　1492
悲伤的心情有如沉重的挂钟，
一旦晃起来，便随着重心摆动；
几乎不费力，发出凄恻的响声。
她受到触发，就对着画面上种种　　　　　　　　　1496
　　惨酷的图景把自己的冤情诉说；
　　给他们言词，从他们借来愠色。

她投出目光在整个画面上扫过，
看到谁处境凄惨，就为谁悲悯。　　　　　　　　　1500
最后她看见那两手被绑的家伙，③
那模样引起几个牧人的同情；
他满面忧伤，却又知足而镇定，
　　跟这些乡民一道向特洛伊走去，　　　　　　　1504

---

① 特洛伊罗斯，普里阿摩斯与赫卡柏的小儿子，为阿喀琉斯所杀。
② 无意间，特洛伊被攻陷时在夜间，混战中可能看不清敌我。
③ 家伙，即西农。据维吉尔《埃涅阿斯纪》：当希腊人定下木马计后，西农有意躲在木马腹下，让人俘虏，用谎言骗取同情，说服特洛伊人把木马拖入城内。最初发现他、俘虏他并同情他的是几个佛律癸亚（古国，在小亚细亚）牧民，他们把他带到特洛伊王普里阿摩斯面前。

他颇有耐心，对痛苦毫不在乎。

画家以精湛的技艺把此人描绘，
隐去了狡诈，呈露出诚实的外表，
1508　　他步态谦恭，面容沉静，眼含泪，
昂起了额头，仿佛在迎接苦恼，
他的脸不红不白，红白相谐调，
　　因而羞愧的红色不暴露心虚，
1512　　　苍白，却没有歹徒常有的恐惧。

此人就像个顽固不化的恶魔，
他所扮演的角色看上去真诚，
这样藏起了他心中鬼祟的邪恶，
1516　　甚至猜忌成性者也不会不信：
欺诈的伎俩、阴险的伪证竟然能
　　把黑色风暴投入明媚的蓝天，
　　把魑魅的罪恶涂上圣者的慈颜。

1520　　擅发假誓的西农，在画师笔下，
摆出温良的模样，他鼓唇弄舌，
使老迈轻信的普里阿摩斯被杀；
他的话语如"野火"把伊利昂显赫①
1524　　辉煌的荣耀烧光，上苍也难过，
　　星子们照影的明镜已破碎消亡，②
　　它们便奔离原来占定的地方。

---

① "野火"，特指古代海战中使用的一种入水仍燃的纵火剂，又名"希腊火"。
② 明镜，指特洛伊，意谓这座城光辉灿烂，星星常从中照见自己的影子。

鲁克丽丝对这幅图画仔细察看着，
她责备画家的技巧过于高妙， 1528
认为西农不会有那样的神色；
邪恶的内心不会有正直的外貌。
她凝神注视这个人，瞧了又瞧，
　发现他质朴的面容上显出真挚， 1532
　于是她断定这幅画虚假不实。

"这许多谎言和诡计，"她说，"不可能——"
她本来想说，"在这样的外表中暗藏，"
但此刻她脑中浮出塔昆的外形， 1536
她下面想说的话语便受到阻挡：
"不可能"包含的意义就此变了样，
　变成了这样："不可能不在这张脸
　背后隐藏着罪恶的歹心，我发现。 1540

"正如画面上那个狡猾的西农，
表现得如此持重，疲乏，又温和，
仿佛要晕倒，经不起劳累和哀痛，——
披甲的塔昆也这样前来欺骗我， 1544
他外貌忠诚，骨子里淫荡邪恶。
　像普里阿摩斯宽待西农那般，
　我款待塔昆：使我的特洛伊崩坍！

"看啊，西农在陈述，假惺惺流泪， 1548
普里阿摩斯听着，竟泪水盈睫！
国王啊，你怎么老了却缺少智慧？
他流泪就是要特洛伊居民流血。
他眼里进出的是火焰，不是泪液： 1552

那使你动心的颗颗圆亮的珠泪
是团团火球,要把特洛伊烧毁!

"恶鬼从黑暗的地狱里偷得魔力;
1556　西农浑身是烈火,却冷得颤栗,
炽热的火焰在严寒中燃烧不息。
对抗的东西竟如此和谐统一,
只能哄傻瓜,使他们鲁莽轻敌:
1560　　普里阿摩斯轻信了西农的泪花,
　　西农就得以用水来烧毁特洛伊。"

说至此她怒火中烧,情绪激动,
胸中的耐心丝毫也不再留存。
1564　她用指甲撕扯这画上的西农,
把他比作那带来祸患的客人,
客人的行为使她对自己都憎恨。
　最后她一笑,不再把画面撕裂,
1568　"我太傻,"她说,"扯破了,他也没感觉。"

她心中悲哀的潮水涨落不停,
她的怨诉使时间都感到厌倦,
她盼望黑夜,到黑夜又渴求天明,
1572　日和夜都使她觉得漫长无边。
在极度悲痛中,一瞬也好似一年;
　悲哀尽管已困乏,却很少睡眠,
　不眠的人们看时间爬得多缓慢。

1576　她跟画中人一起度过的时光
已经在她的沉思中悄悄地溜走,

她只顾深深思索着别人的哀伤,
自己的痛苦便暂时离开心头,
见到了惨象便忘掉自己的哀愁。　　　　　　　1580
　　想到那些人艰难惨酷的遭遇,
　　伤痛便减轻,尽管没法子治愈。

现在那小心守职的信差已返回,
请来了他的主人和其他诸公,　　　　　　　　1584
柯拉廷发现鲁克丽丝穿着一身黑,
她那被泪水浸润的眼睛通红,
围一圈蓝晕,仿佛天上的彩虹:
　　暗淡的天空上两弧彩虹的光影　　　　　　1588
　　预示着刚过的暴雨将再度来临。

她的忧郁的丈夫看到这景象,
惊愕地注视着她那痛苦的脸庞;
她两眼红肿,泪水浸润着眼眶,　　　　　　　1592
极度的痛苦把红润的脸色毁伤。
他没有勇气询问她情况怎样;
　　两人都站着,像旧友重逢在异地,
　　陷入迷惘中,话不知从何说起。　　　　　　1596

后来他握住她没有血色的素手,
开始问她道:"究竟发生了怎样
不幸的祸事,使你不停地颤抖?
是什么愁苦使你的红颜凋丧?　　　　　　　　1600
为什么你穿起这身晦气的衣裳?
　　亲爱的,请把你沉重的心事表述,
　　倾诉悲痛吧,好让我们来救助。"

1604　　她长叹三声以激起诉苦的话头，
　　　　但是吐冤的字眼她说不出来。
　　　　她终于下决心回答丈夫的请求，
　　　　羞赧地准备让他们全都明白
1608　　她一身贞洁已经被强徒糟害；
　　　　　这时柯拉廷和陪他同来的诸公
　　　　　心情沉重地倾听着她的指控。

　　　　苍白的天鹅在她湿淋淋的巢中，
1612　　为自己必有的结局把哀歌吟唱，
　　　　她说："没词儿能说清受辱的过程，
　　　　也没有理由可以把罪过原谅。
　　　　我的话很少，却有太多的哀伤。
1616　　　要是用疲惫的舌头把一切陈述，
　　　　　那就会引出太长、太长的怨诉。

　　　　"下面是我要诉说的全部情况：
　　　　亲爱的夫君，有一个生人前来
1620　　占据了你的卧榻，靠在枕头上，
　　　　那是你困倦的头颅休憩的所在；
　　　　他对我进行了邪恶的暴力侵害，
　　　　　那是怎样的侮辱，你可以想像，
1624　　　你的鲁克丽丝啊，没逃脱魔掌！

　　　　"就在死一般可怕的漆黑夜晚，
　　　　那个人蹑手蹑脚地溜进房门，
　　　　手里有点燃的蜡烛，闪亮的短剑，
1628　　他轻声叫道，'醒来，罗马的妇人，
　　　　你务必服从我的爱，假如你不肯，

敢抗拒我的爱欲,今晚我就使
　　你和你家人蒙受永久的羞耻。'

"他说道,'假如你违抗我的意志, 1632
我就把你家某个丑陋的仆人
结果了性命,接着再把你杀死,
然后对人说,我就在你们进行
幽会的地方发现了可恶的奸情, 1636
　　便杀掉奸夫淫妇,于是我永远
　　博得了美名,而你将遗臭万年。'

"我听了就要跳起来大喊来人,
他立即拿起短剑对准我的心, 1640
发誓说,除非我把这一切容忍,
否则就别想活着再叫出一声;
那我的耻辱便永远在史册留存,
　　伟大的罗马一定会永远记住 1644
　　鲁克丽丝与仆人死于通奸败露。

"我自己软弱,敌人则非常强大,
过于软弱了,便增添极大的恐惧。
那个残酷的法官不准我说话; 1648
伸张正义的抗辩一概不允许。
他那猩红的淫欲竟成为证据——
　　来证明我用美色勾引了他的眼,
　　法官遭抢劫,在押犯死得好冤! 1652

"请你教给我为自己申辩的理由,
或至少让我寻找到一种安慰:

尽管我的血受辱，染上了污垢，
1656　　可是我的心依然清白而完美；
　　　　它没有受到淫虐，也从不准备
　　　　　　屈从于暴力，它始终纯洁无疵，
　　　　　　在已遭荼毒的躯壳里顽强守志。"

1660　　柯拉廷好似破产的商人般绝望，
　　　　低垂着头儿，话语被悲愤堵住，
　　　　他双臂交叉紧抱着，目光凄惶，
　　　　嘴唇顿时变惨白，想呼气吐出
1664　　那使他无力开口说话的痛苦；
　　　　　　他这么沮丧，毕竟是徒劳无功，
　　　　　　刚呼出一口气，马上又吸进口中。

　　　　像潮水咆哮着，粗暴地冲过桥洞，
1668　　眼睛跟不上它向前猛冲的速度，
　　　　它掀起旋涡，高傲地跳跃奔涌，
　　　　又蹦回迫使它迅跑的狭窄水域，
　　　　狂暴地出发，狂暴地回到原处：
1672　　　　他的哀叹也如此，仿佛在拉锯，
　　　　　　推出了悲痛，又把它拉了回去。

　　　　她见到丈夫哀伤得一言不发，
　　　　于是把他从惝恍迷乱中唤醒；
1676　　"亲爱的夫君，你这样悲伤更增加
　　　　我心中的悲伤，雨不能缓解山洪，
　　　　你哀痛只会使我的敏感的哀痛
　　　　　　加倍地剧烈。不如让悲哀浸透
1680　　　　一个人，一双泪眼，这已经足够。

"既然我使你如此动情,为了我,
为了你的鲁克丽丝,请你听仔细:
立即去为我报仇,惩治那恶魔——
他是你的、我的、他自己的仇敌。 1684
假如你是在保护我免遭侵袭,
　可惜太晚了;必须去诛杀奸宄,
　过分的仁慈意味着纵容犯罪。

"大人们,在我说出那名字之前," 1688
她嘱咐陪同柯拉廷回来的人们,
"请保证对我立下崇高的誓言,
要迅速行动,去为我报仇雪恨;
拿起复仇的武器去铲除不平, 1692
　这样的义举值得被高度称赞,
　骑士们应该凭誓约为妇女申冤。"

听罢这请求,在场的各位大人
都慷慨激昂,答应要为她上阵, 1696
骑士精神促他们担负起重任,
他们都急于听到恶人的姓名。
可她还没有讲完难讲的全过程,
　便阻止承诺,说道:"请你们说说, 1700
　怎样做能拭去强加给我的污浊?

"我身处危境,受到可怕的逼迫,
这样造成的失误该怎样定性?
我心地纯洁,能不能赦免罪责, 1704
使我败坏的名誉能重新端正?
有什么辩词能使我摆脱困境?

1708　　　泉水受毒质污染，会澄清自己，
　　　　　为什么我不能洗净强加的污迹？"

　　　　　听了这番话，他们立即回答道，
　　　　　洁净的心灵已涤净肉体的污痕；
　　　　　她转过面庞，含着勉强的苦笑，
1712　　　那面庞似画，画着悲惨的不幸，
　　　　　深痛巨创的印迹，由泪水刻成。
　　　　　　"不行，"她说，"今后的妇女不可以
　　　　　为自己失足找借口，以我为先例。"

1716　　　心儿仿佛要破裂，她一声长叹，
　　　　　喊出塔昆这名字："他、他，"她说，
　　　　　除了这个"他"，她的话堵在舌边；
　　　　　经过多少次失声，一再的耽搁，
1720　　　断续的喘息，挣扎着，急促，疲弱，
　　　　　　她才说："他，他，大人们，就是他
　　　　　指令这只手给我致命的一扎！"

　　　　　此刻，她把那有害的尖刀刺入
1724　　　无害的胸膛，灵魂从胸口离去；
　　　　　这一扎使灵魂摆脱了沉重的愁苦，
　　　　　逃离了使它喘息的污浊的牢狱。
　　　　　悔恨的悲叹送精魂飞上云衢，
1728　　　　永恒的生命从伤口飞出，逃跑，
　　　　　　同凡胎肉身的缘分已一笔勾销。

　　　　　被这一惨烈的举动震惊，柯拉廷
　　　　　和一班贵族们都像顽石般呆立，

鲁克丽丝的父亲见女儿鲜血直喷，　　　　　1732
便一头扑向她那自毁的躯体；
布鲁图斯从殷红的涌泉中拔去①
　　杀人的尖刀，尖刀一离开胸脯，
　　她的鲜血要复仇，便向刀猛扑。　　　　　1736

鲜血一股股冒出了她的胸膛，
分成了两条徐徐流淌的血河，
殷红的血水把她包围在中央，
那躯体如刚遭洗劫的荒岛一座，　　　　　　 1740
不见人迹，在可怖的洪水中坐落。
　　血液一部分还依然鲜红纯洁，
　　一部分变黑，那是塔昆作的孽。

伤心惨目的黑血渐渐地凝固，　　　　　　 1744
从四面渗出的清液，形成一圈泪，②
仿佛为这块污染的地方哀哭，
这以后，从污血不断地渗出清水，
仿佛它是在同情鲁克丽丝受的罪；　　　　　1748
　　未遭污染的血液却鲜红依旧，
　　仿佛见到了腐臭的东西而害羞。

"女儿，亲爱的女儿，"老父亲哭嚷，
"你所夺去的生命是我的寄托；　　　　　　1752
孩子的身上存活着父亲的形象，
你现在不活了，我到哪里去生活？

---

① 布鲁图斯，罗马贵族。参见本书第93页本诗《内容提要》注⑧。
② 清液指血清，是血液凝固时从血块中分离出来的淡黄色透明液体。

我给你生命不指望这样的结果：
假如儿女们在父辈生前死去，
我们像子女，他们才像是父母。

"可怜的破镜子！我过去常常看见：①
在你美好的映象中，我返老还童；
但现在那明镜已变得陈旧昏暗，
只有时间磨损的骷髅在其中。
你已毁掉了你脸上我的面容，
砸碎了我的镜子里所有的美影，
我再也见不到自己青春的神情。

"假如该活的生灵不再活命，
那么时间，终止吧，不要再延续！
难道腐臭的死亡该征服青春，
让摇晃、颤抖、衰弱的生灵活下去？
老蜜蜂死了，蜂房由壮蜂占据；
那么回来吧，快快醒来，鲁克丽丝，
看老父死去，别让我看到你死！"

这时候，柯拉廷仿佛从梦中猛醒，
他请悲恸的老岳父让出地方；
他扑入鲁克丽丝冰冷的血泊之中，
用泪水冲洗她苍白凄惶的脸庞，
他昏死一阵，好似要跟她共存亡；
毕竟男子的羞恶心能使他自持，

---

① 镜子，喻鲁克丽丝的容貌。参阅莎士比亚《十四行诗集》第三首第9、10行："你是你母亲的镜子，她在你身上/唤回了自己可爱的青春四月天。"

要他活下去,为爱妻报仇雪耻。

他内心深处经受的极大苦痛
锁住了他的舌头,叫它别出声, 1780
悲哀控制着舌头,逼得它发疯,
好久说不出话儿来宽慰心灵;
这时它开始吐字,细微的声音
  挤在嘴唇边,急于要缓解悲愤, 1784
  以致他说的是什么没人能听清。

有时候,清楚地听到他从牙缝中
挤出"塔昆",仿佛要咬碎这恶名。
在大雨被吹落之前,猛烈的狂风 1788
阻遏着悲哀的潮水,使浪涛更猛。
终于大雨落下来,风势趋平静,
  这时候,女婿和岳父互不相让,
  哭娇女,哭爱妻,谁该哭得最悲伤。 1792

一个说,她是他的;一个说,是他的;
可谁也无法把她单独地占有。
父亲说:"她是我的。""不,是我的,"
丈夫说:"别把我哀悼的权利夺走, 1796
谁也不要说是为她痛哭不休,
  因为鲁克丽丝只是属于我一人,
  能够为她恸哭的,只有柯拉廷。"

鲁克瑞修斯喊:"唉,我给她生命,[①] 1800

---

① 鲁克瑞修斯,鲁克丽丝的父亲。

她却把生命结束得太早,又太迟。"①
"她是我的妻!"柯拉廷嚷道,"真不幸!
她为我所有,她毁的是我的命根子。"
1804　"我的女儿!""我的妻!"大声的争执
　　　传到收取鲁克丽丝灵魂的苍穹,
　　"我的女儿!""我的妻!"它这样回应。

　　　布鲁图斯,已从她胸口把尖刀拔出,
1808　看到他们俩争辩着,充满了哀痛,
　　　便收起诙谐,显出自尊和严肃,
　　　把傻相埋在鲁克丽丝的伤口之中。②
　　　罗马人看惯了这副痴愚的面孔,
1812　　一直把他当作是宫廷的弄臣,
　　　听他讲一些疯话和插科打诨。

　　　他曾以深藏的谋略把自己伪装,
　　　小心地护卫着他那隐蔽的机智,
1816　现在,他抛却自己痴愚的模样,
　　　即刻把柯拉廷眼中的泪水遏止。
　　　他说道:"起来,受辱的罗马勇士!
　　　不显山不露水,我被人当作傻子,
1820　你聪明练达,我教你怎样行事。

　　　"不行,柯拉廷,能否叫哀愁治哀愁?
　　　能否叫伤痛医伤痛,灾难除不幸?

---

① 太迟,一种解释是鲁克丽丝未能在塔昆强奸她以前死去以保持名节。
② 傻相,布鲁图斯曾伪装疯傻以逃过劫难。参阅第93页本诗《内容提要》注⑧。

你给自己以重击,这算是报仇,
来为你惨遭欺凌的娇妻雪恨? 1824
幼稚的想法来自软弱的生性。
　你那可怜的夫人错得没道理,
　竟然自杀了,她本该去诛杀仇敌。

"勇敢的罗马人,别再把你的心灵 1828
沉浸在令人伤感的、哀悼的泪水里,
跟我一起跪下来,担负起责任,
用祈祷唤醒罗马的诸位神祇,——
既然罗马已蒙受了歹徒的非礼,—— 1832
　就请神祇们准我们拿起刀枪
　把这种邪恶的丑事沿街扫荡。

"现在,凭我们崇敬的卡庇托殿堂,①
凭横遭玷污却始终贞洁的血泊, 1836
凭赋予大地以万物的灿烂阳光,
凭维护公理和正义的罗马帝国,
凭控诉冤情的贞女不朽的魂魄,
　还凭这血染的尖刀,我们宣誓: 1840
　为这位贞烈的妻子去报仇雪耻。"

说完这番话,他把手放在胸前,
亲吻那致命的尖刀,以结束誓词,
他激励别人都听从他的明断, 1844
众人惊异地望着他,都同意举事。

---

① 卡庇托殿堂,古罗马卡庇托山上的朱庇特(即宙斯)神庙。参见本诗第568行注。

　　　　　　他们一齐跪伏在地上，于是
　　　　　　　　布鲁图斯便把刚刚立下的密誓
1848　　　　　　又重复一遍，大家也再度明志。

　　　　　　大家保证把审慎的计划实施，
　　　　　　决定抬着鲁克丽丝的尸身游行，
　　　　　　好让全罗马都看见血染的遗体，
1852　　　　这样来公布塔昆的罪恶兽行；
　　　　　　这事情进展迅速，很快便完成，
　　　　　　　　罗马的百姓没人不欢呼响应
1855　　　　　　把塔昆家族永久地驱逐出境。

The Sonnets
十四行诗集
屠 岸译

一

我们要美丽的生灵不断蕃息,
能这样,美的玫瑰才永不消亡,
既然成熟的东西都不免要谢世,
娇嫩的子孙就应当来承继芬芳:
但是你跟你明亮的眼睛结了亲,
把自身当柴烧,烧出了眼睛的光彩,
这就在丰收的地方造成了饥馑,
你是跟自己作对,教自己受害。
如今你是世界上鲜艳的珍品,
只有你能够替灿烂的春天开路,
你却在自己的花蕾里埋葬了自身,
温柔的怪物呵,用吝啬浪费了全部。
　可怜这世界吧,世界应得的东西
　别让你和坟墓吞吃到一无所遗!

二

四十个冬天将围攻你的额角,
将在你美的田地里挖浅沟深渠,
你青春的锦袍,如今教多少人倾倒,
将变成一堆破烂,值一片空虚。
那时候有人会问:"你的美质——
你少壮时代的宝贝,如今在何方?"
回答是:在你那双深陷的眼睛里,
只有贪欲的耻辱,浪费的赞赏。
要是你回答说:"我这美丽的小孩
将会完成我,我老了可以交账——"
从而让后代把美继承下来,
那你就活用了美,该大受颂扬!
　　你老了,你的美应当恢复青春,
　　你的血一度冷了,该再度沸腾。

三

照照镜子去,把脸儿看个清楚,
是时候了,这脸儿该找个替身;
如果你现在不给它修造新居,
你就是欺世,不让人家做母亲。
有那么美的女人么,她那还没人
耕过的处女地会拒绝你来耕耘?
有那么傻的汉子么,他愿意做个坟
来埋葬对自己的爱,不要子孙?
你是你母亲的镜子,她在你身上
唤回了自己可爱的青春四月天:
那么不管皱纹,通过你老年的窗,
你也将看到你现在的黄金流年。
　　要是你活着,不愿意被人记牢,
　　就独个儿死吧,教美影与你同消。

四

不懂节俭的可人呵，你凭什么
在自己身上浪费传家宝——美丽？
造化不送人颜色，却借人颜色，
总是借给慷慨的人们，不吝惜。
美丽的小气鬼，为什么你要这样
糟蹋那托你转交的丰厚馈赠？
无利可图的放债人，为什么你手上
掌握着大量金额，却还是活不成？
你这样一个人跟你自己做买卖，
完全是自己敲诈美好的自己。
造化总要召唤你回去的，到头来，
你怎能留下清账，教世人满意？
　　美，没有用过的，得陪你进坟墓，
　　用了的，会活着来执行你的遗嘱。

五

一刻刻时辰，先用温柔的工程
造成了凝盼的美目，教众人注目，
过后，会对这同一慧眼施暴政，
使美的不再美，只让它一度杰出；
永不歇脚的时间把夏天带到了
可怕的冬天，就随手把他倾覆；
青枝绿叶在冰霜下萎黄枯槁了，
美披上白雪，到处是一片荒芜：
那么，要是没留下夏天的花精，
那关在玻璃墙中的液体囚人，
美的果实就得连同美一齐扔，
没有美，也不能纪念美的灵魂。
　花儿提出了香精，那就到冬天，
　　也不过丢外表；本质可还是新鲜。

六

你还没提炼出香精,那你就别让
严冬的粗手来抹掉你脸上的盛夏:
你教玉瓶生香吧;用美的宝藏
使福地生香吧,趁它还没有自杀。
取这对重利并不是犯禁放高利贷,
它能够教愿意还债的人们高兴;
这正是要你生出另一个你来,
或高兴十倍,要是你一人生十人;
你十个儿女描画你十幅肖像,
你就要比你独个儿添十倍欢乐:
你将来去世时,死神能把你怎样,
既然在后代身上你永远存活?
　　别刚愎自用,你太美丽了,不应该
　　让死神掳去、教蛆虫做你的后代。

七

看呵,普照万物的太阳在东方
抬起了火红的头颅,人间的眼睛
就都来膜拜他这初生的景象,
注视着他,向他的圣驾致敬; 4
正像强壮的小伙子,青春年少,
他又爬上了峻峭的天体的高峰,
世人的目光依然爱慕他美貌,
侍奉着他在他那金色的旅途中; 8
但是不久他乘着疲倦的车子
从白天的峰顶跌下,像已经衰老,
原先忠诚的人眼就不再去注视
他怎样衰亡而改换了观看的目标: 12
  你如今好比是丽日当空放光彩,
  将来要跟他一样——除非有后代。

八

你是音乐,为什么悲哀地听音乐?
甜蜜不忌甜蜜,欢笑爱欢笑。
你不愉快地接受,又何以爱悦?
或者,你就高兴地接受苦恼?
假如几种入调的声音合起来
成了真和谐,教你听了不乐,
那它只是美妙地责备你不该
守独身而把你应守的本分推脱。
听一根弦儿,另一根的好丈夫,听,
一根拨响了一根应,琴音谐和;
正如父亲、儿子和快乐的母亲,
合成一体,唱一支动听的歌:
　　他们那没词儿的歌,都异口同声,
　　对你唱:"你独身,将要一无所成。"

九

是为了怕教寡妇的眼睛哭湿,
你才在独身生活中消耗你自己?
啊!假如你不留下子孙就去世,
世界将为你哭泣,像丧偶的妻: 4
世界将做你的未亡人,哭不完,
说你没有把自己的形影留下来,
而一切个人的寡妇却只要看见
孩子的眼睛就记住亡夫的神态。 8
浪子在世间挥霍的任何财产
只换了位置,仍能为世人享用;
而美的消费在世间可总有个完,
守着不用,就毁在本人的手中。 12
 　对自己会作这么可耻的谋害,
 　这种心胸不可能对别人有爱。

一〇

羞呀,你甭说你还爱着什么人,
既然你对自己只打算坐吃山空。
好吗,就算你见爱于很多很多人,
说你不爱任何人却地道天公;
因为你心中有这样谋杀的毒恨,
竟忙着要对你自己图谋不轨,
渴求着要去摧毁那崇丽的屋顶,
照理,你应该希望修好它才对。
你改变想法吧,好教我改变观点!
毒恨的居室可以比柔爱的更美?
你应该像外貌一样,内心也和善,
至少也得对自己多点儿慈悲;
　　你爱我,就该去做另一个自身,
　　使美在你或你后代身上永存。

一一

你衰败得迅捷，但你将同样迅捷——
在你出生的孩子身上生长；
你乘年轻灌注的新鲜血液，
依然是属于你的，不怕你衰亡。　　　　　4
这里存在着智慧，美，繁滋；
否则是愚笨，衰老，寒冷的腐朽：
如果大家不这样，时代会停止，
把世界结束也只消六十个年头。　　　　8
有些东西，造化不准备保留，
尽可以丑陋粗糙，没果实就死掉：
谁得天独厚，她让你更胜一筹；
你就该抚育那恩赐，把它保存好；　　　12
　　造化刻你作她的图章，只希望
　　你多留印鉴，也不让原印消亡。

一二

我,计算着时钟算出的时辰,
看到阴黑夜吞掉伟丽的白日;
看到紫罗兰失去了鲜艳的青春,
貂黑的鬈发都成了雪白的银丝;
看到昔日用繁枝密叶为牧人
遮荫的高树只剩了几根秃柱子,
夏季的葱绿都扎做一捆捆收成,
载在枢车上,带着一绺绺白胡子——
于是,我开始考虑到你的美丽,
想你也必定要走进时间的荒夜,
芬芳与娇妍总是要放弃自己,
见别人快长,自己却快快凋谢;
 没人敌得过时间的镰刀呵,除非
 生儿女,你死后留子孙跟他作对。

一三

愿你永远是你自己呵!可是,我爱,
你如今活着,将来会不属于自己:
你该准备去对抗末日的到来,
把你可爱的形体让别人来承继。 4
这样,你那租借得来的美影,
就能够克服时间,永远不到期:
你死后可以重新成为你自身,
只要你儿子保有你美丽的形体。 8
谁会让这么美好的屋子垮下去,
不用勤勉和节俭来给以支柱,
来帮他对抗冬天的狂风暴雨,
对抗死神的毁灭一切的冷酷? 12
   只有败家子才会这样呵——你明白:
   你有父亲,你儿子也该有啊,我爱!

一四

我的判断并不是来自星象中；
不过我想我自有占星的学说，
可是我不用它来卜命运的吉凶，
人疫疠、灾荒或者季候的性格；
我也不会给一刻刻时光掐算，
因为我没有从天上得到过启示，
指不出每分钟前途的风雨雷电，
道不出帝王将相的时运趋势：
但是我从你眼睛里引出知识，
从这不变的恒星中学到这学问，
说是美与真能够共同繁滋，
只要你能够转入永久的仓廪；
　　如若不然，我能够这样预言你：
　　你的末日，就是真与美的死期。

一五

我这样考虑着：世间的一切生物
只能够繁茂一个极短的时期，
而这座大舞台上的全部演出
没有不受到星象的默化潜移；
我看见：人类像植物一样增多，
一样被头上的天空所鼓舞，所叱责；
在青春朝气中雀跃，过极峰而下坡，
坚持他们勇敢的品格到湮没——
于是，无常的世界就发出奇想，
使你青春焕发地站在我眼前，
挥霍的时间却串通腐朽来逞强，
要变你青春的白天为晦暗的夜晚；
  为了爱你，我要跟时间决斗，
  把你接上比青春更永久的枝头。

一六

但是为什么你不用更强的方式
来向那血腥的暴君——时间作斗争?
为什么你不用一种比我这枯诗
更好的方法来加强将老的自身?
现在你站在欢乐时辰的峰顶上;
许多没栽过花儿的处女园地
诚意地想要把你的活花培养,
教花儿比你的画像更加像你:
这样,生命线会使生命复燃,
而当代的画笔或我幼稚的笔枝,
不论画外表的美或内心的善,
都没法使你本身在人眼中不死。
　　自我放弃是永远的自我保留;
　　你必须靠你自己的妙技求长寿。

一七

将来，谁会相信我诗中的话来着，
假如其中写满了你至高的美德？
可是，天知道，我的诗是坟呵，它埋着
你的一生，显不出你一半的本色。
如果我能够写出你明眸的流光，
用清新的诗章勾出你全部的仪容，
将来的人们就要说，这诗人在扯谎，
上天的笔触触不到凡人的面孔。
于是，我那些古旧得发黄的稿纸，
会被人看轻，被当作嚼舌的老人；
你应得的赞扬被称作诗人的狂思，
称作一篇过甚其词的古韵文：
　　但如果你有个孩子能活到那时期，
　　你就双重地活在——他身上，我诗里。

一八

我能否把你比作夏季的一天？
你可是更加可爱，更加温婉；
狂风会吹落五月的娇花嫩瓣，
夏季出租的日期又未免太短：
有时候苍天的巨眼照得太灼热，
他金光闪耀的圣颜也会被遮暗；
每一样美呀，总会失去美而凋落，
被时机或者自然的代谢所摧残；
但是你永久的夏天决不会凋枯，
你永远不会丧失你美的形象；
死神夸不着你在他影子里踯躅，
你将在不朽的诗中与时间同长；
　只要人类在呼吸，眼睛看得见，
　我这诗就活着，使你的生命绵延。

一九

饕餮的时间呵,磨钝雄狮的利爪吧,
你教土地把自己的爱子吞掉吧;
你从猛虎嘴巴里拔下尖牙吧,
教长命凤凰在自己的血中燃烧吧;
你飞着把季节弄得时悲时喜吧,
飞毛腿时间呵,你把这广大的世间
和一切可爱的东西,任意处理吧;
但是我禁止你一桩最凶的罪愆:
你别一刀刀镌刻我爱人的美额,
别用亘古的画笔在那儿画条纹;
允许他在你的旅程中不染杂色,
给人类后代留一个美的准绳。

  但是,时光老头子,不怕你狠毒:
  我爱人会在我诗中把青春永驻。

二〇

你有女性的脸儿——造化的亲笔画，
你，我所热爱的情郎兼情女；
你有女性的好心肠，却不会变化——
像时下轻浮的女人般变来变去；
你的眼睛比女儿眼明亮，诚实，
把一切看到的东西镀上了黄金；
你风姿特具，掌握了一切风姿，
迷住了男儿眼，同时震撼了女儿魂。
造化本来要把你造成个姑娘；
不想在造你的中途发了昏，老糊涂，
拿一样东西胡乱地加在你身上，
倒楣，这东西对我一点儿没用处。
 既然她造了你来取悦女人，那也好，
 给我爱，给女人爱的功能当宝！

二一

我跟那位诗人可完全不同,
他一见脂粉美人就要歌吟;
说这美人的装饰品竟是苍穹,
铺陈种种美来描绘他的美人;
并且作着各种夸张的对比,
比之为太阳,月亮,海陆的珍宝,
比之为四月的鲜花,以及被大气
用来镶天球的边儿的一切奇妙。
我呵,忠于爱,也得忠实地写述,
请相信,我的爱人跟无论哪位
母亲的孩子一样美,尽管不如
凝在天上的金烛台那样光辉:
  人们尽可以把那类空话说个够;
  我这又不是叫卖,何必夸海口。

二二

只要你还保持着你的青春,
镜子就无法使我相信我老;
我要在你的脸上见到了皱纹,
才相信我的死期即将来到。
因为那裹着你一身的全部美丽
只是我胸中这颗心合适的衣裳,
我俩的心儿都交换在对方胸膛里;
那么,我怎么还能够比你年长?
所以,我爱呵,你得当心你自身,
像我当心自己(为你,不为我)那样;
我将小心地在胸中守着你的心,
像乳娘情深,守护着婴儿无恙。
　　我的心一死,你的心就失去依据;
　　你把心给了我,不能再收它回去。

二三

像没有经验的演员初次登台,
慌里慌张,忘了该怎样来表演,
又像猛兽,狂暴地吼叫起来,
过分的威力反而使雄心发软;
我,也因为缺乏自信而惶恐,
竟忘了说出爱的完整的辞令,
强烈的爱又把我压得太重,
使我的爱力仿佛失去了热情。
呵,但愿我无声的诗卷能够
滔滔不绝地说出我满腔的语言,
来为爱辩护,并且期待报酬,
比那能言的舌头更为雄辩。
　　学会读缄默的爱情写下的诗啊;
　　用眼睛来听,方是爱情的睿智啊!

二四

我的眼睛扮演了画师,把你
美丽的形象刻画在我的心版上;
围在四周的画框是我的躯体,
也是透视法,高明画师的专长。
你必须透过画师去看他的绝技,
找你的真像被画在什么地方,
那画像永远挂在我胸膛的店里,
店就有你的眼睛作两扇明窗。
看眼睛跟眼睛相帮了多大的忙:
我的眼睛画下了你的形体,
你的眼睛给我的胸膛开了窗,
太阳也爱探头到窗口来看你;
　但眼睛还缺乏画骨传神的本领,
　　只会见什么画什么,不了解心灵。

二五

那些被天上星辰祝福的人们
尽可以凭借荣誉与高衔而自负,
我呢,本来命定没这种幸运,
不料得到了我引为光荣的幸福。 4
帝王的宠臣把美丽的花瓣大张,
但是,正如太阳眼前的向日葵,
人家一皱眉,他们的荣幸全灭亡,
他们的威风同本人全化作尘灰。 8
辛苦的将士,素以骁勇称著,
打了千百次胜仗,一旦败绩,
就立刻被人逐出荣誉的记录簿,
他过去的功劳也被人统统忘记: 12
　　我就幸福了,爱着人又为人所爱,
　　这样,我是固定了,也没人能改。

二六

我爱的主呵,你的高尚的道德
使我这臣属的忠诚与你紧系,
我向你派遣这位手书的使者,
来证实我忠诚,不是来炫耀才力。
忠诚这么大,可我的才力不中用——
没词语来表达,使忠诚显得贫乏;
但是,我希望在你深思的灵魂中,
有坦率可亲的好想头会来收藏它:
要等到哪一颗引导我行程的星宿
和颜悦色地给我指出了好运气,
并给我褴褛的爱心穿上了锦裘,
以表示我配承受你关注的美意:
  到那时,我才敢夸说我爱你多深,
  才愿显示我能给你考验的灵魂。

二七

劳动使我疲倦了,我急忙上床,
来好好安歇我旅途劳顿的四肢;
但是,脑子的旅行又随即开场,
劳力刚刚完毕,劳心又开始;
这时候,我的思念就不辞遥远,
从我这儿热中地飞到你身畔,
又使我睁开着沉重欲垂的眼帘,
凝视着盲人也能见到的黑暗:
终于,我的心灵使你的幻象
鲜明地映上我眼前的一片乌青,
好像宝石在可怕的夜空放光,
黑夜的古旧面貌也焕然一新。
　看,我白天劳力,夜里劳心,
　　为你,为我自己,我不得安宁。

二八

既然我休息的福分已被剥夺,
我又怎能在快乐的心情中归来?
既然夜里我挣不脱白天的压迫,
只是在日日夜夜的循环中遭灾?
日和夜,虽然统治着敌对的地盘,
却互相握手,联合着把我虐待,
白天叫我劳苦,黑夜叫我抱怨
我劳苦在远方,要跟你愈分愈开。
我就讨好白天,说你辉煌灿烂,
不怕乌云浓,你能把白天照亮:
也恭维黑夜,说如果星星暗淡,
你能把黑夜镀成一片金黄。
　但白天天天延长着我的苦痛,
　黑夜夜夜使我的悲哀加重。

二九

我一旦失去了幸福,又遭人白眼,
就独自哭泣,怨人家把我抛弃,
白白地用哭喊来麻烦聋耳的苍天,
又看看自己,只痛恨时运不济,   4
愿自己像人家那样:或前程远大,
或一表人才,或胜友如云广交谊,
想有这人的权威,那人的才华,
于自己平素最得意的,倒最不满意;   8
但在这几乎是自轻自贱的思绪里,
我偶尔想到了你呵,——我的心怀
顿时像破晓的云雀从阴郁的大地
冲上了天门,歌唱起赞美诗来;   12
  我记着你的甜爱,就是珍宝,
  教我不屑把处境跟帝王对调。

三〇

我把对以往种种事情的回忆
召唤到我这温柔的沉思的公堂,
为没有求得的许多事物叹息,
再度因时间摧毁了好宝贝而哀伤:
于是我久干的眼睛又泪如泉涌,
为的是好友们长眠在死的长夜里,
我重新为爱的早已消去的苦痛
和多少逝去的情景而落泪,叹息。
于是我为过去的悲哀再悲哀,
忧郁地数着一件件痛心的往事,
把多少叹过的叹息计算出来,
像没有偿还的债务,再还一次。
　　但是,我只要一想到你呵,好伙伴,
　　损失全挽回了,悲伤也烟消云散。

三一

多少颗赤心,我以为已经死灭,
不想它们都珍藏在你的胸口,
你胸中因而就充满爱和爱的一切,
充满我以为埋了的多少好朋友。 4
对死者追慕的热爱,从我眼睛里
骗出了多少神圣的、哀悼的眼泪,
而那些死者,如今看来,都只是
搬了家罢了,都藏在你的体内! 8
你是坟,葬了的爱就活在这坟里,
里边挂着我多少亡友的纪念章,
每人都把我对他的一份爱给了你;
多少人应得的爱就全在你身上: 12
 我在你身上见到了他们的面影,
 你(他们全体)得了我整个的爱情。

三二

如果我活够了年岁,让粗鄙的死
把黄土盖上我骨头,而你还健康,
并且,你偶尔又重新翻阅我的诗——
你已故爱友的粗糙潦草的诗行,
请拿你当代更好的诗句来比较;
尽管每一句都胜过我的作品,
保存我的吧,为我的爱,论技巧——
我不如更加幸福的人们高明。
呵,还望你多赐厚爱,这样想:
"如果我朋友的诗才随时代发展,
他的爱一定会产生更好的诗章,
和更有诗才的行列同步向前:
 但自从他一死、诗人们进步了以来,
 我读别人的文笔,却读他的爱。"

三三

多少次我看见,在明媚灿烂的早晨,
庄严的太阳用目光抚爱着山岗,
他金光满面,亲吻着片片绿茵,
灰暗的溪水也照得金碧辉煌;
忽然,他让低贱的乌云连同
丑恶的云影驰上他神圣的容颜,
使人世寂客,看不见他的面孔,
同时他偷偷地西沉,带着污点:
同样,我的太阳在一天清晨
把万丈光芒射到我额角上来;
可是唉!他只属于我片刻光阴,
上空的乌云早把他和我隔开。
　　对于他,我的爱丝毫不因此冷淡;
　　天上的太阳会暗,世上的,怎能免。

三四

为什么你许给这么明丽的天光,
使我在仆仆的征途上不带外套,
以便让低云把我在中途赶上,
又在霉烟中把你的光芒藏掉?
尽管你再冲破了乌云,把暴风
打在我脸上的雨点晒干也无效,
因为没人会称道这一种只能
医好肉伤而医不好心伤的油膏:
你的羞耻心也难医我的伤心;
哪怕你后悔,我的损失可没少:
害人精尽管悔恨,不大会减轻
被害人心头强烈苦痛的煎熬。
  但是啊!你的爱洒下的眼泪是珍珠,
  一串串,赎回了你的所有的坏处。

三五

别再为你所干了的事情悲伤:
玫瑰有刺儿,银泉也带有泥浆;
晦食和乌云会玷污太阳和月亮,
可恶的蛀虫也要在娇蕾里生长。
没有人不犯错误,我也犯错误——
我方才用比喻使你的罪过合法,
我为你文过饰非,让自己贪污,
对你的罪恶给予过分的宽大:
我用明智来开脱你的荒唐,
(你的原告做了你的辩护士,)
我对我自己起诉,跟自己打仗:
我的爱和恨就这样内战不止——
　　使得我只好做从犯,从属于那位
　　冷酷地抢劫了我的可爱的小贼。

三六

让我承认,我们俩得做两个人,
尽管我们的爱是一个,分不开:
这样,留在我身上的这些污痕,
不用你帮忙,我可以独自担载。
我们的两个爱只有一个中心,
可是厄运又把我们俩拆散,
这虽然变不了爱的专一,纯真,
却能够偷掉爱的欢悦的时间。
最好我老不承认你我的友情,
我悲叹的罪过就不会使你蒙羞;
你也别给我公开礼遇的荣幸,
除非你从你名字上把荣幸拿走:
    但是别这样;我这么爱你,我想:
    你既然是我的,我就有你的名望。

三七

正像衰老的父亲,见到下一代
活跃于青春的事业,就兴高采烈,
我虽然受到最大厄运的残害,
却也从你的真与德得到了慰藉; 4
因为不论美、出身、财富,或智力,
或其中之一,或全部,或还不止,
都已经在你的身上登峰造极,
我就教我的爱接上这宝库的丫枝: 8
既然我从你的丰盈获得了满足,
又凭着你全部光荣的一份而生活,
那么这想像的影子变成了实物,
我就不残废也不穷,再没人小看我。 12
　　看种种极致,我希望你能够获得;
　　这希望实现了;所以我十倍地快乐!

三八

我的缪斯怎么会缺少主题——
既然你呼吸着,你本身是诗的意趣,
倾注到我诗中,是这样精妙美丽,
不配让凡夫俗子的纸笔来宣叙?
如果我诗中有几句值得你看
或者念,呵,你得感谢你自己;
你自己给了人家创作的灵感,
谁是哑巴,不会写好了献给你?
比那被诗匠祈求的九位老缪斯,
你要强十倍,你做第十位缪斯吧;
而召唤你的诗人呢,让他从此
献出超越时间的不朽的好诗吧。
　苛刻的当代如满意我的小缪斯,
　辛苦是我的,而你的将是赞美辞。

三九

呵,你原是半个我,那较大的半个,
我怎能把你的才德歌颂得有礼貌?
我怎能厚颜地自己称赞自己呢?
我称赞你好,不就是把自己抬高? 4
就为了这一点,也得让我们分离,
让我们的爱不再有合一的名分,
只有这样分开了,我才能把你
应当独得的赞美给你——一个人。 8
"隔离"呵,你将要给我多大的苦痛,
要不是你许我用爱的甜蜜的思想
来消磨你那令人难挨的闲空,
让我在思念的光阴中把痛苦遗忘, 12
 　　要不是你教了我怎样变一个为一对,
 　　方法是在这儿对留在那儿的他赞美!

四〇

把我对别人的爱全拿去吧,爱人;
你拿了,能比你原先多点儿什么?
你拿不到你唤作真爱的爱的,爱人;
你就不拿,我的也全都是你的。
那么假如你为爱我而接受我的爱,
我不能因为你使用我的爱而怪你;
但仍要怪你,如果你欺骗起自己来,
故意去尝味你自己拒绝的东西。
虽然你把我仅有的一切都抢走了,
我还是饶恕你的,温良的盗贼;
不过,爱懂得,爱的缺德比恨的
公开的损害要使人痛苦几倍。
　风流的美呵,你的恶也显得温文,
　　不过,恨杀我,我们也不能做仇人。

四一

有时候你心中没有了我这个人,
就发生风流孽障,放纵的行为,
这些全适合你的美和你的年龄,
因为诱惑还始终跟在你周围。
你温良,就任凭人家把你占有,
你美丽,就任凭人家向你进攻;
哪个女人的儿子会掉头就走,
不理睬女人的求爱,不让她成功?
可是天!你可能不侵犯我的席位,
而责备你的美和你迷路的青春,
不让它们在放荡中领着你闹是非,
迫使你去破坏双重的信约、誓盟——
　　去毁她的约:你美,就把她骗到手,
　　去毁你的约:你美,就对我不忠厚。

四二

你把她占有了，这不是我全部的悲哀，
尽管也可以说我爱她爱得挺热烈；
她把你占有了，才使我痛哭起来，
失去了这爱情，就教我更加悲切。
爱的伤害者，我愿意原谅你们：——
你爱她，正因为你知道我对她有情；
同样，她也是为了我而把我欺凌，
而容许我朋友为了我而跟她亲近。
失去你，这损失是我的情人的获得，
失去她，我的朋友又找到了那损失；
你们互相占有了，我丢了两个，
你们两个都为了我而给我大苦吃：
 但这儿乐了；我朋友跟我是一体；
 她也就只爱我了；这好话真甜蜜！

四三

我的眼睛要闭拢了才看得有力,
因为在白天只看到平凡的景象;
但是我睡了,在梦里它们就看见你,
它们亮而黑,天黑了才能看得亮; 4
你的幻影能够教黑影都亮起来,
能够对闭着的眼睛放射出光芒,
那么你——幻影的本体,比白天更白,
又怎能在白天展示白皙的形象! 8
你的残缺的美影在死寂的夜里
能透过酣睡,射上如盲的两眼,
那么我眼睛要怎样才有福气
能够在活跃的白天把你观看? 12
 不见你,个个白天是漆黑的黑夜,
 梦里见到你,夜夜放白天的光烨!

四四

那距离远得害人,我也要出发,
只要我这个笨重的肉体是思想;
这时候顾不得远近了,从海角天涯
我也要赶往你所待着的地方。
那没有关系的,虽然我的脚站在
这块土地上,离开你非常遥远,
敏捷的思想能跃过大陆跟大海,
只要一想到自己能到达的地点。
但是啊!思想在绞杀我:我不是思想——
你去了,我不能飞渡关山来追踪,
反而,我是土和水做成的,这样,
我只得用叹息来伺候无聊的闲空;
　俩元素这么钝,拿不出任何东西,
　除了泪如雨,两者的悲哀的标记。

四五

我另外两个元素,轻风和净火,
不论我待在哪里,都跟在你身旁;
这些出席的缺席者,来去得灵活,
风乃是我的思想;火,我的渴望。 4
只要这两个灵活的元素离开我
到你那儿去做温柔的爱的使者,
我这四元素的生命,只剩了两个,
就沉向死亡,因为被忧伤所压迫; 8
两位飞行使者总会从你那儿
飞回来使我生命的结构复原,
甚至现在就回来,回到我这儿,
对我保证,说你没什么,挺康健: 12
 我一听就乐了;可是快乐得不久,
 我派遣他们再去,就马上又哀愁。

四六

我的眼睛和心在拼命打仗,
争夺着怎样把你的容貌来分享;
眼睛不让心来观赏你的肖像,
心不让眼睛把它自由地观赏。
心这样辩护说,你早就在心的内部,
那密室,水晶眼可永远窥探不到,
但眼睛这被告不承认心的辩护,
分辩说,眼睛里才有你美丽的容貌。
于是,借住在心中的一群沉思,
受聘做法官,来解决这一场吵架;
这些法官的判决判得切实,
亮眼跟柔心,各得权利如下:
　　我的眼睛享有你外表的仪态,
　　我的心呢,占有你内心的爱。

四七

我的眼睛和心缔结了协定，
规定双方轮流着给对方以便利：
一旦眼睛因不见你而饿得不行，
或者心为爱你而在悲叹中窒息，
我眼睛就马上大嚼你的肖像，
并邀请心来分享这彩画的饮宴；
另一回，眼睛又做客到心的座上，
去分享只有心才有的爱的思念：
于是，有了我的爱或你的肖像，
远方的你就始终跟我在一起；
你不能去到我思想不到的地方，
永远是我跟着思想，思想跟着你；
　　思想睡了，你肖像就走进我眼睛，
　　唤醒我的心，叫心跟眼睛都高兴。

四八

我临走之前,得多么小心地把每件
不值钱的东西都锁进坚固的库房——
让它们承受绝对可靠的保管,
逃过骗诈的手脚,等将来派用场!
但是你——使我的珠宝不值钱的你呵,
我的大安慰,如今,我的大忧虑,
我的最亲人,我的惟一的牵记呵,
给漏了,可能被普通的盗贼掳去。
我没有把你封锁进任何宝库,
除了我心头,你不在,我感到你在,
我用我胸膛把你温柔地围住,
这地方你可以随便来,随便离开;
  就是在这里,我怕你还会被偷掉,
  对这种宝物,连忠实也并不可靠。

四九

恐怕那日子终于免不了要来临,
那时候,我见你对我的缺点皱眉,
你的爱已经付出了全部恩情,
种种理由劝告你把总账算回;
那日子要来,那时你陌生地走过去,
不用那太阳——你的眼睛来迎接我,
那时候,爱终于找到了严肃的论据,
可以从原来的地位上一下子变过;
那日子要来,我得先躲在反省里,
凭自知之明,了解自己的功罪,
我于是就这样举手,反对我自己,
站在你那边,辩护你合法的行为:
 法律允许你把我这可怜人抛去,
 因为我提不出你该爱我的根据。

五〇

在令人困倦的旅途上，我满怀忧郁，
只因每天，我到了路程的终点，
宽松和休憩的时刻就传来细语：
"你离开你朋友，又加了几里路远！"
驮我的牲口，也驮着我的苦恼，
驮着我这份沉重，累了，走得慢，
好像这可怜虫凭着本能，竟知道
他主人爱慢，快了要离你更远：
有时候我火了，用靴刺踢他的腹部，
踢到他流血，也没能催他加快，
他只用一声悲哀的叫唤来答复，
这叫唤刺我，比靴刺踢他更厉害；
　因为他这声叫唤提醒了我的心：
　我的前面是忧愁，后面是欢欣。

五一

那么,背向着你的时候,由于爱,
我饶恕我这匹走得太慢的坐骑:
背向着你呀,为什么要走得飞快?
除非是回来,才须要马不停蹄。
那时啊,飞行也会觉得是爬行,
可怜的牲口,还能够得到饶恕?
他风驰电掣,我也要踢他加劲;
因为我坐着,感不到飞快的速度:
那时候,没马能跟我的渴望并进;
因此我无瑕的爱所造成的渴望
(不是死肉)将燃烧,奔驰,嘶鸣;
但是马爱我,我爱他,就对他原谅;
   因为背向你,他曾经有意磨蹭,
    面向你,我就自己跑,放他去步行。

五二

我像个富翁,有一把幸福的钥匙,
能随时为自己打开心爱的金库,
可又怕稀有的快乐会迟钝消失,
就不愿时刻去观看库里的财富。
同样,像一年只有几次的节期,
来得稀少,就显得更难得、更美好,
也像贵重的宝石,镶得开、镶得稀,
像一串项链中几颗最大的珠宝。
时间就像是我的金库,藏着你,
或者像一顶衣橱,藏着好衣服,
只要把被囚的宝贝开释,就可以
使人在这一刻感到特别地幸福。
　你是有福了,你的德行这么广,
　使我有了你,好庆祝,没你,好盼望。

五三

你这人究竟是用什么物质造成的,
能使几千万别人的影子跟你转?
因为每个人都只能有一个影子,
你一人却能借出去影子几千万!
描述阿董尼吧,他这幅肖像,
正是照你的模样儿拙劣地描下;
把一切美容术都加在海伦的脸上,
于是你成了穿希腊服装的新画:
就说春天吧,还有那丰年的收获;
春天出现了,正像你美丽的形态,
丰年来到了,有如你仁爱的恩泽,
我们在各种美景里总见到你在。
　一切外表的优美中,都有你的份,
　可谁都比不上你那永远的忠贞。

五四

呵，美如果有真来添加光辉，
它就会显得更美，更美多少倍！
玫瑰是美的，不过我们还认为
使它更美的是它包含的香味。
单看颜色的深度，那么野蔷薇
跟含有香味的玫瑰完全是一类，
野蔷薇自从被夏风吹开了蓓蕾，
也挂在枝头，也玩得如痴如醉：
但是它们的好处只在容貌上，
它们活着没人爱，也没人观赏
就悄然灭亡。玫瑰就不是这样，
死了还可以提炼出多少芬芳：
　可爱的美少年，你的美一旦消亡，
　我的诗就把你的真提炼成奇香。

五五

白石，或者帝王们镀金的纪念碑
都不能比这强有力的诗句更长寿；
你留在诗句里将放出永恒的光辉，
你留在碑石上就不免尘封而腐朽。 4
毁灭的战争是会把铜像推倒，
火并也会把巨厦连根儿烧光，
但是战神的利剑或烈火毁不掉
你刻在人们心头的鲜明印象。 8
对抗着湮灭一切的敌意和死，
你将前进；人类将永远歌颂你，
连那坚持到世界末日的人之子
也将用眼睛来称赞你不朽的美丽。 12
　到最后审判你复活之前，你——
　活在我诗中，住在恋人们眼睛里。

五六

你的锋芒不应该比食欲迟钝,
甜蜜的爱呵,快更新你的力量!
今天食欲满足了,吃了一大顿,
明天又会饿得凶,跟先前一样;
爱,你也得如此,虽然你今天教
饿眼看饱了,看到两眼都闭下,
可是你明天还得看,千万不要
麻木不仁,把爱的精神扼杀。
让这可悲的间隔时期像海洋
分开了两边岸上新婚的恋人,
这对恋人每天都来到海岸上,
一见到爱又来了,就加倍高兴;
 或唤它作冬天,冬天全都是忧患,
 使夏的到来更叫人企盼,更稀罕。

五七

做了你的奴隶,我能干什么,
假如不时刻伺候你,随你的心愿?
我的时间根本就不算什么,
我也没事情可做,只等你使唤。
我的君王!我为你守着时钟,
可是不敢责骂那不尽的时间,
也不敢老想着别离是多么苦痛,
自从你对你仆人说过了再见;
我也不敢一心忌妒地去探究
你到了哪儿,或猜测你的情形,
只像个悲伤的奴隶,没别的念头,
只想:你使你周围的人们多高兴。
　　爱真像傻瓜,不管你在干什么,
　　他总是以为你存心好,不算什么。

五八

造我做你的奴隶的神,禁止我
在我的思想中限制你享乐的光阴,
禁止我要求你算清花费的时刻,
是臣仆,我只能伺候你的闲情!
呵,让我忍受(在你的吩咐下)
囚人的孤独,让你逍遥自在,
我忍受惯了,你对我一声声责骂,
我也容忍,不抱怨你把我伤害。
你爱上哪儿就上哪儿:你的特权
大到允许你随意支配光阴:
你爱干什么就干什么,你也完全
有权赦免你自己干下的罪行。
　　即使是蹲地狱,我也不得不等待;
　　并且不怪你享乐,无论好歹。

五九

假如除原有的事物以外,世界上
没新的东西,那么,我们的脑袋,
苦着想创造,就等于教自己上当,
白白去孕育已经出世的婴孩! 4
呵,但愿历史能回头看已往
(它甚至能追溯太阳的五百次运行),
为我在古书中显示出你的形象,
既然思想从来是文字所表明。 8
这样我就能明了古人会怎样
述说你形体的结构是一种奇观;
明了究竟是今人好,还是古人强,
究竟事物变不变,是不是循环。 12
 呵!我断言,古代的天才只是
 给次等人物赠送了美言和赞辞。

六〇

正像海涛向卵石滩头奔涌,
我们的光阴匆匆地奔向灭亡;
后一分钟挤去了前一分钟,
接连不断地向前竞争得匆忙。
生命,一朝在光芒的海洋里诞生,
就慢慢爬上达到极峰的成熟,
不祥的晦食偏偏来和他争胜,
时间就捣毁自己送出的礼物。
时间会刺破青春表面的彩饰,
会在美人的额上掘深沟浅槽;
会吃掉稀世之珍:天生丽质,
什么都逃不过他那横扫的镰刀。
  可是,去他的毒手吧!我这诗章
    将屹立在未来,永远地把你颂扬。

六一

是你故意用面影来使我面对
漫漫的长夜张着沉重的眼皮?
是你希望能打破我的酣睡,
用你的影子来玩弄我的视力?
是你派出了你的魂灵,老远
从家乡赶来审察我干的事情;
来查明我怎样乱花了空闲的时间,
实现你猜疑的目的,嫉妒的用心?
不啊!你的爱虽然多,还没这样大;
使我睁眼的是我自己的爱;
我对你真爱,这使我休息不下,
使我为你扮守夜人,每夜都在:
  我为你守夜,而在老远的地方,
    你醒着,有别人紧紧靠在你身旁。

六二

自爱这罪恶占有了我整个眼睛,
整个灵魂,以及我全身各部;
对这种罪恶,没有治疗的药品,
因为它在我的心底里根深蒂固。
我想我正直的形态,美丽的容貌,
无匹的忠诚,天下没有人比得上!
我要是给自己推算优点有多少,
那就是:在任何方面比任谁都强。
但镜子对我显示出:又黑又苍老,
满面风尘,多裂纹,是我的真相,
于是我了解我自爱完全是胡闹,
老这么爱着自己可不大正当。
　　我赞美自己,就是赞美你(我自己),
　　把你的青春美涂上我衰老的年纪。

六三

我爱人将来要同我现在一样,
会被时间的毒手揉碎,磨损;
岁月会吸干他的血,会在他额上
刻满皱纹;他的青春的早晨,
也会走进老年的险峻的黑夜;
他如今是帝王,是一切美的领主,
这些美也会褪去,最后会消灭,
使他失掉他春天的全部宝物;
我怕这时期要来,就现在造碉堡,
预防老年用无情的刀斧来逞威,
使老年只能把他的生命砍掉,
砍不掉他留在后人心中的美。
   他的美将在我这些诗句中呈现,
   诗句将长存,他也将永远新鲜。

六四

我曾经看见:时间的残酷的巨手
捣毁了往古年代的异宝奇珍;
无常刈倒了一度巍峨的塔楼,
狂暴的劫数甚至教赤铜化灰尘;
我又见到:贪婪的海洋不断
侵占着大陆王国滨海的领地,
顽强的陆地也掠取大海的地盘,
盈和亏,得和失相互代谢交替;
我见到这些循环变化的情况,
见到庄严的景象向寂灭沉沦;
断垣残壁就教我这样思量——
时间总会来夺去我的爱人。
　这念头真像"死"呀,没办法,只好
　哭着把惟恐失掉的人儿抓牢。

六五

就连金石,土地,无涯的海洋,
也奈何不得无常来扬威称霸,
那么美,又怎能向死的暴力对抗——
看她的活力还不过是一朵娇花? 4
呵,夏天的香气怎能抵得住
多少个日子前来猛烈地围攻?
要知道,算顽石坚强,巉岩牢固,
钢门结实,都得被时间磨空! 8
可怕的想法呵,唉!时间的好宝贝
哪儿能避免进入时间的万宝箱?
哪只巨手能拖住时间这飞毛腿?
谁能禁止他把美容丽质一抢光? 12
　没人能够呵,除非有神通显威灵,
　我爱人能在墨迹里永远放光明。

六六

对这些都倦了,我召唤安息的死亡,——
譬如,见到天才注定了做乞丐,
见到草包穿戴得富丽堂皇,
见到纯洁的盟誓遭恶意破坏,
见到荣誉被可耻地放错了位置,
见到暴徒糟蹋了贞洁的处女,
见到不义玷辱了至高的正义,
见到瘸腿的权贵残害了壮士,
见到文化被当局封住了嘴巴,
见到愚蠢(像博士)控制着聪慧,
见到单纯的真理被瞎称作呆傻,
见到善被俘去给罪恶将军当侍卫;
  对这些都倦了,我要离开这人间,
  只是,我死了,要使我爱人孤单。

六七

啊!为什么他要跟瘟疫同住,
跟恶徒来往,给他们多少荣幸,
使他们能靠他获得作恶的好处,
用跟他交游这方法来装饰罪行? 4
为什么化妆术要把他的脸仿造,
从他新鲜的活画中去盗取死画?
为什么可怜的美人要拐个弯去寻找
花儿的假影——就因为他的花是真花? 8
他何必活呢,既然造化破了产,
穷到没活血红着脸在脉管运行?
原来除了他,造化没别的富源,
她夸称大富,却从他得利而活命。 12
  呵,她是藏了他来证明,古时候,
  这些年变穷以前,她曾经富有。

六八

古代,美像花一般茂盛又衰败,
他的面颊是表明这古代的地图,
那时候,美的私生子徽章没人戴,
也不敢公然在活人额头上居住;
那时候,一座座坟墓夺得的战利品——
死者的金色鬈发,还没被剪下来
装饰在别人头上度第二次生命,
那美发还没来盛装活人的脑袋;
他的脸正显出那个神圣的往昔,
没半点装饰,只有本色和真相,
不利用别人的葱绿来建造夏季,
不强抢古董来做他美貌的新装;
　　造化藏着他做地图,教人工美容匠
　　来认清古代的美是什么模样。

六九

世人的眼睛见到的你的各部分，
并不缺少要心灵补救的东西：
一切舌头（灵魂的声音）都公正，
说你美，这是仇人也首肯的真理。 4
你的外表就赢得了表面的赞叹；
但那些舌头虽然赞美你容貌好，
却似乎能见得比眼睛见到的更远，
于是就推翻了赞美，改变了语调。 8
他们对你的内心美详审细察，
并且用猜度来衡量你的行为；
他们的目光温和，思想可褊狭，
说你这鲜花正发着烂草的臭味： 12
 但是，为什么你的香和色配不拢？
 土壤是这样，你就生长在尘俗中。

七〇

你被责备了,这不是你的过失,
因为诽谤专爱把美人作箭靶;
被人猜忌恰好是美人的装饰,
明丽的天空中飞翔的一只乌鸦。
假如你是个好人,诽谤只证明
你有偌大的才德,被时代所钟爱,
因为恶虫顶爱在娇蕾里滋生,
而你有纯洁无瑕的青春时代。
你已经通过了青春年华的伏兵阵,
没遇到袭击,或者征服了对手;
不过这种对你的赞美并不能
缝住那老在扩大的嫉妒的口:
  恶意若不能把你的美貌遮没,
  你就将独占多少座心灵的王国。

七一

只要你听见丧钟向世人怨抑地
通告说我已经离开恶浊的人世,
要去和更恶的恶虫居住在一起:
你就不要再为我而呜咽不止; 4
你读这诗的时候,也不要想到
写它的手;因为我这样爱你,
假如一想到我,你就要苦恼,
我愿意被忘记在你甜蜜的思想里。 8
或者,我说,有一天你看到这首诗,
那时候我也许已经化成土堆,
那么请不要念我可怜的名字;
最好你的爱也跟我生命同毁; 12
 怕聪明世界会看穿你的悲恸,
 在我去后利用我来把你嘲弄。

七二

呵，恐怕世人会向你盘问：
我到底好在哪儿，能够使你在
我死后还爱我——把我忘了吧，爱人，
因为你不能发现我值得你爱；
除非你能够造出善意的谎言，
把我吹嘘得比我本人强几倍，
给你的亡友加上过多的颂赞，
超出了吝啬的真实允许的范围；
啊，怕世人又要说你没有真爱，
理由是你把我瞎捧证明你虚伪，
但愿我姓名跟我的身体同埋，
教它别再活下去使你我羞愧。
　　因为我带来的东西使我羞惭，
　　你爱了不值得爱的，也得红脸。

七三

你从我身上能看到这个时令:
黄叶落光了,或者还剩下几片
没脱离那乱打冷颤的一簇簇枝梗——
不再有好鸟歌唱的荒凉唱诗坛。
你从我身上能看到这样的黄昏:
落日的回光沉入了西方的天际,
死神的化身——黑夜,慢慢地临近,
挤走夕辉,把一切封进了安息。
你从我身上能看到这种火焰:
它躺在自己青春的余烬上缭绕,
像躺在临终的床上,一息奄奄,
跟供它养料的燃料一同毁灭掉。
　　看出了这个,你的爱会更加坚贞,
　　好好地爱着你快要失去的爱人!

七四

但是,安心吧:尽管那无情的捕快
到时候不准保释,抓了我就走,
我生命还有一部分在诗里存在,
而诗是纪念,将在你身边长留。
你只要重读这些诗,就能够看出
我的真正的部分早向你献呈。
泥土只能得到它应有的泥土;
精神将属于你,我那优秀的部分:
那么,你不过失去我生命的渣滓,
蛆虫所捕获的,我的死了的肉体,
被恶棍一刀就征服的卑怯的身子;
它太低劣了,不值得你记在心里。
 我身体所值,全在体内的精神,
 而精神就是这些诗,与你共存。

七五

我的思想需要你,像生命盼食物,
或者像大地渴望及时的甘霖;
为了你给我的安慰,我斗争,痛苦,
好像守财奴对他的财物不放心: 4
有时候是个享受者,挺骄傲,立刻——
又害怕老年把他的财物偷去;
刚觉得跟你单独地相处最快乐,
马上又希望世界能看见我欢愉: 8
有时候我大嚼一顿,把你看个够,
不久又想看,因为我饿得厉害;
任何欢乐我都不追求或占有,
除了从你那儿得到的欢乐以外。 12
    我就这样子一天挨饿一天饱,
      不是没吃的,就是满桌的佳肴。

七六

为什么我诗中缺乏新的华丽？
没有转调，也没有急骤的变化？
为什么我不学时髦，三心两意，
去追求新奇的修辞，复合的章法？
为什么我老写同样的题目，写不累，
又用著名的旧体裁来创制新篇——
差不多每个字都能说出我是谁，
说出它们的出身和出发的地点？
亲爱的，你得知道我永远在写你，
我的主题是你和爱，永远不变；
我要施展绝技从旧词出新意，
把已经抒发的心意再抒发几遍：
　既然太阳每天有新旧的交替，
　我的爱也就永远把旧话重提。

七七

镜子会告诉你,你的美貌在凋零,
日晷会告诉你,你的光阴在偷移;
空白的册页会负载你心灵的迹印,
你将从这本小册子受到教益。 4
镜子会忠实地显示出你的皱纹,
会一再提醒你记住开口的坟墓;
凭着日晷上潜移的阴影,你也能
知道时间在偷偷地走向亘古。 8
记忆中包含不了的任何事物,
你可以交给空页,你将看到
你的脑子所产生、养育的子女,
跟你的心灵会重新相识、结交。 12
 这两位臣属,只要你时常垂顾,
 会使你得益,使这本册子丰富。

七八

我常常召唤了你来做我的缪斯,
得到了你对我诗作的美好帮助,
引得陌生笔都来学我的样子,
并且在你的保护下把诗作发布。
你的眼,教过哑巴高声地唱歌,
教过沉重的愚昧向高空直飞,
又给学者的翅膀增添了羽翮,
给温文尔雅加上了雍容华贵。
可你该为我的作品而大大骄傲,
那全是在你的感召下,由你而诞生:
别人的作品,你不过改进了笔调,
用你的美质美化了他们的才能;
 你是我诗艺的全部,我的粗俗
 和愚昧被你提到了饱学的高度。

七九

从前只有我一个人向你求助,
我的诗篇独得了你全部优美;
如今我清新的诗句已变得陈腐,
我的缪斯病倒了,让出了地位。 4
我承认,亲爱的,你这个可爱的主题
值得让更好的文笔来精雕细刻;
但你的诗人描写你怎样了不起,
那文句是他抢了你又还给你的。 8
他给你美德,而这个词儿是他从
你的品行上偷来的;他从你面颊上
拿到了美又还给你:他只能利用
你本来就有的东西来把你颂扬。 12
　他给予你的,原是你给他的东西,
　你就别为了他的话就对他表谢意。

八〇

我多么沮丧啊!因为在写你的时候
我知道有高手在利用你的声望,
知道他为了要使我不能再开口,
就使出浑身解数来把你颂扬。
但是,你的德行海一样广大,
不论木筏或锦帆,你一律承担,
我是只莽撞的小舟,远远不如他,
也在你广阔的海上顽强地出现。
你浅浅一帮就能够使我浮泛,
而他正航行在你那无底的洪波上;
或者我倾覆了,是无足轻重的舢舨,
而他是雄伟的巨舰,富丽堂皇:
 那么,假如他得意了,而我被一丢,
  最坏的就是:——我的爱正使我衰朽。

八一

不是我活着来写下你的墓志铭，
就是你活着，而我已在地里腐烂；
虽然人们会把我忘记干净，
死神可拿不走别人对你的怀念。 4
你的名字从此将得到永生，
而我呢，一旦死了，就永别人间：
大地只能够给我个普通的坟茔，
你躺的坟墓却是人类的肉眼。 8
你的纪念碑将是我温雅的诗辞，
未来的眼睛将熟读这些诗句，
未来的舌头将传诵你的身世，
哪怕现在的活人都已经死去； 12
　　我的千钧笔能使你万寿无疆，
　　活在口头——活人透气的地方。

八二

我承认你没有跟我的缪斯结亲,
所以作家们把你当美好主题
写出来奉献给你的每一卷诗文,
你可以加恩查阅而无所顾忌。
你才学优秀,正如你容貌俊秀,
却发觉我把你称赞得低于实际;
于是你就不得不重新去寻求
进步的时尚刻下的新鲜印记。
可以的,爱;不过他们尽管用
修辞学技巧来经营浮夸的笔法,
你朋友却爱说真话,他在真话中
真实地反映了你的真美实价;
    他们浓艳的脂粉还是去化妆
    贫血的脸吧,不要滥用在你身上。

八三

我从来没感到你需要涂脂抹粉,
所以我从来不装扮你的秀颊。
我发觉,或者自以为发觉,你远胜
那诗人奉献给你的一纸贫乏:
因此我就把对你的好评休止,
有你自己在,就让你自己来证明
寻常的羽管笔说不好你的价值,
听它说得愈高妙而其实愈不行。
你认为我沉默寡言是我的过失,
其实我哑着正是我最大的荣誉;
因为我没响,就没破坏美,可是
别人要给你生命,给了你坟墓。
　比起你两位诗人曲意的赞美来,
　你一只明眸里有着更多的生命在。

八四

谁赞得最好?什么赞辞能够比
"你才是你自己"这赞辞更丰美,更强?
在谁的身上保存着你的匹敌,
如果这匹敌不在你自己身上?
二枝笔假如不能够给他的人物
一点儿光彩,就显得十分枯涩;
但是,假如他描写你时能说出
"你是你自己",这作品就极为出色;
让他照抄你身上原有的文句,
不任意糟蹋造化的清新的手稿,
实录的肖像会使他艺名特具,
使他作品的风格到处受称道。
　　你把诅咒加上了你美丽的幸福,
　　爱受人称赞,那赞辞就因此粗俗。

八五

我的缪斯守礼貌,缄口不响,
黄金的羽管笔底下却有了记录:
录下了大量对你的啧啧称扬——
全体缪斯们吟成的清辞和丽句。
别人是文章写得好,可我是思想好,
像不学无术的牧师,总让机灵神
挥动他文雅精巧的文笔来编造
一首首赞美诗,而我在后头喊"阿门"。
我听见人家称赞你,就说"对,正是",
添些东西到赞美的极峰上来;
不过那只在我的沉思中,这沉思
爱你,说得慢,可想得比谁都快。
  那么对别人呢,留意他们的言辞吧,
  对我呢,留意我哑口而雄辩的沉思吧。

八六

难道是他的华章,春风得意,
扬帆驶去抓你作珍贵的俘虏,
才使我成熟的思想埋在脑子里,
使它的出生地变成了它的坟墓?
难道是在精灵传授下字字珠玑、
笔笔神来的诗人——他打我致死?
不是他,也不是夜里帮他的伙计——
并不是他们骇呆了我的诗思。
他,和每夜把才智教给他同时又
欺骗了他的、那个殷勤的幽灵,
都不能夸称征服者,迫使我缄口;
因此我一点儿也不胆战心惊。
　　但是,你的脸转向了他的诗篇,
　　我就没了谱;我的诗就意兴索然。

八七

再会！你太贵重了，我没法保有你，
你也多半明白你自己的价值：
你的才德给予你自由的权利；
我跟你订的契约就到此为止。
你不答应，我怎能把你占有？
对于这样的福气，我哪儿相配？
我没有接受这美好礼物的理由，
给我的特许证因而就掉头而归。
你当时不知道自己的身价有多大，
或者是把我看错了，才给我深情；
所以，你这份厚礼，送错了人家，
终于回家了，算得是明智的决定。
  我曾经有过你，像一场阿谀的迷梦，
  我在那梦里称了王，醒来一场空。

八八

如果有一天你想要把我看轻,
带一眼侮慢来审视我的功绩,
我就要为了你好而打击我自身,
证明你正直,尽管你已经负义。
我要支持你而编我自己的故事,
好在自己的弱点我自己最明了,
我说我卑污,暗中犯下了过失;
使你失去我反而能赢得荣耀:
这样,我也将获得一些东西;
既然我全部的相思都倾向于你,
那么,我把损害加给我自己,
对你有利,对我就加倍地有利。
　　我是你的,我这样爱你:我要
　　担当一切恶名,来保证你好。

八九

你说你丢弃我是因为我有过失,
我愿意阐释这种对我的侮辱:
说我拐腿,我愿意马上做跛子,
绝不反对你,来为我自己辩护。   4
爱呵,你变了心肠却寻找口实,
这样侮辱我,远不如我侮辱自身
来得厉害;我懂了你的意思,
就断绝和你的往来,装作陌路人;   8
不要再去散步了;你的芳名,
也不必继续在我的舌头上居住;
否则我(过于冒渎了)会对它不敬,
说不定会把你我的旧谊说出。   12
  为了你呵,我发誓驳倒我自己,
  你所憎恨的人,我决不爱惜。

九〇

你要憎恨我，现在就憎恨我吧；
趁世人希望我事业失败的时光，
你串通厄运一同来战胜我吧，
别过后再下手，教我猝不及防：
啊别——我的心已经躲开了悲郁，
别等我攻克了忧伤再向我肆虐；
一夜狂风后，别再来早晨的阴雨，
拖到头来，存心要把我毁灭。
你要丢弃我，别等到最后才丢，
别让其他的小悲哀先耀武扬威，
顶好一下子全来；我这才能够
首先尝一下极端厄运的滋味；
　其他的忧伤，现在挺像是忧伤，
　　比之于失掉你，就没有忧伤的分量。

九一

人们各有夸耀：夸出身，夸技巧，
夸身强力壮，或者夸财源茂盛，
有人夸新装，虽然是怪样的时髦；
有人夸骏马，有人夸猎狗、猎鹰； 4
各别的生性有着各别的享受，
各在其中找到了独有的欢乐；
个别的愉悦却不合我的胃口，
我自有极乐，把上述一切都超过。 8
对于我，你的爱远胜过高门显爵，
远胜过家财万贯，锦衣千柜，
比猎鹰和骏马给人更多的喜悦；
我只要有了你呵，就笑傲全人类。 12
 只要失去你，我就会变成可怜虫，
 你带走一切，会教我比任谁都穷。

九二

你可以不择手段,把自己偷走,
原是你决定着我的生命的期限;
我的生命不会比你的爱更长久,
它原是靠着你的爱才苟延残喘。
因此我无需害怕最大的厄运,
既然我能在最小的厄运中身亡。
我想,与其靠你的任性而生存,
倒不如一死能进入较好的境况。
你反复无常也不能再来烦恼我,
我已让生命听你的背叛摆布。
我得到真正幸福的权利了,哦,
幸福地获得你的爱,幸福地死去!
　　但谁能这么幸福,不怕受蒙蔽?——
　　你可能变了心,而我还没有知悉。

九三

那我就活下去,像个受骗的丈夫,
假想着你还忠实;于是表面上
你继续爱我,实际上已有了变故;
你样子在爱我,心却在别的地方:
因为在你的眼睛里不可能有恨毒,
所以我不可能在那儿看出你变心。
许多人变了心,被人一眼就看出,
古怪的皱眉和神态露出了真情;
但是上帝决定在造你的时候
就教甜爱永远居住在你脸上;
于是无论你心里动什么念头,
你的模样儿总是可爱的形象。
  假如你品德跟外貌不相称,不谐和,
  那你的美貌就真像夏娃的智慧果!

九四

有种人,有权力害人,而不去加害,
看来最可能做的,他们却不做,
使别人动情,而自己是石头一块,
冷若冰霜,不受人家的诱惑;
他们,无愧地承受了天生丽质,
栽培着自然的财富,不浪费点滴;
他们才是自己的美貌的主子,
别人,不过是经手美色的仆役。
夏天的花儿对夏天总芬芳可亲,
尽管它只是独自茂盛又枯萎;
但那花要是染上了卑贱的瘟病,
最贱的野草也要比它更高贵;
　　甜东西做了贱事就酸苦难尝;
　　发霉的百合远不如野草芳香。

九五

耻辱,像蛀虫在芬芳的玫瑰花心,
把点点污斑染上你含苞的美名,
而你把那耻辱变得多可爱,可亲!
你用何等的甜美包藏了恶行! 4
那讲出你日常生活故事的舌头,
把你的游乐评论为放荡的嬉戏,
好像是责难,其实是赞不绝口,
一提你姓名,坏名气就有了福气。 8
那些罪恶要住房,你就入了选,
它们呵,得到了一座多大的厅堂!
在那儿,美的纱幕把污点全遮掩,
眼见一切都变得美丽辉煌! 12
 亲爱的心呵,请警惕这个大权力;
 快刀子滥用了,也会失去其锋利。

九六

有人说，你错在青春，有点儿纵情；
有人说，你美在青春，风流倜傥；
你的美和过错见爱于各色人等：
你把常犯的过错变成了荣光。
好比劣等的宝石只要能装饰
宝座上女王的手指就会受尊敬；
这些能在你身上见到的过失
也都变成了正理，被当作好事情。
多少羔羊将要被恶狼陷害呵，
假如那恶狼能变作羔羊的模样！
多少爱慕者将要被你引坏呵，
假如你使出了全部美丽的力量！
 但是别这样；我这么爱你，我想：
 你既然是我的，我就有你的名望。

九七

不在你身边,我就生活在冬天,
你呵,迅疾的年月里惟一的欢乐!
啊!我感到冰冷,见到阴冻天!
到处是衰老的十二月,荒凉寂寞! 　　4
可是,分离的时期,正夏日炎炎;
多产的秋天呢,因受益丰富而充实,
像死了丈夫的寡妇,大腹便便,
孕育着春天留下的丰沛的种子: 　　8
可是我看这繁茂的产物一齐
要做孤儿——生来就没有父亲;
夏天和夏天的欢娱都在伺候你,
你不在这里,连鸟儿都不爱歌吟; 　　12
  鸟即使歌唱,也带着一肚子阴霾,
  使树叶苍黄,怕冬天就要到来。

九八

在春天,我一直没有跟你在一起,
但见缤纷的四月,全副盛装,
在每样东西的心头点燃起春意,
教那悲哀的土星也同他跳,笑嚷。
可是,无论是鸟儿的歌谣,或是
那异彩夺目、奇香扑鼻的繁花
都不能使我讲任何夏天的故事,
或者把花儿从轩昂的茎上采下:
我也不惊叹百合花晶莹洁白,
也不赞美玫瑰花深湛的红色;
它们不过是仿造你喜悦的体态
跟娇美罢了,你是一切的准则。
　　现在依然像冬天,你不在旁边,
　　我跟它们玩,像是跟你的影子玩。

九九

对着早开的紫罗兰,我这样责备:
"你的香是哪儿来的,假如不是从
我爱人呼吸里偷来的,可爱的盗贼?
紫红驻在你嫩颊上,正是你从
我爱人脉管里唐突地染来的华美。"
我申斥盗用了你的素手的百合,
还有偷了你头发的薄荷花苞;
害怕地站在枝头的玫瑰,白的,
偷你的绝望;红的,偷你的羞臊;
不红不白的,就把这两样都偷,
并且在赃物中加上你呼出的芳香;
但是,正当他生意蓬勃的时候,
　　向盗贼复仇的蛀虫就把他吃光。
　　我见过更多的鲜花,但从来没见过
　　不偷盗你的香味和颜色的花朵。

一〇〇

你在哪儿呵,缪斯,竟长久忘记了
把你全部力量的源泉来描述?
你可曾在俗歌滥调里把热情浪费了,
让文采失色,借光给渺小的题目?
回来吧。健忘的缪斯,立刻回来用
高贵的韵律去赎回空度的时日;
向那只耳朵歌唱吧——那耳朵敬重
你的曲调,给了你技巧和题旨。
起来,懒缪斯,看看我爱人的甜脸吧,
看时光有没有在那儿刻上皱纹;
假如有,你就写嘲笑衰老的诗篇吧,
教时光的抢劫行为到处被看轻。
　快给我爱人扬名,比时光消耗
　生命更快,你就能挡住那镰刀。

一〇一

逃学的缪斯呵,对浸染着美的真,
你太怠慢了,你用什么来补救?
真和美都依赖着我的爱人;
你也要靠他才会有文采风流。 4
回答呵,缪斯;也许你会这样说,
"真,有它的本色,不用彩饰,
美,真正的美,也不用着色;
不经过加工,极致仍然是极致?" 8
因为他不需要赞美,你就不开口?
别这样代沉默辩护;你有职责
使他长久生活在金墓变灰后,
使他永远受后代的赞美和讴歌。 12
　　担当重任吧,缪斯;我教你怎样
　　使他在万代后跟现在一样辉煌。

一〇二

我的爱加强了，虽然看来弱了些；
我没减少爱，虽然少了些表达；
除非把爱当商品，那卖主才力竭
声嘶地把爱的价值告遍人家。
我只在春季，我们初恋的时候，
才惯于用歌儿来迎接我们的爱情；
像夜莺只是讴唱在夏天的开头，
到了成熟的日子就不再歌吟：
并不是如今的夏天比不上她用
哀诗来催眠长夜的时候愉快，
是狂欢教每根树枝负担过重，
优美变成了凡俗就不再可爱。
　　所以，我有时就学她把嗓子收起，
　　因为我不愿老是唱得你发腻。

一〇三

唉,我的缪斯有的是用武之地,
可是她拿出的却是怎样的贫乏!
那主题,在全然本色的时候要比
加上了我的赞美后价值更大。
假如我不能再写作,你别责备我!
朝镜子看吧,那儿有脸儿出现,
那脸儿大大胜过我愚拙的诗作,
使我的诗句失色,尽丢我的脸。
那么,去把原来是好好的主题
拼命补缀,毁坏,不就是犯罪?
我的诗本来就没有其他目的,
除了来述说你的天赋,你的美;
  比之于我的诗中的一切描摹,
  镜子给你看到的东西多得多。

一○四

我看,美友呵,你永远不会老迈,
你现在还是那样美,跟最初我看见
你眼睛那时候一样。从见你以来,
我见过四季的周行:三个冷冬天
把三个盛夏从林子里吹落、摇光了;
三度阳春,都成了苍黄的秋季;
六月的骄阳,也已经三次烧光了
四月的花香:而你却始终鲜丽。
啊!不过,美也会偷偷地溜走,
像指针在钟面瞒着人离开字码,
你的美,虽然我相信它留驻恒久,
也会瞒着我眼睛,慢慢地变化。
　生怕这样,后代呵,请听这首诗:
　你还没出世,美的夏天早谢世。

一〇五

别把我的爱唤作偶像崇拜,
也别把我爱人看成是一座尊像,
尽管我所有的歌和赞美都用来
献给一个人,讲一件事情,不改样。 4
我爱人今天温柔,明天也仁慈,
拥有卓绝的美德,永远不变心;
所以,我的只颂扬忠贞的诗辞,
就排除驳杂,单表达一件事情。 8
真,善,美,就是我全部的主题,
真,善,美,变化成不同的辞章;
我的创造力就用在这种变化里,
三题合一,产生瑰丽的景象。 12
    真,善,美,过去是各不相关,
    现在呢,三位同座,真是空前。

一〇六

我翻阅荒古时代的历史记载，
见到最美的人物被描摹尽致，
美使得古代的诗歌也美丽多彩，
歌颂着已往的贵妇，可爱的骑士；
见到古人夸奖说最美的美人有
怎样的手足，嘴唇，眼睛和眉毛，
于是我发现古代的文笔早就
表达出来了你今天具有的美貌。
那么，古人的赞辞都只是预言——
预言了我们这时代：你的仪态；
但古人只能用理想的眼睛测看，
还不能充分歌唱出你的价值来：
　　至于我们呢，看见了今天的景象，
　　有眼睛惊讶，却没有舌头会颂扬。

一〇七

梦想着未来事物的这大千世界的
预言的灵魂,或者我自己的恐惶,
都不能为我的真爱定任何限期,
尽管它假定要牺牲于命定的灭亡。 4
人间的月亮已经熬过了月食,
阴郁的卜者们嘲笑自己的预言;
无常,如今到了顶,变为确实,
和平就宣布橄榄枝要万代绵延。 8
如今,带着芬芳时节的涓滴,
我的爱多鲜艳,死神也对我臣服,
因为,不管他,我要活在这拗韵里,
尽管他侮辱遍黔淡无语的种族。 12
  你,将在这诗中竖立起纪念碑,
  暴君的饰章和铜墓却将变成灰。

一○八

难道我脑子里还留着我半丝真意
能写成文字的,没有对你写出来?
能表达我的爱和你的美德的语文里
还有什么新东西要说述和记载?
没有,甜孩子;但是,像祈祷一般,
我必须天天把同样的话语宣讲;
"你是我的,我是你的,"不厌烦,
像当初我崇拜你的美名一样。
那么,我的爱就能既新鲜又永恒,
藐视着年代给予的损害和尘污,
不让位给那总要来到的皱纹,
反而使老年永远做他的僮仆;
　尽管时光和外貌要使爱凋零,
　真正的爱永远有初恋的热情。

一〇九

啊,请无论如何别说我负心,
虽然我好像被离别减少了热力。
我不能离开你胸中的我的灵魂,
正如我也离不开自己的肉体; 4
你的胸膛是我的爱的家:我已经
旅人般流浪过,现在是重回家园;
准时而到,也没有随时光而移情,——
我自己带水来洗涤自己的污点。 8
虽然我的品性中含有一切人
都有的弱点,可千万别相信我会
如此荒谬地玷污自己的品性,
竟为了空虚而抛弃你全部优美; 12
  我说,广大的世界是空空如也,
    其中只有你,玫瑰呵!是我的一切。

一一〇

唉！真的，我曾经到处地往来，
让自己穿上了花衣供人们赏玩，
嘲弄自己的思想，把珍宝贱卖，
用新的感情来冒犯旧的情感。
真的，我曾经冷冷地斜着眼睛
去看忠贞；但是，这一切都证实：
走弯路促使我的心回复了青春，
我历经不幸才确信你爱我最深挚。
一切都过去了，请接受我的无底爱：
我永远不会再激起我一腔热情
去追求新交，而把老朋友伤害，
老朋友正是拘禁了我的爱之神。
　那么，我的第二个天国啊，请张开
　你最亲最纯的怀抱，迎我归来！

一一一

请你为我去谴责命运吧。唉,
这让我干有害事业的罪恶女神!
除公共风习养育的公共方式外,
她不让我的生活有更好的前程。
因此我名字只得把烙印承受,
我的天性也大体屈服于我所
从事的职业了,好像染师的手:
那么,你该可怜我,巴望我复活;
而我像病人,心甘情愿地吞服
醋药来驱除我身上严重的疫病;
任何苦药我都不觉得它苦,
赎罪再赎罪,不当作两度苦行。
　可怜我吧,爱友,我向你担保,
　你对我怜悯就足够把我医好。

一一二

你的爱和怜,能够把蜚语流言
刻在我额上的烙痕抹平而有余;
既然你隐了我的恶,扬了我的善;
我何必再关心别人对我的毁誉?
你是我的全世界,我必须努力
从你的语言来了解对我的褒贬;
别人看我或我看别人是死的,
没人能改正或改错我铁的观念。
我把对人言可畏的吊胆提心
全抛入万丈深渊,我的毒蛇感
对一切诽谤和奉承都充耳不闻。
请看我怎样开脱我这种怠慢:
 你这样根深蒂固地生在我心上,
 我想,全世界除了你都已经死亡。

一一三

离开你以后,我眼睛住在我心间;
于是这一双指引我走路的器官
放弃了自己的职责,瞎了一半,
它好像在看,其实什么也不见;
我的眼睛不给心传达眼睛能
认出的花儿鸟儿的状貌和形体;
眼前闪过的千姿万态,心没份,
目光也不能保住逮到的东西;
只要一见到粗犷或旖旎的景色,
一见到甜蜜的面容,丑陋的人形,
一见到山海,日夜,乌鸦或银鸽,
眼睛把这些全变成你的面影。
　　心中满是你,别的没法再增加,
　　我的真心就使我眼睛虚假。

一一四

是我这颗把你当王冠戴的心
一口喝干了帝王病——喜欢阿谀?
还是,我该说,我的眼睛说得真,
你的爱却又教给了我眼睛炼金术——
我眼睛就把巨怪和畸形的丑类
都改造成为你那样可爱的天孩,
把一切劣质改造成至善至美——
改得跟物体聚到眼光下一样快?
呵,是前者;是视觉对我的阿谀,
我这颗雄心堂皇地把阿谀喝干:
我眼睛深知我的心爱好的食物,
就备好这一杯阿谀送到他嘴边:
 即使是毒杯,罪恶也比较轻微,
 因为我眼睛爱它,先把它尝味。

一一五

我以前所写的多少诗句,连那些
说我不能够爱你更深的,都是谎;
那时候我的理智不懂得我一切
热情为什么后来会烧得更明亮。
我总考虑到:时间让无数事故
爬进盟誓间,变更帝王的手令,
丑化天仙美,磨钝锋利的意图,
在人事嬗变中制服刚强的心灵;
那么,唉!惧怕着时间的暴行,
为什么我不说,"现在我最最爱你"——
既然我经过不安而已经安定,
以目前为至极,对以后尚未可期?
 爱还是婴孩;我不能说出这句话,
 好让他继续生长,到完全长大。

一一六

让我承认，两颗真心的结合
是阻挡不了的。爱算不得爱，
要是人家变心了，它也变得，
或者人家改道了，它也快改：
不呵！爱是永不游移的灯塔光，
它正视暴风，决不被风暴摇撼；
爱是一颗星，它引导迷航的桅樯，
其高度可测，其价值却无可计算。
爱不是时间的玩偶，虽然红颜
到头来总不被时间的镰刀遗漏；
爱决不跟随短促的韶光改变，
就到灭亡的边缘，也不低头。
　　假如我这话真错了，真不可信赖，
　　算我没写过，算爱从来不存在！

一一七

你这样责备我吧;为的是我本该
报你的大恩,而我竟无所举动;
每天我都有义务要回报你的爱,
而我竟忘了把你的至爱来称颂; 4
为的是,我曾和无聊的人们交往,
断送你宝贵的友谊给暂时的机缘;
为的是,我扬帆航行,让任何风向
把我带到离开你最远的地点。 8
请你记录下我的错误和任性,
有了凭证,你就好继续推察;
你可以带一脸愠怒,对我瞄准,
但是别唤醒你的恨,把我射杀: 12
 因为我的诉状说,我曾努力于
 证实你的爱是怎样忠贞和不渝。

一一八

好比我们要自己的食欲大增,
就用苦辣味儿去刺激舌头;
好比我们要预防未发的病症,
就吃下泻药,跟生病一样别扭;
同样,吃厌了你的甘美(其实
永远吃不厌),我就把苦酱当食粮;
厌倦了健康,就去得病,说是
这样才舒服,其实不需要这样。
这样,为了预防未发的病痛,
爱的策略就成了确定的过失:
把十分健康的身心投入医药中,
使它餍足善,反要让恶来医治。
  但是,我因此学到了真正的教训:
  药,毒害了对你厌倦的那个人。

一一九

我曾经喝过赛人的眼泪的毒汤——
像内心地狱里蒸馏出来的污汁,
使我把希望当恐惧,恐惧当希望,
自以为得益,其实在不断地损失! 　　4
我的心犯过多么可鄙的过错,
在它自以为最最幸福的时光!
我的双目曾怎样震出了圆座,
在这种疯狂的热病中恼乱慌张! 　　8
恶的好处呵! 现在我已经明了,
善,的确能因恶而变得更善;
垮了的爱,一旦重新建造好,
就变得比原先更美,更伟大、壮健。 　　12
　　因此,我受了谴责却归于自慰,
　　由于恶,我的收获比耗费大三倍。

一二〇

你对我狠过心,现在这对我有帮助:
想起了从前我曾经感到的悲伤,
我只有痛悔我近来犯下的错误,
要不然我这人真成了铁石心肠。
如果我的狠心曾使你震颤,
那你已度过一段时间在阴曹;
我可是懒汉,没匀出空闲来掂一掂
你那次肆虐给了我怎样的苦恼。
我们不幸的夜晚将使我深心里
牢记着:真悲哀怎样惨厉地袭来,
我随即又向你(如你曾向我)呈递
谦卑的香膏去医治受伤的胸怀!
 你的过失现在却成了赔偿费;
 我的赎你的,你的该把我赎回。

一二一

宁可卑劣,也不愿被认为卑劣,
既然无辜被当作有罪来申斥;
凭别人察看而不是凭本人感觉
而判为合法的快乐已经丢失。
为什么别人的虚伪淫猥的媚眼
要向我快乐的血液问候,招徕?
为什么懦夫们要窥探我的弱点,
还把我认为是好的硬说成坏?
不。——我始终是我;他们对准我
罩骂诽谤,正说明他们污秽;
我是正直的,尽管他们是歪货;
他们的脏念头表不出我的行为;
　　除非他们敢声言全人类是罪孽,——
　　人都是恶人,用作恶统治着世界。

一二二

你赠送给我的手册里面的一切,
已在我脑子里写明,好留作纪念,
这一切将超越手册中无用的篇页,
跨过所有的时日,甚至到永远;
或至少坚持到我的脑子和心
还能借自然的功能而生存的时候;
只要这两者没把你忘记干净,
关于你的记载就一定会保留。
可怜的手册保不住那么多的爱,
我也不用筹码把你的爱累计;
所以我斗胆把那本手册丢开,
去信托别的手册更好地拥抱你:
 要依靠拐杖才能够把你记牢,
 无异于表明我容易把你忘掉。

一二三

不！时间呵，你不能夸说我在变：
你有力量重新把金字塔建起，
我看它可并不希奇，并不新鲜；
那是旧景象穿上新衣裳而已。
我们活不长，所以我们要赞扬
你鱼目混珠地拿给我们的旧货；
宁可使它们合乎我们的愿望，
而不想：我们早听见它们被说过。
我是瞧不起你和你的记载的，
也不惊奇于你的现在和过去；
因为那由你的长跑编造出来的
记载和我们见到的景象是骗局：
  我这样起誓，以后将始终如此，
  不怕你跟你的镰刀，我永远忠实。

一二四

假如我的爱只是权势的孩子,
它会是命运的私生儿,没有爸爸,
它将被时间的爱或憎任意处置,
随同恶草,或随同好花被摘下。
不,它建立了,同偶然毫无牵挂;
在含笑的富贵面前,它沉得住气,
被压制的愤懑的爆发也打不垮它,
尽管这爆发已成为当代的风气。
权谋在租期很短的土地上干活,
对于这位异教徒,它毫不畏惧。
它不因天热而生长,不被雨淹没,
只是巍然独立,深谋远虑。
　　我唤那为一善而死、为众恶而生、
　　被时间愚弄的人来为此事作证。

一二五

我举着华盖,用表面的恭维来撑持
你的面子,这对我有什么好处?
为永久,我奠下伟大的基础——它其实
比荒芜为期更短,这也是何苦?   4
难道我没见过仪表和容貌的租用者
付太多租钱,反而把一切都丢光?
可怜的贪利人,老在凝视中挥霍,
弃清淡入味,只追求浓油赤酱!   8
不;——让我在你心中永远不渝,
请接受我贫乏然而率真的贡礼,
它没有羼杂次货,也不懂权术,
只不过是我向你回敬的诚意。   12
    滚开,假证人,告密者!你愈陷害
    忠实的灵魂,他愈在你控制以外。

一二六

可爱的孩子呵,你控制了易变的沙漏——
时光老人的小镰刀——一个个钟头;
在衰老途中你成长,并由此显出来
爱你的人们在枯萎,而你在盛开!
假如大自然,那统治兴衰的大君主,
见你走一步,就把你拖回一步,
那她守牢你就为了使她的技巧
能贬低时间,能杀死渺小的分秒。
可是你——她的宠儿呵,你也得怕她;
她只能暂留你、不能永保你作宝匣,
她的账不能不算清,虽然延了期,
她的债务要偿清,只有放弃你。

一二七

在往古时候，黑可是算不得美色，
黑即使真美，也没人称它为美；
但是现在，黑成了美的继承者，
美有了这个私生子，受到了诋毁： 4
自从每个人僭借取了自然的力量，
把丑变作美，运用了骗人的美容术，
甜美就失去了名声和神圣的殿堂，
如果不活在耻辱中，就受尽了亵渎。 8
因此，我情人的头发像乌鸦般黑，
她的眼睛也穿上了黑衣，仿佛是
在哀悼那生来不美、却打扮成美、
而用假美名侮辱了造化的人士： 12
　　她眼睛哀悼着他们，漾着哀思，
　　教每个舌头都说，美应当如此。

一二八

我的音乐呵,你把钢丝的和声
轻轻地奏出,教那幸福的键木
在你可爱的手指的按捺下涌迸
一连串使我耳朵入迷的音符,
我就时常羡慕那轻跳着去亲吻
你那柔软的指心的一个个键盘,
我的嘴唇,本该刈割那收成,
却羞站一边,眼看键木的大胆!
受了逗引,我的嘴唇就巴望
跟那些跳舞的木片换个处境;
你的手指别尽漫步在木片上——
教死的木片比活的嘴唇更幸运。
　　孟浪的键盘竟如此幸福?行,
　　把手指给键盘、把嘴唇给我来亲吻!

一二九

生气丧失在带来耻辱的消耗里,
是情欲在行动;情欲还没成行动
已成过失,阴谋,罪恶,和杀机,
变得野蛮,狂暴,残忍,没信用;
刚尝到欢乐,立刻就觉得可鄙;
冲破理智去追求;到了手又马上
抛开理智而厌恶,像吞下诱饵,
放诱饵,是为了促使上钩者疯狂:
疯狂于追求,进而疯狂于占有;
占有了,占有着,还要,绝不放松;
品尝甜头,尝过了,原来是苦头;
事前,图个欢喜;过后,一场梦:
　这,大家全明白;可没人懂怎样
　去躲开这座引人入地狱的天堂。

一三〇

我的情人的眼睛绝不像太阳；
红珊瑚远远胜过她嘴唇的红色；
如果发是丝，铁丝就生在她头上；
如果雪算白，她胸膛就一味暗褐。
我见过玫瑰如缎，红里透白，
但她的双颊，赛不过这种玫瑰；
有时候，我的情人吐出气息来，
也不如几种熏香更教人沉醉。
我挺爱听她说话，但我很清楚
音乐会奏出更加悦耳的和音；
我注视我的情人在地上举步，——
同时我承认没见到女神在行进；
　　可是，天作证，我认为我情人比那些
　　被瞎比一通的美人儿更加超绝。

一三一

有些人,因为美了就冷酷骄横,
你这副模样,却也同样地横暴;
因为你知道,我对你一片痴情,
把你当作最贵重、最美丽的珍宝。 4
不过,真的,有人见过你,他们说,
你的脸不具备使爱叹息的力量:
我不敢大胆地断定他们说错,
虽然我暗自发誓说,他们在瞎讲。 8
而且,我赌咒,我这决不是骗人,
当我只念着你的容貌的时刻,
千百个叹息联袂而来作见证,
都说你的黑在我看来是绝色。 12
　你一点也不黑,除了你的行径,
　　就为了这个,我想,谣言才流行。

一三二

我爱你眼睛；你眼睛也在同情我，
知道你的心用轻蔑使我痛心，
就蒙上黑色，做了爱的哀悼者，
对我的痛苦显出了姣好的怜悯。
确实，无论是朝阳在清晨出现，
很好地配上了东方灰色的面颊，
还是阔大的黄昏星迎出傍晚，
给西方清冷的天空添一半光华，
都不如你两眼哀愁配得上你的脸：
既然悲哀使你美，就让你的心
也跟你眼睛一样，给我以哀怜，
教怜悯配上你全身的每一部分。
　　对了，美的本身就是黑，我赌咒，
　　而你的脸色以外的一切，都是丑。

一三三

将那颗使我心呻吟的狠心诅咒!
那颗心使我和我朋友受了重伤;
难道教我一个人受苦还不够,
一定要我爱友也受苦,奴隶那样? 4
你满眼冷酷,把我从我身夺去;
你把那第二个我也狠心独占;
我已经被他、我自己和你所背弃;
这样就承受了三重三倍的苦难。 8
请把我的心在你的钢胸里押下,
好让我的心来保释我朋友的心;
无论谁监守我,得让我的心守护他;
你就不会在狱中对我太凶狠: 12
  你还会凶狠的;因为,关在你胸内,
  我,和我的一切,你必然要支配。

一三四

现在,我已经承认了他是属于你,
我自己也已经抵押给你的意愿;
我愿意把自己让你没收,好教你
放出那另一个我来给我以慰安:
你却不肯放,他也不希望获释,
因为,你真贪图他,他也重感情;
他像个保人那样在契约上签了字,
为了开释我,他自己被牢牢监禁。
你想要取得你的美貌的担保,
就当了债主,把一切都去放高利贷,
我朋友为我负了债,你把他控告;
于是我失掉他,由于我无情的伤害。
　　我已经失掉他;你把他和我都占有;
　　他付了全部,我还是没得自由。

一三五

只要女人有心愿,你就有主意,
还有额外的意欲、太多的意向;
我早已餍足了,因为我老在烦扰你,
加入了你可爱的意愿里,就这样。 4
你的意念广而大,你能否开恩
让我的意图在你的意念里藏一藏?
难道别人的意图你看来挺可亲,
而对于我的意图就不肯赏光? 8
大海,满是水,还照样承受天落雨,
给它的贮藏增加更多的水量;
你富于意欲,要扩大你的意欲,
你得把我的意图也给添加上。 12
　　别让那无情的"不"字把请求人杀死,
　　认诸愿为一吧,认我为其中一"意志"。

一三六

假如你灵魂责备你,不让我接近你,
就对你瞎灵魂说我是你的威尔,
而威尔,你灵魂知道,是可以来的;
这样让我的求爱实现吧,甜人儿!
威尔将充塞你的爱的仓库,
用威尔们装满它,我这个威尔算一个,
我们容易在巨大的容量中看出,
千百个里边,一个可不算什么。
千百个里边,就让我暗底下通过吧,
虽然,我必须算一个,在你的清单里;
请你来管管不能算数的我吧,
我对你可是个甜蜜的算数的东西:
 　 只消把我名儿永远当爱巴物儿;
 　 你也就爱我了,因为我名叫威尔。

一三七

瞎眼的笨货,爱神,对我的眼珠
你作了什么,使它们视而不见?
它们认识美,也知道美在哪儿住,
可是,它们把极恶当作了至善。 4
假如我眼睛太偏视,目力多丧失,
停泊在人人都来停泊的海港里,
何以你还要凭我的糊涂眼造钩子,
紧紧钩住了我的心灵的判断力? 8
我的心,明知道那是世界的公土,
为什么还要把它当私有领地?
难道我眼睛见了这一切而说不,
偏在丑脸上安放下美的信义? 12
 我的心跟眼,搞错了真实的事情,
 现在就委身给专门骗人的疫病。

一三八

我爱人起誓,说她浑身是忠实,
我真相信她,尽管我知道她撒谎;
使她以为我是个懵懂的小伙子,
不懂得世界上各种骗人的勾当。
于是,我就假想她以为我年轻,
虽然她知道我已经度过了盛年,
我痴心信赖着她那滥嚼的舌根;
这样,单纯的真实就两边都隐瞒。
但是为什么她不说她并不真诚?
为什么我又不说我已经年迈?
呵!爱的好外衣是看来信任,
爱人老了又不爱把年龄算出来:
　　所以,是我骗了她,她也骗了我。
　　我们的缺陷就互相用好话瞒过。

一三九

呵,别教我来原谅你的过错,
原谅你使我痛心的残酷,冷淡;
用舌头害我,可别用眼睛害我;
使出力量来,杀我可别耍手段。 4
告诉我你爱别人;但是,亲爱的,
别在我面前把眼睛溜向一旁。
你何必耍手段害我,既然我的
防御力对你的魔力防不胜防? 8
让我来袒护你:啊!我情人挺明白
我的仇敌就是她可爱的目光;
她于是把它们从我的脸上挪开,
把它们害人的毒箭射向他方: 12
 可是别;我快要死了,请你用双目
 一下子杀死我,把我的痛苦解除。

一四〇

你既然冷酷,就该聪明些;别显露
过多的轻蔑来压迫我缄口的忍耐;
不然,悲哀会借给我口舌,来说出
没人同情我——这种痛苦的情况来。
假如我能把智慧教给你,这就好:
尽管不爱我,你也要对我说爱;
正像暴躁的病人,死期快到,
只希望医生对他说,他会好得快;
因为,假如我绝望了,我就会疯狂,
疯狂了,我就会把你的坏话乱讲:
如今这恶意的世界坏成了这样,
疯了的耳朵会相信疯狂的诽谤。
　要我不乱说你,不疯,你的目光
　就得直射,尽管你的心在远方。

一四一

说实话,我并不用我的眼睛来爱你,
我眼见千差万错在你的身上;
我的心却爱着眼睛轻视的东西,
我的心溺爱你,不睬见到的景象。 4
我耳朵不爱听你舌头唱出的歌曲;
我的触觉(虽想要粗劣的抚慰),
和我的味觉,嗅觉,都不愿前去
出席你个人任何感官的宴会: 8
可是,我的五智或五官都不能
说服我这颗痴心不来侍奉你,
我的心不再支配我这个人影,
甘愿做侍奉你骄傲的心的奴隶: 12
  我只得这样想:遭了灾,好处也有,
  她使我犯了罪,等于是教我苦修。

一四二

爱是我的罪，厌恶是你的美德，
厌恶我的罪，生根在有罪的爱情上：
只要把你我的情况比一比，哦，
你就会发现，责难我可不大应当；
就算该，也不该出之于你的嘴唇，
因为它亵渎过自己鲜红的饰物，
跟对我一样，几次在假约上盖过印，
抢夺过别人床铺的租金收入。
我两眼恳求你，你两眼追求他们，
像你爱他们般，请承认我爱你合法：
要你的怜悯长大了也值得被怜悯，
你应当预先把怜悯在心里栽下。
　假如你藏着它，还要向别人索取，
　你就是以身作则，活该受冷遇！

一四三

看哪,像一位专心的主妇跑着
要去把一只逃跑的母鸡抓回来,
她拼命去追赶母鸡,可能追到的,
不过她这就丢下了自己的小孩;   4
她追赶去了,她的孩子不愿意,
哭着去追赶母亲,而她正忙着在
追赶那在她面前逃走的东西,
不去理睬可怜的哭闹的幼崽;   8
你也在追赶离开了你的家伙,
我是个孩子,在后头老远地追赶;
你只要一抓到希望,就请转向我,
好好地做母亲,吻我,温和一点: 12
  只要你回来,不让我再高声哭喊,
  我就会祷告,但愿你获得"心愿"。

一四四

我有两个爱人:安慰,和绝望,
他们像两个精灵,老对我劝诱;
善精灵是个男子,十分漂亮,
恶精灵是个女人,颜色坏透。
我那女鬼要骗我赶快进地狱,
就从我身边诱开了那个善精灵,
教我那圣灵堕落,变做鬼蜮,
用恶的骄傲去媚惑他的纯真。
我怀疑到底我那位天使有没有
变成恶魔,我不能准确地说出;
但两个都走了,他们俩成了朋友,
我猜想一个进了另一个的地府。
 但我将永远猜不透,只能猜,猜,
 等待那恶神把那善神赶出来。

一四五

爱神亲手缔造的嘴唇
对着为她而憔悴的我
吐出了一句"我厌恶……"的声音:
但是只要她见到我难过,
她的心胸就立刻变宽厚,
谴责她那本该是用来
传达温和的宣判的舌头;
教它重新打招呼,改一改:
她就马上把"我厌恶……"停住,
这一停正像温和的白天
在黑夜之后出现,黑夜如
恶魔从天国被扔进阴间。
　　她把"我厌恶……"的厌恶抛弃,
　　救了我的命,说——"不是你。"

一四六

可怜的灵魂呵,你在我罪躯的中心,
被装饰你的反叛力量所蒙蔽;
为什么在内部你憔悴,忍受饥馑,
却如此豪华地彩饰你外部的墙壁?
这住所租期极短,又快要坍倒,
为什么你还要为它而挥霍无度?
虫子,靡费的继承者,岂不会吃掉
这件奢侈品?这可是肉体的归宿?
靠你的奴仆的损失而生活吧,灵魂,
让他消瘦,好增加你的贮藏;
拿时间废料去换进神圣的光阴;
滋养内心吧,别让外表再堂皇;
 这样,你就能吃掉吃人的死神,
  而死神一死,死亡就不会再发生。

一四七

我的爱好像是热病,它老是渴望
一种能长久维持热病的事物;
它吃着一种延续热病的食粮,
古怪的病态食欲就得到满足。 4
我的理智——治我的爱的医师,
因为我不用他的处方而震怒,
把我撂下了,如今我绝望而深知
欲望即死亡,假如把医药排除。 8
理智走开了,疾病就不能医治,
我将带着永远的不安而疯狂;
我不论思想或谈话,全像个疯子,
远离真实,把话儿随口乱讲; 12
 我曾经赌咒说你美,以为你灿烂,
 你其实像地狱那样黑,像夜那样暗。

一四八

天哪！爱放在我头上的是什么眼儿，
它们反映的绝不是真正的景象！
说是吧，我的判断力又躲在哪儿，
竟判断错了眼睛所见到的真相？
我的糊涂眼所溺爱的要是真俊，
为什么大家又都说："不这样，不"？
如果真不，那爱就清楚地表明
爱的目力比任谁的目力都不如：
哦！爱的眼这么烦恼着要守望，
要流泪，又怎么能够看得准，看得巧？
无怪乎我会弄错眼前的景象；
太阳也得天晴了，才明察秋毫。
　刁钻的爱呵！你教我把眼睛哭瞎，
　怕亮眼会把你肮脏的罪过揭发。

一四九

冷酷的人啊！你怎能说我不爱恋你？
事实上我跟你一起厌弃了我自己！
你这个暴君啊！谁说我不在想念你？
事实上我是为了你忘记了我自己！
有人厌恶你，我可曾唤他们作朋友？
有人你讨厌，我可曾去巴结，奉承？
不但如此，你跟我生气的时候，
我哪次不立刻对自己叹息、痛恨？
如今，被你那流盼的眼睛所统治，
我的美德都崇拜着你的缺陷，
我还能尊重自己的什么好品质，
竟敢于不屑侍奉你，如此傲慢？
　但是爱，厌恶吧，我懂了你的心思；
　你爱能看透你的人，而我是瞎子。

一五〇

呵，从什么威力中你得了力量，
能带着缺陷把我的心灵指挥？
能教我胡说我忠实的目光撒谎，
并断言阳光没有使白天明媚？
用什么方法，你居然化丑恶为美丽，
使你的种种恶行——如此不堪，
却具有无可争辩的智慧和魅力，
使你的极恶在我心中胜过了至善？
愈多听多看，我愈加对你厌恶，
可谁教给你方法使我更爱你？
虽然我爱着别人憎厌的人物，
你不该同别人来憎厌我的心意：
　　你毫不可爱，居然激起了我的爱，
　　那我就更加有价值让你爱起来。

一五一

爱神太幼小,不知道良心是什么;
可是谁不知良心是爱的产物?
那么,好骗子,别死剋我的过错,
因为,对于我的罪,你并非无辜。
你有负于我,我跟我粗鄙的肉体
同谋而有负于我那高贵的部分;
我的灵魂对我的肉体说他可以
在爱情上胜利;肉体不爱听高论,
只是一听到你名字就起来,指出你
是他的战利品。他因而得意扬扬,
十分甘心于做你的可怜的仆役,
情愿站着伺候你,倒在你身旁。
  这样做不是没良心的:如果我把她
  叫作爱,为了她的爱,我起来又倒下。

一五二

在爱你这点上,你知道我不讲信义,
不过你发誓爱我,就两度背了信;
床头盟你撕毁,新的誓言你背弃,
你结下新欢,又萌发新的憎恨。
但是,你违了两个约,我违了一打半——
还要责备你?我罚的假咒可多了;
我罚的咒呀,全把你罚了个滥,
我的信誉就都在你身上失落了:
因为我罚咒罚得凶,说你顶和善,
说你爱得挺热烈,挺忠贞,不会变;
我为了给你光彩,让自己瞎了眼,
或让眼发誓——发得跟所见的相反;
　　我曾罚过咒,说你美:这是个多么
　　虚伪的谎呀,我罚的假咒不更多么!

一五三

丘比特丢下了他的火炬,睡熟了:
狄安娜的一个天女就乘此机会
把他这激起爱情的火炬浸入了
当地山谷间一条冰冷的泉水; 4
泉水,从这神圣的爱火借来
永远活泼的热力,永远有生机,
就变成沸腾的温泉,人们到现在
还确信这温泉有回春绝症的效力。 8
我情人的眼睛又燃起爱神的火炬,
那孩子要试验,把火炬触上我胸口,
我顿时病了,急于向温泉求助,
就赶去做了个新客,狂躁而哀愁, 12
 但是没效力:能医好我病的温泉
 是重燃爱神火炬的——我情人的慧眼。

一五四

小小的爱神,有一次睡得挺沉,
把点燃爱火的火炬搁在身边,
恰巧多少位信守贞洁的小女神
轻步走来;最美的一位天仙
用她的处女手把那曾经点燃
无数颗爱心的火炬拿到一旁;
如今那爱情之火的指挥者在酣眠,
竟被贞女的素手解除了武装。
她把火炬熄灭在近旁的冷泉中,
泉水从爱火得到永恒的热力
就变成温泉,对人间各种病痛
都有灵效;但是我,我情人的奴隶,
　也去求治,把道理看了出来:
　爱火烧热泉水,泉水凉不了爱。

译后记

按照"出版物登记册"的记载，伦敦的出版商人托马斯·索普（Thomas Thorpe）在1609年5月20日取得了"一本叫做莎士比亚十四行诗集的书"的独家印行权，不久这本书就出售了。索普还在这本书的卷首印了一段谜语般的献词，献给"这些十四行诗的惟一促成者，W. H. 先生"。在这之前，这些十四行诗中的两首曾在一本小书中出现过。索普的版本包括了一百五十四首十四行诗，这就是莎士比亚十四行诗集最早的、最完全的"第1四开本"。到了1640年，出现了本森（Benson）印行的新版本，少了八首，各诗的次序也作了新的安排。在十七世纪，没有出现过其他版本。

自十八世纪末期以来，莎士比亚十四行诗引起了人们的巨大兴趣和种种争论。例如，这些诗是作者本人真实遭遇的记录，还是像他的剧本那样，是一种"创作"即虚构的东西？这些诗的大部分是歌颂爱情的，还是歌颂友谊的？这些诗的大部分是献给一个人的，还是献给若干人的？对这些诗的思想内容和艺术成就应当怎样评价？……今天，认为这些诗是思想贫乏之作的意见，认为这些诗不是作者本人亲身经历的记录等意见，早已站不住了。但是，关于这些诗的歌颂对象等问题，却依然是人们争论的题目。

现在，让我暂且撇开这些争论，来介绍一下莎士比亚十四行诗的所谓"故事"的轮廓。按照广泛流行的解释，这些十四行诗从第一首到第一二六首,是写给或讲到一位美貌的贵族男青年的;从第一二七首到第一五二首,是写给或讲到一位黑肤女郎的;最后两首及中间个别几首,与故事无关。(有人怀疑,最后两首及第二〇、一二八、一四五诸首可能不是出于莎士比亚的手笔。)第一至一七首形成一组,这里诗人劝他的青年朋友结婚,借以把美的典型在后代身上保存下来,克服时间的毁灭一切的力量。此后直到第一二六首,继续着诗人对那位青年的倾诉,而话题、事态和情绪在不断变化、发展着。青年是异乎寻常的美(第一八至二〇首)。诗人好像是被社会遗弃了的人,但对青年的情谊使他得到无上的安慰(第二九首)。诗人希望这青年不要在公开的场合给诗人以礼遇的荣幸,以免青年因诗人而蒙羞(第三六首)。青年占有了诗人的情妇,但被原谅了(第四〇至四二首)。诗人保有着青年的肖像(第四六、四七首)。诗人比青年的年龄大(第六三、七三首)。诗人对于别的诗人之追求青年的庇护,特别对于一位"诗敌"之得到青年的青睐,显出妒意(第七八至八六首)。诗人委婉地责备青年生活不检点(第九五、九六首)。经过了一段时间的分离,诗人回到了青年的身边(第九七、九八首)。诗人同青年和解了,他们的深厚友谊恢复了(第一〇九首)。诗人从事戏剧的职业受到冷待(第一一一首)。诗人曾与无聊的人们交往而与青年疏远过,但又为自己的行为辩护(第一一七首)。有人攻击诗人对青年的友谊,诗人为自己辩护(第一二五首)。诗人迷恋着一位黑眼、黑发、黑(褐)肤、卖弄风情的女郎(第一二七首,第一三〇至一三二首)。黑女郎与别人(可能就是诗人的青年朋友)相爱了,诗人陷入苦痛中(第一三三、一三四、一四四首)。黑女郎是有丈夫的(第一五二首)。

  这个故事是建立在这样的前提条件下的:假定这些诗的大部分之呈献对象是作者的朋友(男性),是一个人而不是若干人。这个译本所附的"译解",基本上是按照这个假定去做的。但译者也注意到不把话说死(因为译者不认为这是定论),例如译者采用"爱友"一词，就有既可理解为朋友、又可理解为情人的用意。

但是，承认上述假定，并不意味着争论的终结。事实上，剧烈的争论，繁琐的考证，正是在把这个假定当作前提的情况下进行的。据说，这部诗集是英国诗歌中引起争论最多的诗集，而这些争论，据一位莎士比亚学者的意见，可以归纳为下列诸问题：

1. 这些十四行诗被呈献给"W. H. 先生"。他是谁？
2. 大部分诗是写给一位青年美男子的。他是不是 W. H. 先生？
3. 诗人曾劝青年结婚，有没有证据证明这位青年（指实际上存在的某君，下同）不愿意结婚？
4. 是否还有诗人与青年之间关系的旁证？
5. "诗敌"是谁？
6. 青年占有了诗人的情妇。她是谁？
7. 黑女郎是谁？
8. 第一〇七首中所涉及的事件究系何指？
9. 这些诗排列的次序是否无误？
10. 这些诗是否形成一个连续的故事？如果是的，这故事与诗人及青年的事迹是否相符？
11. 这些诗是在什么年月写成的？

从这十一个问题所包括的范围看来，争论的内容限于对这些诗所涉及的实事的考证。弄清这些诗写作时的实际环境，有助于了解这些诗的价值。但是，即使是必要的考证也只是提供材料罢了。对作品的了解，主要依靠根据科学观点对作品本身和有关材料进行分析。遗憾的是，某些考证家的兴趣是事实细节的本身。而这，对作品价值的了解不一定有多少帮助。但是，不管莎士比亚十四行诗集一二百年来在莎士比亚学者和爱好者中引起了怎样的轩然大波，这部诗集本身的思想力量和艺术力量却被愈来愈多的读者所认识。W. H. 先生究竟是谁，青年究竟是谁，黑女郎究竟是谁，等等，毕竟是无关宏旨的。

关于这部诗集的争论情况，介绍到这里也可以结束了。但是，我还想对这些诗的歌颂对象问题再啰唆一下，因为这牵涉到读者对这些诗的欣赏问题。前面说过，莎士比亚十四行诗"故事"是广泛流行的解释，而这种解释是十八世纪末期才产生的。1780 年，英国学者梅隆（Malone）和斯蒂文斯（Steevens）二人提出了"朋友说"和"黑女郎说"。在这之前，人们相信这些诗的大部或全部是歌颂情人（女性）的。在这之后，"朋友说"虽然得到大多数读者的承认，却并未说服一切读者。例如，十八世纪末、十九世纪初英国著名诗人柯尔律治（Coleridge）仍坚持莎士比亚十四行诗全部都是呈献给作者所爱的一个女人的。直到今天，仍然有人持不同的意见；有人虽然接受了"朋友说"，但认为第一至一二六首中有若干首是写给情人的。我个人觉得，第一至一二六首中有若干首，例如开头的几首，特别是第三、第九、第二〇、第四〇至四二首，以及第六三、第六七、第六八、第一〇首（后面四首的描写对象不是第二人称而是第三人称，作者用了阳性代名词 he 这个字）等，如果把它们的描写对象或接受者当作女性，那是解释不通的。但是，除了这一部分属于特殊情况的以外，第一至第一二六首中大部分诗，就诗篇本身来说，把它们解释为写给朋友或写给情人都解释得通。因此，把它们当作是歌颂友谊的诗，还是把它们当作是歌唱爱情的诗（不管它们全部都是献给一个人的还是分别献给若干人的），这可以由读者根据自己的欣赏要求去选择。不管你选择何者，或者对一些诗选前者，对另一些诗选后者，我认为诗篇本身的价值是不会受到多少影响的。比如，著名的第二九首：

> 但在这几乎是自轻自贱的思绪里，
> 我偶尔想到了你呵，——我的心怀
> 顿时像破晓的云雀从阴郁的大地

冲上了天门，歌唱起赞美诗来；
我记着你的甜爱，就是珍宝，
教我不屑把处境跟帝王对调。

在困难的时刻，崇高的友谊可以给人以鼓舞力量；坚贞的爱情也会给人以鼓舞力量。（这里"甜爱"的原文是既可解释为朋友爱，也可解释为异性爱的。）过去，我知道有人为纪念远方的朋友而吟诵这首诗，也看到有人把它题抄在爱人的手册上，这说明读者可以按自己的需要来解释这首诗的歌颂对象。有些篇章，如果解释为写给朋友的，读者也许会感到不习惯。但是，友谊可以是"君子之交淡如水"，也可以是"一日不见，如隔三秋"。如果这首诗所写的是友谊，那么，这里的友谊就是一种强烈的情谊。虽然对这些诗的歌颂对象的解释具有两可性，但这些诗所表达的感情的强烈程度却规定了：如果是友谊，这不是泛泛之交；如果是爱情，这不是逢场作戏。何况，这里面还包含着深邃的思想。这就是说，即使把这些诗的呈献对象理解为情人（女性），它们也与当时流行的以谈情说爱为内容、诗风浮夸无聊的十四行诗，毫无共同之点。

*

某些学者研究莎士比亚，有他们自己的方式。根据我所接触到的有限材料，不妨举几个例子：

一种是从作品中寻出片言只字，从而对作者作出武断的推论，达到耸人听闻的目的。例如，卡贝尔（Capell）及伯特勒夫人（Mrs. S. Butler），根据第三七首第3行"我虽然受到最大厄运的残害"（直译原文意为："我，被最大的厄运伤害得成了瘸子"），推定莎士比亚是个事实上的瘸子，并认为这是他作为伶人而不能成为名角的原因。又如，有一位"哈瑞叶特·契尔斯托夫人（Mrs. Harriet B. Cherstow）的后裔"，根据第三五首第1至8行，第八九首第8行，"就断绝和你的往来，装作陌路人"（照字面硬译，意为："我就绞杀朋友，装作陌路人"）等等，得出结论说莎士比亚是一个谋杀犯！

　　一种是，根据作品的某一特点，或者不如说，利用作品所涉及的事实的某种不确定性，捕风捉影，无事生非。例如，莎士比亚十四行诗的歌颂对象具有两可性，于是，以伯特勒（Butler）、吉雷特（Gillet）等人为代表，提出所谓"同性恋爱说"。他们把莎士比亚描绘成一位男色的受害者或爱好者，在他脸上大抹其灰，并从而贬斥了这些十四行诗本身。

　　一种是，根据个人的好恶，或者根据一点表面的迹象，对作品作出不符合实际的评价。例如，恰尔默斯（Gersoge Chalmers）曾说过，莎士比亚十四行诗"具有两个最坏的缺点，……一是意义隐晦；一是令人生厌。"又说过，这些诗"大抵因浮夸而失色；为矫饰所败坏"。

　　一种是，对作品中最有进步性的部分加以攻击。例如，莎士比亚十四行诗第六六首，对当时社会的万恶的性质作了直接的揭露和批判。这种公开的谴责，在莎士比亚的全部十四行诗中是罕有的。对于这首诗，不仅进步的评论家一致给予高度的评价，就是一般评论家也是恭维的。但是，森茨伯瑞（Saintsbury）却说，第六六首是莎士比亚全部十四行诗中"最虚伪的一首"。

　　诸如此类。

　　这里不是要否定西方莎士比亚学者的全部研究成果。西方莎士比亚学者的工作是很有成果的。这里只是想说明，像上面所列举的几种"研究"和"评价"的方式，是不行的。那么，要怎样才能对莎士比亚十四行诗作出像样的评价呢？

　　对莎士比亚十四行诗的科学评价，应当留待专家们去作。译者只是个业余的翻译爱好者，对于这样的任务是难以胜任的。

*

　　这部诗集乍一看来，倒确会给人一个单调的感觉。不是吗，莎士比亚在这些诗中老是翻来覆去地重复着相同的主题——总是离不开时间、友谊或爱情、艺术（诗）。但是，如果你把它们仔细吟味，你就会发觉，它们决不是千篇一律的东西。它们所包含的，除了强烈的感情外，还有深邃的思想。那思想，同莎士比亚剧作的思想一起，形成一股巨流，汇入了人文主义思潮汇集的海洋，同当时最进步的思想一起，形成了欧洲文艺复兴时期人文主义民主思想的最高水位。

莎士比亚在这些诗里，通过他对一系列事物的歌咏，表达了他的进步的人生观和艺术观。在这些歌颂友谊或爱情的诗篇中，诗人提出了他所主张的生活的最高标准：真，善，美，和这三者的结合。在第一〇五首，诗人宣称，他的诗将永远歌颂真，善，美，永远歌颂这三者结合在一起的现象：

> 真，善，美，就是我全部的主题，
> 真，善，美，变化成不同的辞章；
> 我的创造力就用在这种变化里，
> 三题合一，产生瑰丽的景象。
> 真，善，美，过去是各不相关，
> 现在呢，三位同座，真是空前。

我觉得，可以把这一首看作是这部诗集的终曲——全部十四行诗的结语。

在否定中世纪黑暗时代的禁欲主义和神权的基础上，人文主义赞扬人的个性，宣称人生而平等，赋予了人和人的生存以全部重要性和新的意义。只要翻开莎士比亚十四行诗集，我们可以读到许多篇章中对生活的礼赞和对人的美质的歌颂。诗人把他的爱友当作美质的集中体现者而加以歌颂。夏日、太阳、各种各样的花、春天、丰盛的收获……都用来给他爱友的美质作比喻。诗人甚至认为，大自然的全部财富（美）都集中在他爱友一人身上（第六七首）。我们注意到一个有趣的现象：诗人一方面把他的爱友同古希腊美人海伦相提并论（第五三首），一方面又声称他爱友的美是空前的（第一〇六首），甚至借用从布鲁诺的哲学演化出来的循环说来说明这一点（第五九首）。这表明，诗人的审美观带有文艺复兴的时代特点：一方面高度评价古希腊的美的标准，一方面又认为，在他的时代，人的美质发展到了新的高度。

对于人的形体美和人格美（内心美）的关系，诗人的看法是，两者当然是不同的，但不能把它们孤立起来加以考察。一方面，诗人把形体优美、内心丑恶的人称之为用"甜美包藏了恶行"的人（第九五首），称之为"发着烂草的臭味"的"鲜花"（第六九首），甚至斥之为"变作羔羊的模样"的"恶狼"（第九六首）。另一方面，诗人把既具备形体美，又具备人格美的人称之为"浸染着美的真"（第一〇一首），称之为"宝库"（第三七首）。诗人宣称，只有意志坚定的人才配承受"天生丽质"（第九四首）。诗人指出，他的歌颂对象"应该像外貌一样，内心也和善"（第十首）。诗人简要地说："美如果有真来添加光辉，／它就会显得更美，更美多少倍！"（第五四首）这就是说，只有当美（形体美）同真、善（人格美的两个方面）统一在一身的时候，这样的人才是美的"极致"，才值得大力歌颂。

诗人所说的善是与恶相对立的概念。诗人在诗集中首先抨击的，是恶的表现的一种——自私。诗人把独身主义者称作"小气鬼"、"放债人"（第四首）、"败家子"（第一三首），以至心中有着"谋杀的毒恨"的人（第十首），就因为独身主义者不依靠别人，不爱别人，拒绝同别人合作；就因为独身生活只能产生"愚笨，衰老，寒冷的腐朽"（第一一首），它不能使"美丽的生命不断繁滋"（第一首），只能使"真与美"同归于尽（第一四首）。独身主义者——独善其身者——自私自利者，问题就是这样。因此，诗人把善的观念同婚姻和爱情联系起来，认为"父亲、儿子和快乐的母亲"唱出来的才是真正"动听的歌"，才是"真和谐"（第八首）。同时，诗人宣称，他需要爱情（友谊）就

"像生命盼食物，或者像大地渴望及时的甘霖"（第七五首）；对他来说，爱情（友谊）"远胜过高门显爵，／远胜过家财万贯，锦衣千柜"，只要有了爱情（友谊），他"就笑傲全人类"，而如果失去了爱情（友谊），他"就会变成可怜虫"，他就"比任谁都穷"（第九一首）；诗人一再提醒对方，人生是短促的，必须把爱情（友谊）紧紧地抓住（第六四首、第七三首）；诗人甚至夸张地说，在"广大的世界"中，只有爱友是他的"一切"（第一〇九首）；当诗人看不惯社会上的种种罪恶而愤慨得不想再活下去的时候，爱情（友谊）成了使他活下去的惟一动力（第六六首）——这一切说明，在诗人看来，不懂得爱情（友谊）的人，是多么冷酷无情！

诗人一再宣叙时间的毁灭一切的威力。"不过是一朵娇花"般的美，是无法对抗"死的暴力"的（第六五首）；爱人是总要被时间夺去的（第六四首）；诗人本来也已经像"躺在临终的床上"，总是要老死的（第七三首）。怎么办呢？能够征服时间，也就是征服死亡的，只有两种东西：一是"妙技"的产物——人的后裔；一是能显奇迹的"神通"——人的创作（诗）。诗人说，缺少善心，必然同"妙技"绝缘（第十首、第一六首）；充满真爱，才能使"神通显威灵"（第六五首、第七六首）。

诗人把"真"视作另一种蔑视时间的威力的力量。我们知道，英文 truth（真）这个字，有好几种含义。在这部诗集的多数场合，"真"指的是忠贞——对爱情（友谊）的不渝。诗人歌颂忠于爱的"真心"，说，真正的——

> 爱不是时间的玩偶，虽然红颜
> 到头来总不被时间的镰刀遗漏；
> 爱决不跟随短促的韶光改变，
> 就到灭亡的边缘，也不低头。
>
> （第一一六首）

虽然诗人曾以忧郁的调子讲到过出现在爱情（友谊）双方之间的各种阴影，但最后诗人终于信心充沛地指出：这些波折正是时间对爱情（友谊）的考验，而后者经受住了考验。他对自己的爱友说："我曾经冷冷地斜着眼睛/去看忠贞；但是，这一切都证实：/走弯路促使我的心回复了青春，/我历经不幸才确信你爱我最深挚"（第一一〇首）；而当诗人歌颂爱友内心的"永远的忠贞"的时候，他是把这种忠贞放置在高出于一切"外表的优美"的位置之上的（第五三首）。

"真"的另一个含义，是艺术的真实性。在这部诗集里，我们接触到不少论及诗歌创作的篇章，它们是抒情诗和艺术论的奇妙结合。

首先，诗人表达出这样一种观念：自然美胜过人工美；自然和生命胜过一切人工的产物，包括艺术。诗人认为，比起诗人们的赞美来，爱友的"一只明眸里有着更多的生命在"（第八三首），或者，比之于诗人"诗中的一切描摹，/镜子给你（爱友）看到的东西多得多"（第一〇三首）。同这样的思想相联系，诗人提出了艺术必须真实地（如实地）反映自然的主张。诗人说，他"爱说真话"，只有在真话中才能真实地反映他的爱友的"真美实价"（第八二首）。诗人在第二一首中说："我呵，忠于爱，也得忠实地写述"（"忠"、"忠实"、"真"，在英文中是同一个字："true"或"truely"——苏联诗人马尔夏克把这一行译成这样的意思："在爱情和文字中——忠实是我的法则"，可以参考）。这里，诗人十分重视艺术创作中的真实性原则，他把这一原则同生活中对于爱情（友谊）的忠贞这一原则放在同等重要的地位。诗人为了强调他的论点，甚至说"你是你自己"这样没有任何夸大的老实话才是对于描写对象的最丰美的赞辞（第八四首）。诗人痛恨浮夸的文风，认为这是对自然的歪曲，他不遗余力地攻击所谓"修辞学技巧"（第八二首）、"瞎比"（第一三〇首）、"夸张的对比"（第二一首），认为堆砌辞藻和描写过火是小贩的"叫卖"（第二一首），是在自然的形象上"涂脂抹粉"（第八三首），是对自然的"任意糟蹋"（第八四首）。诗人反对戴假发，反对对自然的仿造，称呼虚伪的美容为"美的私生子"（第六七、六八首），这些都是从同样的意思生发出来的。莎士比亚在悲剧《哈姆莱特》里，曾通过哈姆莱特对伶人的指示，表示了自己对艺术（演剧）的意见："就是在你们热情横溢的激流当中，……你们也必须争取到拿得出一种节制，好做到珠圆玉润。""你们切不可越出自然的分寸：因为无论哪一点这样子做过了分，就是违背了演剧的目的，该知道演戏的目的，从前也好，现在也好，都是仿佛要给自然照一面镜子……"（据卞之琳译文）这段话可以同上述那些诗篇中的"艺术论"参照着阅读，它们把作者的意思补充得更完整了。

我们还可以从更多的方面看到"真"的含义。诗人对他的爱友说：别的诗人"描写你怎样了不起，／那文句是他抢了你又还给你的。／他给你美德，而这个词儿是他从／你的品行上偷来的；他从你面颊上／拿到了美又还给你：他只能利用／你本来就有的东西来把你颂扬"（第七九首）。这里的意思是不是说，艺术创作不能脱离它的描写对象——自然，或者说，生活。要不是被描写的人本身有美德，那又怎么能产生歌颂美德的作品呢？要是离开了自然，或者说，生活，艺术又从何而来呢？

诗人又说，对于一位艺术家（诗人）来说，只有当他的作品是"实录的肖像"的时候，他才会"艺名特具"，"他作品的风格"才会"到处受称道"（第八四首）。这意思是不是说——广大阶层的人们所喜闻乐见的，是朴素自然、真实地反映生活的作品；而矫揉造作、脱离生活的作品，必然会受到群众的摈斥？

诗人又提到，他的诗似乎永远重复着同一主题，总是在歌颂着他的爱友，其实那正因为诗人对爱友有着真实的感情，充沛的爱的思念，所以，像"太阳每天有新旧的交替"那样，他的爱"也就永远把旧话重提"（第七六首）。而那些"时髦"的诗人，

"三心两意"的诗人,尽管他们的作品中充满着"新的华丽"、"新奇的修辞"、"复合的语法"(第七六首),就是说,在形式上下功夫,但由于他们缺乏真正的爱,缺乏真实的感情,他们的作品是内容空虚的无病呻吟,是不能打动人们的心灵的。诗人对他的爱友说,如果诗人比爱友先去世,爱友可能读到别的诗人的诗作,他们的技巧可能随着时代的前进而进步了,但诗人希望爱友仍然阅读诗人的作品——希望爱友这样说:"我读别人的文笔,却读他(诗人)的爱"(原意为:"我读别人的诗,为了他们的文笔,读他——莎士比亚——的诗,为了他的爱"——第三二首)。这里,诗人认为,掌握形式,运用技巧,固然是重要的,但是,如果没有真实的感情,推广一点来说,如果没有充实的内容,那么,即使形式掌握得很好,技巧运用得很熟练,这样的作品不过是舞文弄墨而已,是没有生命力的。

现在,可以回到前面提到过的能征服时间的两种东西中的一种即人的创作上面来了。诗人巧妙地运用了香精(它是从鲜花中提炼出来的一种液体,能抗拒时间的威力,在花儿凋谢之后,长久地保持花的芳香)这个比喻。他不仅把人的后裔比作香精(第五首),也把人的创作比作能提炼香精的手段(第五四首)。诗人豪迈地宣称:他的诗——人的艺术创作——不仅强于雄狮、猛虎、凤凰(第一九首),而且是比"金石、土地、无涯的海洋"及"巉岩"、"顽石"、"钢门"更坚固(第六五首),比"帝王们镀金的纪念碑"、"铜像"、"巨厦"更永久的东西(第五五首)。诗人预言:"暴君的饰章和铜墓""将变成灰"(第一〇七首),而他的诗却将永远"屹立在未来"(第六〇首),"与时间同长"(第一八首)!——但是,如果不是按照"真"这个原则创作出来的作品,如果不是真实地反映自然的作品,如果不是具有真实的感情、充实的内容的作品,如果只是华而不实、无病呻吟的作品,那么,这样的作品是抵不住"时间的毒手"的,这样的作品很快就会被时间"捣碎",很快就会被人忘却!

真正的艺术从两个方面藐视了时间的威力：使描写对象不朽，同时使作者不朽。"你，将在这诗中竖立起纪念碑"（第一〇七首），这里的"你"是描写对象。"他的美将在我这些诗句中呈现，／诗将长存，他也将永远新鲜"（第六三首）。而诗句呢，正是作者的全部精神所凝聚而成的："我身体所值，全在体内的精神，／而精神就是这些诗"（第七四首），——诗人在另一个地方曾指出过：豢养肉体是愚蠢的，应该使灵魂（精神）健壮繁茂，这样才能"吃掉吃人的死神，／而死神一死，死亡就不会再发生"（第一四六首）——同时"只要人类在呼吸，眼睛看得见"，这样的"诗就活着"（第一八首）。这里，诗人不仅是在为他自己，也是在为一切伟大的作家作预言，这预言在今天已经实现。

莎士比亚的十四行诗，有不少是正面提出重大的人生问题，有些却是通过对生活的某一侧面的描写，揭示出某种人生经验或哲理。例如，在第一四八、一五〇、一三七首，诗人似乎是在一而再地抱怨自己的眼睛不能反映"真正的景象"，这些诗很好地说明了我国俗语"情人眼里出西施"这句话所包含的同样的道理。（第一一四首又道出了眼睛的另一种作用——把各种东西的形象都看作是爱友的可爱的形象。）又如，第五二首讲到了诗人感到不应与爱友接触太频繁，否则将失去见面时稀有的愉快。许多人都会有这种经验。这样的例子并不止两个。

我们知道，莎士比亚所处的是封建社会解体和资本主义关系兴起的时代。一方面，这个时代经历着伟大的变革，恩格斯把这个变革称作"人类前所未有的最伟大的进步的革命"（《自然辩证法·导言》）；一方面，社会矛盾有了进一步的发展，资本主义的残酷性正在日益暴露出来。对于当时社会上尔虞我诈、弱肉强食等种种丑恶的现象，莎士比亚在有名的第六六首十四行诗中作了集中的揭露和控诉。

我们注意到，在莎士比亚的长篇叙事诗《鲁克丽丝失贞记》

中，当主人公鲁克丽丝被塞克斯图斯·塔昆纽斯强奸之后，她曾在极度悲愤中控诉过世界的不公平。莎士比亚给了这次控诉以七十多行的篇幅。下面是比较强烈的一个诗节：

> 病人在死去，医生却在睡大觉，
> 孤儿饿瘦了，而强徒在吃喝开怀，
> 法官在作乐，寡妇却在哭号啕，
> 忠言不务正，瘟疫就蔓延开来。
> 你①不让任何慈善的事业存在。
> 暴怒，忌妒，叛逆，凶杀，强奸，
> 你的时辰伺候着这一切罪愆。

这不能看作纯粹是人物的思想而不带有作者自己对当时社会的看法。

莎士比亚在他的悲剧《哈姆莱特》里，也曾让王子哈姆莱特在著名的"独白"里满含愤怒地指斥当时丹麦社会的丑恶现象：

> 谁甘心忍受人世的鞭挞和嘲弄，
> 忍受压迫者虐待，傲慢者凌辱，
> 忍受失恋的痛苦，法庭的拖延，
> 衙门的横暴，做埋头苦干的大才、
> 受作威作福的小人一脚踢出去，
> ……
>
> （《哈姆莱特》第三幕第一景，卞之琳译文）

如果我们把鲁克丽丝的悲鸣、哈姆莱特的控诉，同第六六首

---

① 这里的"你"指时机（opportunity），也指某种行动（主要是作恶）的欲望。

十四行诗比较一下，就可以看出它们有许多相似之处。但第六六首十四行诗在激越中带有一种更深沉的调子。鲁克丽丝的悲鸣披着古罗马的外衣，哈姆莱特的控诉穿着古丹麦的行头。而第六六首十四行诗却是诗人直抒自己的胸臆，直接指斥当时的英国社会，因此它的深沉绝非偶然，它使读者受到更为直接的感染。

同时，我们还注意到，在第六六首十四行诗所历数的种种罪恶中，有一些是《鲁克丽丝失贞记》或《哈姆莱特》中所没有提到的。例如：

> 见到文化被当局封住了嘴巴，
> 见到愚蠢（像博士）控制着聪慧，

这两行值得我们特别注意。在莎士比亚时代的英国，实行着官方检查上演剧目的制度。那时候，直接揭露当时社会的黑暗，将冒割舌或处死的危险。当时的舞台上流行着所谓"从远处来表演"的"惯例"①，莎士比亚的许多反映当时现实的戏剧就都以古代或外国故事剧形式出现。而且，在那个时代，戏剧被认为是纯职业性的东西，伶人和剧作家的社会地位卑微，他们的创作不被认为可登大雅之堂，他们的人格也往往受到轻视。因此，我们不能不认为，第六六首十四行诗不仅是作者对周围现实客观地观察的结果，而且体现着作为演员又作为剧作家的莎士比亚本人的切肤之痛，有着莎士比亚本人的不平之鸣。

关于戏剧从业员的社会地位问题，我们还可以从第一一〇首（"……让自己穿上了花衣供人们赏玩"）和第一一一首（罪恶女神"让我干有害事业"）中得到印证。

由此可见，诗人在一些诗中指斥"恶徒"（第六七首）、"暴君"（第一〇七首）、"聪明世界"（第七一首）、"恶意的世界"

---

① 见弗朗西斯·培根著《英王亨利第七朝代史》。

(第一四○首)以及有些人的"过失,阴谋,罪恶,和杀机,/……野蛮,狂暴,残忍,没信用"(第一二九首)等等,都不是无的放矢。这些字眼都有具体的、深广的社会内容。如果用一个字来代表所有这些字眼的话,那么这个字就是"恶"("恶"的原文是 ill,evil。有时译者把 crime,wrong 等也译成"恶")。第六六首中有一行总结性的诗:

　　　　见到善被俘去给罪恶将军当侍卫

　　这里的"罪恶将军"(Captain Ill)就是对"空虚的草包"、"强横的暴徒"、"邪恶"、"拐腿的权势"、统治文化的"当局"、控制聪明的"愚蠢"等(均见第六六首)的概括。这里,同"善"相对立的概念"恶",是指积极意义上的"损人",加上前面提到的消极意义上的"利己"(例如独身主义)——这两者往往是联系着的——,我们就可以看到莎士比亚所说的"恶"的概貌了。

　　只有认识了什么是恶,才能更好地了解什么是善。愈是深刻地认识到"恶"的本质,就会愈加感到"善"的可贵;只有在同"恶"的斗争中,"善"才能发展壮大。"恶的好处呵!……/善,的确能因恶而变得更善。"(第一一九首)这两行诗正好表达了这个辩证的思想。从这里我们可以看到,莎士比亚所主张的善,除了指不自私外,还指反对社会上一切罪恶的正义行为。

　　"善"在同"恶"的斗争中发展起来,同样,"真"和"美"也在同"假"和"丑"的斗争中发展起来。只有认识了这一点,才能理解莎士比亚所主张的真善美的全部意义。

　　我在上面所作的只是一些贫乏的——并且一定会有错误的——铺叙,这些铺叙远远不能说明莎士比亚十四行诗全部深刻的思想内容。

　　　　　　　　　　　　*

　　十四行诗,是英文 Sonnet 的译名。Sonnet 也称作 Sonata,与音乐中的"奏鸣曲"同名。Sonnet 的中文译名不止一种,有译作"十四行"或"十四行体诗"的,有译作"商籁体"或"商籁"的,有译作"短诗"的。"商籁体"似乎是音义双关的译法,但不一定恰当。"十四行诗"这一译名也有缺点。这种诗体除行数有规定外,还有节律和韵式的规定,而这个译名从字面上看,只指出了这种诗体的一个特征。倒不如干脆音译好。但既然"十四行诗"这个译名已经流行,也就不必另起炉灶了。

十四行诗原是指中世纪流行在民间的抒情短诗,是为歌唱而作的一种诗歌的体裁。十三世纪意大利诗人雅科波·达·连蒂尼是第一个采用十四行诗形式并赋予严谨格律的文人作者。意大利诗人彼特拉克(Petrarch)是文艺复兴时期最著名的十四行诗作者。他写的十四行诗,由两个四行组和两个三行组构成(一个组亦可视作一个诗节),共十四行。其韵脚排列是这样的:

1221　1221　345　345①

意大利文艺复兴的影响遍及欧洲。十四行诗亦随之传入法、英、西班牙诸国,并适应各国语言的特点,产生了不同的变体。

十四行诗体介绍到英国之后,逐渐风行起来。到十六世纪末,这种诗体已成了英国诗坛上最流行的诗体。许多十四行诗人产生了:悉德尼爵士(Sidney),丹尼尔(Daniel),康斯塔勃尔(Constable),洛奇(Lodge),德瑞顿(Drayton),恰普曼(Chapman),斯宾塞(Spenser),就是其中最著名的几个。斯宾塞的十四行诗的韵式比较特殊,像连环扣,被称作"斯宾塞式":

1212　2323　3434　55

紧接在这群诗人之后,莎士比亚作为十四行诗诗人像一颗耀

---

① 数码相同表示押脚韵,即诗行的最后一个音节押韵。这里第1行与第4行押,第2行与第3行押,而第5行、第8行与第1行、第4行押的又是同一个脚韵,余类推。

眼的新星，出现在英国诗界的天空。莎士比亚十四行诗也是由三个四行组和一个两行组构成，其韵式是这样的：

1212　3434　5656　77

与萨瑞伯爵的十四行诗韵式之一种相同。后来这种韵式被称作"莎士比亚式"了，也被称作"英国式"或"伊丽莎白式"。莎士比亚十四行诗集中的诗都是这种韵式，除了三个例外：第九九首有十五行，从格式上说，第五行是多出来的；第一二六首只有十二行，是六对偶句①构成的；第一四五首，行数与韵式不变，但每行只有四个轻重格音步，也就是说，每行少去两个音节。

　　莎士比亚以惊人的艺术表现力得心应手地运用了这种诗体。在短短的十四行中，表现了广阔的思想的天地。诗中语汇的丰富，语言的精炼，比喻的新鲜，时代感，结构的巧妙和波澜起伏，音调的铿锵悦耳，都是异常突出的。诗人尤其善于在最后两行中概括诗意，点明主题，因而这一对偶句往往成为全诗的警句。

　　在英国的十四行诗中，莎士比亚的十四行诗是一座高峰。莎士比亚十四行诗不仅在英国的抒情诗宝库中，而且在世界的抒情诗宝库中，保持着崇高的地位。

---

① 一对偶句（couplet）就是一个两行组，这两行押脚韵。第一二六首的韵式是 11　22　33　44　55　66。

A Lover's Complaint

恋女的怨诉

屠 岸 屠 笛译

前　言

　　《恋女的怨诉》是莎士比亚早期的作品，可能写于1588年（莎士比亚二十四岁时）。1609年（莎士比亚四十五岁时）5月20日，伦敦的出版商托马斯·索普在书业公所登记，6月初出版了莎士比亚的《十四行诗集》，同书中，附有《恋女的怨诉》。这是这首诗的第一次问世。

　　关于这首诗的著作权归属问题，有过争论，有些现代学者认为这首诗并不是莎士比亚所作，他们指出，索普出版莎士比亚的著作并非由莎士比亚授权，可见索普不是一位态度严肃的出版商。但是，一位出版商未经作者同意就出版其著作，未必能证明这位出版商一定是拿冒充的作品来欺骗读者。在当时，有的出版商确有欺骗读者的企图。而索普与他们有所不同。除了这首《恋女的怨诉》外，索普出版的署名为莎士比亚的作品只有《十四行诗集》。而后者的著作权归于莎士比亚是毫无疑问的。

　　这首诗的风格和品位也应当考虑。诗的语言是精心雕琢的。绝大部分字词在莎士比亚的其他作品中都使用过。据学者统计，只有二十三个字是这首诗中特有的。不过，即使在没有任何争议的莎士比亚作品中，也出现过一些特殊的字词。假如仅凭这首《恋女的怨诉》写得不如莎士比亚其他作品精彩就判定它不是出于莎士比亚的手笔，那就未免武断了。而且，对这首诗，有的批评家看不上,有的批评家却给予高度的赞扬。

这首诗写一个农村姑娘被一位年轻美貌而行为放荡的浪子所欺骗而失身的故事。诗的大部分是受骗的姑娘向一位老大爷含怨哀诉自己的不幸遭遇。

在1590年至1600年间,以女子怨诉为题材的诗作十分流行。莎士比亚的《鲁克丽丝失贞记》(亦译《贞女劫》)也近似这类作品。1592年,萨缪尔·丹尼尔(Samuel Daniel)在他的十四行组诗《黛丽亚》后附加了一首题为《罗莎蒙的怨诉》的诗。1593年,托马斯·洛奇(Thomas Lodge)发表了他的十四行组诗《少女菲利斯》和它的姐妹篇《埃尔斯特雷德的怨诉》。由此可见,在一部十四行诗集后面附加一篇怨诉诗是并不奇怪的。较为特殊的是莎士比亚的《恋女的怨诉》中女主人公没有名字,不是历史上真实存在的人物。此诗还有一点与众不同之处,就是诗中出现三个人物:① 以第一人称"我"的自述出现的少女;② 由少女转述,也以第一人称"我"出现的浪子;③ 老大爷。

全诗329行,由47个诗节构成。每个诗节7行,用"君王诗体"韵式:1212233,各行的节奏是轻重格五音步。(莎士比亚在《鲁克丽丝失贞记》中也运用了这种诗体。)少女的言词十分讲究修辞,无论是她的哀诉,还是由她转述的那个负心郎求爱的话,都充满了精心挑选的词语。诗具有伊丽莎白时代的典型特色。过度的伤感情绪和奇异而精致的比喻使这首诗更加投合十六世纪英国读者的胃口,而不大适合今天我们的趣味。

总而言之,这首诗不是莎士比亚的主要作品。它只是用当时流行的诗形式练笔的习作;甚至可能是未完成的。如果这确实是莎士比亚的作品,那么它既不至降低莎士比亚的伟大成就,也不会给莎士比亚增添光彩。

邻近小山，有一条幽深的溪谷，
一个哀婉的故事在那里流传，
山鸣谷应，使我的思绪起伏，
我俯身斜卧，倾听这故事好惨； 4
一会儿，见一位姑娘就在山间，
撕纸片，砸碎戒指，面色憔悴，
她要让凄风苦雨把世界摧毁。

她头戴一顶编着花边的草帽， 8
帽檐挡住了投向她脸上的阳光，
有时，她曾经有过的美丽容貌
还依稀可辨，虽然不再闪亮，
岁月还没有把青春全部埋葬， 12
不管愤怒的老天爷怎样严酷，
美貌还能从萎谢的年华中透露。

她不时把手帕拿到眼前细看，
手帕上绣着别出心裁的字体， 16
悲哀的泪水滴落在手帕上面，
浸透了丝线绣成的字字句句，
她不断揣摩那些字句的含意，
时时因无端的痛苦而大声哭叫， 20
抽泣和呼喊的声音时低时高。

有时她抬起双眼凝视远方，
那眼神仿佛直射浩浩苍天；

24　　　　　有时，她收回目光，双眼凄惶，
　　　　　　向大地俯视，有时，她的两眼
　　　　　　盯着什么出神，忽然，那视线
　　　　　　变得漫无目的，视而不见，
28　　　　　她的神志和视觉已混乱不堪。

　　　　　　她的头发不散乱却没有细梳，
　　　　　　可见骄傲的手儿已无心梳妆；
　　　　　　几缕松散的头发从帽边露出，
32　　　　　垂挂在她那苍白而憔悴的脸旁，
　　　　　　还有几缕发仍然用缎带系上，
　　　　　　虽然这只是随意编成的发辫，
　　　　　　却也还扎得牢固，不见散乱。

36　　　　　她从篮子里掏出无数纪念物，
　　　　　　掏出了琥珀、水晶和黑玉等宝贝，
　　　　　　她坐在岸边，小河仿佛在哀哭，
　　　　　　她把珍宝一件件扔进了河水；
40　　　　　哗哗的河水猛涨，靠的是眼泪，
　　　　　　像帝王不睬那乞求小钱的穷户，
　　　　　　却大大赏赐那贪求一切的巨富。

　　　　　　她手中拿着不少折好的信件，
44　　　　　读一遍，叹着气，撕了，扔进河里；
　　　　　　把许多骨戒指、金戒指砸得稀烂，
　　　　　　让它们在水底找一片葬身之地；
　　　　　　还有些信上显出血写的字迹，
48　　　　　用丝带煞有介事地把信扎紧，
　　　　　　拆了再封上，以引起神秘感，好奇心。

她用泪水浸润着这些信笺,
一会儿亲吻它们,一会儿流泪,
她喊道:"啊,你这血写的谎言! 52
想证明爱的坚贞,证明是虚伪;
这墨迹比别的墨迹更可恶,更黑。"
说着,她怒火中烧,把信撕烂,
满腔怨愤,叫信笺化成了碎片。 56

一位老人在附近放牧牛群,——
他有时出言不逊,却曾经目睹
宫廷的变乱,城镇的骚动,一生
体察过时光飞逝,岁月匆遽—— 60
他急忙走近这陷入痛苦的少女,
得便于年事已高,他想弄明白
这姑娘烦恼悲痛的原因何在。

于是这老者扶着纹杖蹲下身, 64
坐在姑娘的旁边,距离适当;
然后年迈人开始向姑娘探问,
想听取回话,以分散她的悲伤:
如果说他的来到有助于姑娘, 68
能缓解她的销魂蚀骨的痛苦,
那是由于高龄人慈悲的风度。

"大爷,"她说,"虽然在您的眼里
我的青春已经被岁月耗光, 72
可要是说我老了,这不是事实,
肆虐的不是年岁,而是忧伤:
我本该是朵鲜花,正在开放,
要是我当初自尊自爱,不理睬 76

別人的追求，这花儿怎能衰败。

"可是，我真不幸！我过早接受
一个青年的求婚——求我的恩典，
他生来仪表不凡，模样俊秀，
姑娘们都把目光投向他的脸，
没有归宿的爱情都走到他身边；
一旦在他的身上找到了依靠，
就有了新的归宿，就快乐逍遥。

"他一头棕色的鬈发向下垂挂，
随着一阵阵轻轻的风儿吹过，
他的发丝轻拂着他的嘴巴。
好事儿，总会找得到机会去做：
只看他一眼就会被摄去魂魄，
因为瞧着他的脸，就好似瞧见
宏伟天堂的缩影正描绘在上面。

"他的下巴颏还缺少大人气概；
他的嫩胡须像是他的皮肤上
一片未经修剪的绒毛，皮肤在
夸耀自己的光洁比茸毛更漂亮，
皮肤造就了更加珍贵的脸庞；
这样，连柔情蜜意也左右为难，
究竟有它好，还是没它更完善。

"他的性情跟外貌一样美好，
像女孩，他伶牙俐齿，快人快语；
然而，谁要是激怒他，他可不饶，
像四月五月间掀起的狂风暴雨，

风吹来，人高兴，尽管它难以驾驭。
年少轻狂，免不了粗野无礼，
把虚情假意隐入了直率的外衣。

"他的骑术很高超，人们常说，
'那匹马由他骑才显得气概非凡：
在他的鞭策下，马变得高贵，有气魄，
多妙的转身，飞奔，一跃，一站！'
于是人们争论着，难以分辨：
究竟是他的骑术高超马才好，
还是马儿好他的骑术才高超。

"不过，人们很快就得出结论：
他的行为举止使他的穿戴
和装饰变得明快而生动，是本人
而不是衣着，造就他无上的光彩：
种种打扮依附在他身上，这才
显示出美来，这些衣装原是为
给他添彩，却因他而自身增辉。

"他有条如簧之舌，颇能说服人，
种种争论，种种深奥的诘问，
种种敏捷的回答，有力的佐证，
都为他服务，在嘴上时现时隐：
能叫发笑者流泪，泪人儿出笑声，
他能言善辩，掌握着多变的技巧，
凭他的意愿，多少人神魂颠倒。

"大家都对他倾心，把他迷恋，
不论男或女，老或少，全都一样，

人们时刻想着他，心甘情愿
前去侍奉他，追随他到处游荡，
他还没想到，赞同的声音已震响，
132　　他想说什么，别人已替他说出，
人们的意图都服从他的意图。

"许多人得到他的一张画像，
看着好喜欢，把心儿扑进画像里；
136　　就像痴心的人们总是爱幻想，
见人家有田地房舍这些好东西，
就认定这些财富全属于自己；
把财富收藏好，心里开了花，
140　　比田舍真正的主人还要乐无涯。

"多少姑娘从来没碰过他的手，
却幻想自己已成为他的心上人。
不幸的是我，本来处境挺自由，
144　　本来能完全掌握自己的命运，
只由于他花言巧语，美貌年轻，
倾倒于他的魅力，我付出爱情，
给了他花朵，给自己留下空茎。

148　　"不过，我不像我的一些友伴，
有求于他，我也不有求必应；
我确认自己应受到荣誉的羁绊，
为体面，我不能跟他过分地亲近，
152　　经验为我修建起一座座卫城，
城墙上血迹斑斑，它们是标志：
证明着真珠是假货，爱情被劫持。

"可是,唉!谁因为有了先例,
就能摆脱她命中注定的厄运? 156
谁能够违抗自己的心意,去躲避
她在路途中必将遇到的险情?
忠告只能够暂缓事情的进程,
我们发怒时,劝导让我们别激动, 160
我们心里的火气却往往更浓。

"我们也不能因为别人的经验,
就抑制情欲,不让它得到满足;
怕我们受害,别人来好言相劝, 164
但那甜蜜的诱惑谁也挡不住。
哦,情欲,快离开理智的约束!
人有味觉就是为了尝味道,
尽管理智在哭叫:'你无路可逃'。 168

"我可以说出'他对人多么不忠',
我知道他的种种欺骗手段;
听说他常在别人的果园里撒种,
还见到他脸上堆笑,诡计多端; 172
我明白他的誓言全都是谎言,
想到那言谈举止,装腔作势,
全是为他那奸诈的心肠作掩饰。

"为此我一直不敢越雷池一步, 176
直到那一次他向我进攻不止:
'好姑娘,发发慈悲,别让我受苦,
你不用担心我的山盟海誓:
这只是对你,对别人我从不发誓, 180

爱情的盛宴我早已应邀品尝，
可我邀别人赴宴，这是头一趟。

"'你所知道的我的一切过失，
原是我心血来潮，并不是真爱；
与爱情无干，虽说看来像回事，
其实两方面谁也没认真对待：
她们本来不识羞，死乞白赖，
这样，她们越是责备我负心，
我就越感到自己并没有亏心。

"'在我所见到的许多姑娘当中，
没有人能用爱火暖我的心房，
也没人能使我感到丝毫悲痛，
或使我心神不宁，恓恓惶惶：
她们因我而受伤，而我却无恙，
多少人做我的奴仆，我自由自在，
在我的王国里，一切由我来主宰。

"'看看伤心的姐儿们给我的厚礼，
这儿有宝石殷红，珍珠惨白；
分明是要我领悟她们的情意；
失血的苍白显示心头的悲哀，
血似的深红透露害羞的心态；
她们心中隐藏着羞怯和惶恐，
可是表面上还要吃醋又争风。

"'看看姑娘们送来的这些银匣，
里面是多情的发丝，用金线缠住，

不少美人儿拿出这样的秀发,
含泪恳求我收下她们的纪念物;
还送来许多莹洁美丽的宝玉, 208
和苦心经营的十四行诗篇,阐释
这些宝玉珍贵的品性和价值。

"'就说钻石吧,它看来美丽而坚硬, 212
外表透露着它的内在的属性;
再说翡翠吧,它这样鲜艳晶莹,
能使盲人的眼睛重见光明;
天然的蓝玉和白玉异彩纷呈,
和各种宝石杂陈,一件件玉器 216
受到了夸耀,就笑笑或者叹口气。

"'瞧啊,所有这些炽烈的情感
和辗转反侧刻骨相思的表征,
大自然告诫我不要留作私产, 220
要在我献身时把它们当作贡品,
那就是献给你——我的生命的根本;
你本来就应该拥有这些供奉,
我只是祭坛,而你是我的保护神。 224

"'啊,请伸出你那双早已击败
一切空洞赞美的纤纤素手,
把这些表记拿去,听凭你安排,
其中有伤心的叹息,如焚的忧愁; 228
我只是你的臣仆,我为你奔走,
把她们送我的零散的小件礼物
全集中起来,整批的给你送去。

"'瞧这个!一位尼姑送我的礼品,
那是位修女,享有圣洁的名望;
她最近拒绝了朝廷贵胄的求婚,
她的好运叫多少女孩儿向往;
她正是富家子弟追求的对象,
可是她冷若冰霜,远远地躲避,
甘心把一生都用来崇奉上帝。

"'可是,亲爱的,要抑制不羁的欲求,
禁锢未引起注意的心灵园地,
放弃未试的意图,装作能承受
那并不存在的镣铐——这多么费力!
她为了博取虚名而煞费心机,
为了免遭战伤,她匆匆逃避,
她这是勇于退却,却怯于进击。

"'啊,原谅我自吹,可这是事实;
一次偶然的机会她和我见了面,
见了我以后她的威风全消失,
那时她只想飞出牢笼——修道院;
虔诚的爱情把教规抛在一边;
她曾经独居,拒绝了一切引诱,
但此刻她肆无忌惮引别人上钩。

"'你可是真正了不起!听我告诉你:
倾心于我的那些伤心的姑娘
倾注她们的泉水到我的井里,
而我把它们全汇入你的海洋:
我强过她们,而你却比我更强,

我们俩结合是为了你的凯旋，
复合的爱情能治愈你的冷淡。

"'我的才貌能打动修女的芳心， 260
她受过教养，趣味典雅而高尚，
一旦盯上谁便坚信自己的眼睛，
许的愿，献身的誓言全丢到一旁。
啊，爱情的力量！对于你来讲， 264
不需要任何誓言或许诺的制约，
因为一切属于你，你就是一切。

"'当你强迫人服役，陈旧的规矩
起什么作用？当你爱欲正浓， 268
那财富、孝道、法制、亲属和名誉，
这些个障碍呵，一个个无足轻重！
爱力是和平，它抛开陈规和理性，
不怕蒙羞，它忍受痛苦和艰难， 272
使一切威力、惊愕和恐惧变甜。

"'现在，和我心心相印的人们
感到我的心将碎，便呻吟，憔悴；
他们叹息着，向你苦苦地求情， 276
恳求你放下武器，别跟我作对，
请你来倾听我的设想有多美；
请你相信我无比坚定的誓词，
因为它发自内心，它万分诚实。' 280

"他说完便垂下泪水迷蒙的双眼，
从我的脸上收回了他的目光；

他的双颊上泻下了两股水泉,
那是咸苦的泪水在簌簌流淌。
啊!那泪河使得他俊美异常;
红红的玫瑰镶上水晶的光彩,
水中的辉煌使玫瑰永不衰败。

"大爷啊!在一颗小小的泪滴当中
竟藏着那么多巫术一样的欺骗,
可是,他两股眼泪在滚滚流涌,
怎么能不叫铁石心肠变软?
怎么能不叫冰冷的胸膛变暖?
分开吧!冷静的节制,炽热的激情,
最终却只有烈焰,冷静全消泯。

"他的热情不过是哄人的把戏,
却能把我的理智化作了泪水;
于是我卸下贞操的洁白圣衣,
再也不担惊受怕,放弃了自卫。
他对我流泪,我同样也对他流泪,
我们的泪水交汇,性质却相反,
他的害了我,我的却使他心欢。

"他为人有城府在胸,经纶满腹,
能使出种种花招,变化无穷,
有时候满面羞愧,有时候哀哭,
有时候面如死灰;或退却,或进攻,
总能够应付裕如,手段高明:
听粗话脸红,为悲剧流泪不止,
见惨状就面色惨白,不省人事。

"没有一个被他看中的女子
能够逃脱他四面包围的进攻,
表面上他的性情谦逊而仁慈,
暗地里他想坑害谁总能成功: 312
他想要什么就先说这东西没用;
要是他横生歹念,欲火中烧,
他先把贞洁的姑娘赞美夸耀。

"就这样他穿着一件美丽的衣裳, 316
把一个赤裸的恶魔深深掩藏;
没有经验的姑娘一个个上当,
他像个天使在她们头上翱翔。
哪个单纯的少女不受他欺骗? 320
唉!我已经失贞,今后怎么办?
这个问题呀扰得我心烦意乱。

"啊!他眼中滚出污浊的泪珠,
啊!他颊上燃起骗人的羞红, 324
啊!他心里发出假意的愤怒,
啊!他胸中挤出勉强的哀痛,
啊!虚伪的姿态似乎真诚,
它将使曾经受惑的再次受惑, 328
使改过自新的姑娘重蹈覆辙。"

The Passionate Pilgrim

热情的朝圣者

屠岸 屠笛 译

前　言

　　1599 年（莎士比亚三十五岁时），出版商威廉·杰加德（William Jaggard）出版了一本薄薄的诗集《热情的朝圣者》第二版。（第一版只有残页保存下来，不能确定其出版年月。）扉页上印着如下字样："热情的朝圣者。著者：W·莎士比亚。伦敦。W·杰加德出版。W·里克出售。1599 年。"

　　集子中收有二十首杂诗。其中五首肯定出自莎士比亚的手笔。集子中的第一首、第二首分别为莎士比亚十四行诗第一三八首和第一四四首；集子中的第三、五、一四首分别为莎剧《爱的徒劳》第四幕第三景第 60~73 行、第四幕第二景第 110~123 行、第四幕第三景第 99~118 行，文字上略有歧异。其他的诗，已经查明四首的作者。第八首、第二〇首的作者为理查德·班菲尔德（Richard Barnfield）。第一一首的作者为巴塞洛缪·格里芬（Bartholomew Griffin）。第一九首的前四节是克里斯托弗·马洛（Christopher Marlowe）的优秀田园抒情诗《热情的牧童对情人说》（但文本较差）。第一九首的最后一节《情人的回答》，是沃尔特·若利勋爵（Sir Walter Raleigh）的《少女对牧童的回答》。

　　其余的诗，算不得异常出色，作者都无可考。第一七首曾在托马斯·威尔克斯（Thomas Weelkes）于 1597 年出版的《牧歌集》中出现过。但威尔克斯是作曲者，不是作词者。第四、六、九首，还有第一一首，都是以维纳斯和阿董尼的神话传说为题材的十四行诗。由于第一一首被公认为格里芬的作品，第四、六、九首有时也被认为出自他的手笔，但没有证据证明。以前曾有人认为第四、六、九首可能是莎士比亚创作《维纳斯与阿董尼》之前的练笔之作，但这种看法现在已被放弃了。在第四首和第六首中，维纳斯被称作库特瑞亚（维纳斯的别名），这同莎剧《驯悍记》中的叫法一样，但这不能证明莎士比亚就是这两首诗的作者。维纳斯偷看阿董尼洗澡的情节，是把奥维德的两篇叙事诗合并而成，这不是莎士比亚或别的诗人个人的独创。例如，斯宾塞的《仙女王》中就出现过这样的情节。

第一二首，作者不详，而读者最倾向于把它归在莎士比亚名下；可是无法证实。这首诗，增添了诗节，于1631年再度出现在托马斯·德隆尼（Thomas Deloney）的《好心诗选》中。这本诗选有过一些更早的版本，但已遗失。这首诗是否收入这些更早的版本中则无从知晓。德隆尼约死于1600年，他死后出版的类似《好心诗选》的歌谣集中，有些诗并非他所撰写。

第二版问世后十三年，1612年（莎士比亚四十八岁时），杰加德又印行了第三版。第三版中增加了一些诗篇；扉页上印着："热情的朝圣者，或维纳斯与阿董尼之间的几首爱情十四行诗，最新修订和增补本。著者：W·莎士比亚，第三版。本版新增爱情诗简二封，其一为帕里斯致海伦，其二为海伦致帕里斯。W·杰加德出版。1612年。"实际上，新增的诗不是两首而是九首，均为诗人托马斯·海伍德（Thomas Heywood）所作。对此，海伍德在同年稍后出版的《为演员辩护》后附的"致印刷书商"中公开申明说："这里我还必须指出该书对我的明显伤害，即把我的帕里斯致海伦和海伦致帕里斯两封诗简附印在以另一人［指莎士比亚］署名的小册子里，使世人以为我从他那里进行了剽窃。……据我所知，该作者［指莎士比亚］很不满于杰加德先生在他全然不知情的情况下这样大胆地擅自利用他的名字。"此项申明，也许还有莎士比亚的申明，迫使杰加德把尚未出售的该书第三版的扉页加以更换，换过的扉页上把莎士比亚的名字全删去了。

《热情的朝圣者》不能增添我们对莎士比亚作品的认识，倒是告诉了我们一些有关莎士比亚的名声以及当时一些出版商的出格行为的情形。

一*

我爱人起誓，说她浑身是忠实，
我真相信她，尽管我知道她撒谎；
使她以为我是个懵懂的小伙子，
不懂得世界上各种骗人的勾当。
于是，我就假想她以为我年轻，
虽然我明知我已经度过了盛年，
我笑着信赖她那滥嚼的舌根，
在爱的不安中面对那爱的缺陷。
但是为什么我爱人说她还年轻？
为什么我又不说我已经年迈？
呵，爱的好外衣是说得动听，
爱人老了又不爱把年龄算出来。
　　所以，我要骗爱，爱也要骗我，
　　既然爱能把我们的缺陷盖过。

二**

我有两个爱人，安慰，和绝望，
他们像两个精灵，老对我劝诱；
善精灵是个男子，十分漂亮，
恶精灵是个女人，颜色坏透。

---

*　此节原文与莎士比亚《十四行诗集》第一三八首大致相同。
**　此节原文与莎士比亚《十四行诗集》第一四四首基本相同。

我那女鬼要骗我赶快进地狱，
就从我身边诱开了那个善精灵，
教我那圣灵堕落，变做鬼蜮，
用美色和情欲去媚惑他的纯真。
我怀疑到底我那位天使有没有
变成恶魔，我不能准确地说出；
但两个都走了，他们俩成了朋友，
我猜想一个进了另一个的地府。
  但我将永远猜不透，只能猜，猜，
  等待那恶神把那善神赶出来。

三[*]

你的眼充盈着善于辞令的天才，
使世上所有的雄辩家望而生畏，
岂不是这双眼促使我把盟誓破坏？
为了你而失信于人，这无可厚非！
我所背弃的只是个人间的女子，
不是你，而你是来自天上的神仙，
一面是天仙的爱情，一面是俗誓，
你的青睐将涤尽我的污点。
那俗誓只是一口气，飘荡游移；
而你，光照大地的美丽的太阳，
把这气状的誓言蒸发，收去：
誓言破灭了，过错不在我身上。
  就算我违约——可谁会如此愚盲：
  不放弃旧盟，去赢得整个天堂？

---

* 此节与《爱的徒劳》第四幕第三景第 60~73 行基本相同。

四

迷人的库特瑞亚坐在小河边,①
青春焕发的阿董尼在她身旁,
她频频送秋波去讨好这位少年,
只有美之神能投出这样的目光。
她给他讲故事为使他听了高兴;
她殷勤献媚去诱惑他的眼睛;
她抚摩他的身体想赢得他的心——
情意缠绵,就是要征服童贞。
可不知是他年龄小不解风情,
还是他有意拒绝她热情相邀,
柔嫩的小口对诱饵碰也不碰,
对她的好意只报以微微一笑:
　　美丽的女神竟冲他仰面躺下来,
　　他起身跑了;固执的傻孩子,唉!

五*

如果爱教我背盟,对爱人我怎样发誓?
啊!除非对美人,誓言全都是谎言:
尽管对自己亏待,对你我永远忠实;
这想法对我如橡树,对你如柳条弯弯。
学生不读书,他的书成了你的明眸,
其中蕴涵着人间能尝到的一切欢乐。

---

① 库特瑞亚,维纳斯的别名。
* 此节与《爱的徒劳》第四幕第二景第 110～123 行基本相同。

知识渊博,这就是把你整个了解透;
对你尽情地赞美,这才是饱学的本色;
无知,是麻木的灵魂,见到你而无动于衷;
我确是衷心爱慕你,这对我是一种荣耀:
你两眼似约夫的闪电,嗓音如雷声隆隆,……
不像是发怒,而是音乐,美丽的火苗。
　　啊!仙子!请原谅爱情的虚妄的礼赞,
　　称颂天仙怎么能出自世俗的舌尖!

六

朝阳还没有晒干清晨的露珠,
牛群还没有走进阴凉的树丛,
库特瑞亚,尝够了单恋的苦楚,
她渴望见到阿董尼,心情激动,
在小河旁边一株柳树下等候,
阿董尼常在这河中洗澡冲凉:
天气很热,她却有更热的企求,
盼着这少年来到他常到的地方。
不久他来了,把衣服扔在一边,
赤裸着身子在河畔青草上站定:
太阳辉煌的巨眼注视着世间,
却不像女神瞧着他目不转睛:
　　他突然见到她,急忙往水中一跳:
　　"天啊!"她叫道,"我要是那河水多好!"

七

我爱人很美,但总是三心两意,

　　　　　她并不忠贞，虽然如鸽子般温柔；
　　　　　她亮过玻璃，却也脆弱如玻璃，
　　　　　她比蜡柔软，却像铁一样生锈；
　　　　　　苍白的百合花，还让蔷薇红来增辉，
6　　　　　她变得极其美丽，也极其虚伪。

　　　　　她的嘴常和我的唇交融在一起，
　　　　　吻一次说一回她爱我，发誓又赌咒！
　　　　　她给我编许多故事叫我欢喜，
　　　　　怕失去我的爱，担心爱不能长久！
　　　　　　可是，尽管她表现出绝对的认真，
12　　　　　她发誓，她流泪，全都是演戏，嘲讽。

　　　　　她爱得炽热，如干柴碰到了烈火，
　　　　　她把爱烧光，快得像火烧稻草；
　　　　　她塑造爱情，又把这塑像打破，
　　　　　她誓言忠贞，到头来又琵琶别抱。
　　　　　　这究竟是恋爱，还是卖弄风骚？
18　　　　　哪能好坏都不分，实在太糟糕！

八

　　　　　如果音乐离不开美丽的诗句，
　　　　　它们俩相依为命，如兄妹一般，
　　　　　那么咱俩的爱情就会常绿，
　　　　　因为你喜欢音乐，而我爱诗篇。
　　　　　你爱道兰德，他那奇妙的弹奏，①

---

① 道兰德（John Dowland, 1563~1626），与莎士比亚同时代的英国作曲家，诗琴演奏家、歌唱家，被公认为英国最伟大的歌曲作家。其作品表现出音乐变革期的新思想，出版有著名器乐曲集《拉克里梅耶》。

悠扬的琴声，使听众神迷心醉；
我爱斯宾塞，他写诗尽得风流，①
技压群芳，无需人为他鼓吹。
你爱听福玻斯的诗琴（音乐的女王）②
奏出美妙的旋律，销魂的乐曲；
而我爱听他自言自语的低唱，
听到他吟咏，我心中无限欢愉。
　　诗人们想像：诗神和乐神不能分；
　　一人爱两者，你就是两者的化身。

九

晨光灿烂，美丽的爱情女神，
…………③
她脸色比白鸽更苍白，忧心如焚，
为了阿董尼，那桀骜不驯的少男；
她站在陡峭的山上等他到来；
他终于来了，带着号角和猎狗；
痴心的女神，怀一腔深情厚爱，
嘱咐这男孩别往猎苑里乱走；
她说："我见过一位漂亮的青年，
在这里树丛中被野猪咬成重伤，
伤在大腿处，那样子看起来真惨！
看我的大腿，伤处就在这地方。"

---

① 斯宾塞（Edmund Spenser，1552～1599），与莎士比亚同时代的英国诗人，作品有《牧人日历》、《小爱神》等，主要作品为《仙女王》。他被誉为"诗人中的诗人"。
② 福玻斯，即太阳神阿波罗，也是音乐之神。
③ 此行原文已佚。

她露出大腿,他看见几处伤痕,
红着脸跑开,留下她独自一人。

一〇

鲜艳的玫瑰,早摘了,很快褪色,
刚刚吐蕊,就摘了,凋谢在春天!
闪耀的珍珠啊,瞬间失去了光泽;
美人啊,过早地毁于死神的利剑!
　仿佛青青的李子,挂在树梢,
　时候还没到,可风儿一刮就掉。

我为你哭泣,可是说不出缘由;
你的遗嘱里什么也没有留给我:
但是我对你本来就没有祈求;
因而你给我的比我希望的要多:
　噢,我求你宽恕,亲爱的朋友,
　你是把牢骚当遗产放到了我心头。

一一

维纳斯,身边坐着年轻的阿董尼,
香桃木浓荫下,她开始向他求爱:
她告诉小伙子战神曾把她调戏,
像战神那样,她扑向身旁的男孩。
她说:"战神就这样紧紧搂抱我,"
说着,她把阿董尼紧抱在怀里;
"战神就这样解我的衣扣,"她说,
她希望男孩也施展爱的绝技;

她说,"战神就这样把我吻个够,"
随即她伸过嘴去贴上他的唇;
正当她喘气,他却一溜烟逃走,
压根儿不同她取乐,不领她的情。

 啊!但愿我水边的情人给我爱,
 抱紧我,吻我,吻到我终于跑开。

一二

衰老和青春不可能生活在一起:
青春充满欢笑,衰老充满忧伤;
青春如盛夏晨光,衰老如严冬寒气;
青春夏日般鲜丽,衰老冬日般荒凉。
青春生机盎然,衰老一息奄奄;
 青春灵巧,衰老蹒跚;
青春热情勇敢,衰老怯弱冷淡;
青春奔放,衰老呆板。
衰老,我真厌恶你;青春,我真爱慕你;
 啊,我的爱,我的爱很年轻;
衰老,我向你挑战:啊!可爱的牧羊汉,
 快走吧,我想你不能久停。

一三

美,只是个虚无缥缈的好东西;
一片晶莹的光泽,很快就消褪;
一朵花,刚长成花苞就凋零落地,
一块脆玻璃,轻轻一碰就破碎:
 东西好,不可靠;玻璃,花朵,光泽,

转眼就毁灭；碎裂，凋谢，失色。

就像好东西去了，永远回不来，
像光泽褪了，怎样擦也不再亮，
像花朵谢了，再不会重新绽开，
像玻璃碎了，再不能粘成原样，
　　同样，美被玷污了，就永远消逝，
　　不管你怎样痛苦，挽救，掩饰。

一四

晚安，睡好觉。唉！这与我无关；
她道声晚安把我的睡意全赶跑；
留我在小屋里，我不禁心烦意乱，
唱起这悲歌，疑心我已经衰老。
　　"走好！"她说道，"希望你明天来再见；"
　　好可好不了，只觉得心中好凄惨。

见到我离开，她确实笑得很甜，
我不想弄清这是不是讥笑友情：
也许，我走了，她心中好不喜欢，
也许，她要我再去做一回流浪人；
　　"流浪"这词儿很像是我的魂儿，
　　吃足了苦头，可还是白费劲儿。

主啊！我凝视东方目不转睛，
我的心和钟表较量着，晨光升起，
把世间万物从沉沉酣睡中唤醒。
但我已不敢相信自己的视力。

夜莺在枝头唱歌,我坐着细听,
希望她唱得像云雀那样动人。

云雀用她的歌声迎接天亮,
把做着噩梦的黑夜逐出大地;
黑夜跑了,我追赶我的姑娘,
怀着希望,见到了渴念的俏丽;
  悲哀变宽慰,宽慰里夹着悲哀,
  只为她叹息着邀请我明天再来。

只要她伴我,黑夜就去得迅捷,
可现在一分分一秒秒实在难熬;
跟我过不去,一分钟好似一个月,
阳光不为我及时向花儿照耀;
  夜快去,昼快来,昼向夜借些光阴;
  今夜,缩短些,到明夜,你再延伸。

配乐杂诗

一五

老爷有一位千金,三姐妹当中最美丽,
她爱慕她的老师,对他一心一意,
不想又见到一位英国人,俊美无比,
  她不禁动摇了心旌。

爱这位?爱那位?她内心长期斗争不止,
不再爱老师?拒绝那勇敢的英国骑士?
俩人中选择哪一个?这使她烦恼之至。

唉，姑娘呵，可怜的人儿！

可是必须放弃一个人，她痛苦不堪，
想要同时得到两个人，这实在难办，
结果老实的骑士忍气吞声受怠慢。
　　唉，她真不愿这么干！

这样，文和武争斗，文终于占了上风，
满腹经纶的才学夺走了姑娘的爱情：
睡去吧，饱学的先生给姑娘快乐欢欣，
　　我的歌到此已唱完。

一六*

有一天（真正不幸的一天！）
爱情，永远是五月艳阳天，
看到一朵美丽的鲜花
在风流倜傥的风前嬉耍。
吹进柔嫩的花瓣，轻风
无影无踪地踏上行程；
于是，爱情嫉妒得要死，
恨不能变做风儿去骋驰。
"风儿，"他说，"能吹拂你的脸，
风儿，愿我也福分不浅！
可是，唉，我已经赌过咒，
绝对不把你摘下枝头。
年轻人这样发誓太轻率，

---

* 此节原文与莎剧《爱的徒劳》第四幕第三景第 99～118 行大致相同。

小伙子谁不爱把鲜花采摘!
约夫见到你也会认为
朱诺的容貌又老又黑。
于是他放弃天神的威严,
为了得到你,赶紧下凡。

一七

我的羊不吃草,母羊不产羔,
公羊在衰老,全都不对劲儿;
爱情在消亡,忠诚是撒谎,
信心变渺茫,原因就在这儿。
快乐的舞步我全都忘掉,
姑娘不再爱我了,天知道。
她曾把忠诚奉献给真爱,
可如今,坚贞被否定、替代,
 我丢了福气,一肚子晦气,
 该死的命运啊,多变的姑奶奶!
 我已经看清:女人比男人
 更容易变心,更不可信赖。

我穿着丧服,我藐视恐惧,
爱将我放逐,我身为奴仆;
心儿在流血,我求助心切,
厄运呵惨烈,我背负痛苦。
我的牧笛呀寂然无声,
羊铃呵丁丁,发出悲鸣,
截尾巴小狗原本爱欢跳,
现在胆儿小,不玩也不闹;

深深地叹息，几乎要哭泣，
汪汪叫，像知道我的苦难。
无情的荒原上，叹息声回荡，
像万千败兵依然在血战。

25　　　清泉不再淌，鸟儿不再唱，
绿树变枯黄，色泽暗无光；
牧人泪涟涟，羊儿睡得酣，
仙女心发慌，回头偷偷望。
可怜的情郎所有的快慰，
30　　　草场上一切欢乐的幽会，
晚间的嬉戏，全都离去，
爱情已消逝，爱神已死去。
再见吧，甜女，你的爱不需
让我尝到甜，只教我尝到苦。
35　　　可怜的珂瑞登独自度一生，①
我已经看出他只好认输。

<h2 style="text-align:center">一八</h2>

当你选定了中意的女子，
把你想逮的小鹿逮起来，
这样的事儿，该听从理智，
偏爱的情感也不例外。
5　　　若是要咨询，找个聪明人，
不要太年轻，还得结过婚。

---

① 珂瑞登，古代牧歌中的牧童。

你想对她讲你的心情，
别天花乱坠，尽耍贫嘴，
否则她觉得你在骗人
（跛子最容易发现瘸腿）——　　　　　　10
　你只需讲明你很爱她，
　再把她的人品夸一夸。

你做事要顺从她的意愿，
要舍得花钱，花在点子上，
大家的议论会传到她耳边，　　　　　　15
说你挺大方，值得赞扬。
　怎样坚固的堡垒和城垣，
　也难以抵挡黄金的炮弹。

对她你要表现出信任，
求婚时必须谦恭诚挚，　　　　　　　　20
除非这姑娘对你不贞，
你可千万别朝三暮四。
　时机一到，就和她亲近，
　别怕她拒绝你的热情。

别担心她此时紧锁双眉，　　　　　　　25
天黑前阴沉的脸色会转晴，
那时她已经来不及后悔，
却还要假装心里不高兴。
　天明前，她跟你亲热两次，
　顾不得过去曾故意藐视。　　　　　　30

别害怕她似乎要跟你动武，

死活不愿意，又吵又骂，
到了儿她柔弱无力准屈服，
乖乖巧口说出这种话：
　"要是女人和男人一样强，
　你就再不用痴心妄想！"

女人惯使出蒙人的把戏，
而且显现出诚实的外表，
她们肚里的花招和诡计，
你和她紧贴身也无法知晓。
　你没听见过人们这样讲，
　女人说"不"都是在撒谎？

女人要是和男人相争，
那是犯罪，不是当天使；
她们不想要天堂的神圣，
活够了岁数，便一死了之。
　床上的欢乐要只是亲吻，
　女人就不会找男人结婚。

可是，轻点，说多了，我担心
我那女人她听见这歌声，
不把我骂个够她决不甘心，
骂我舌头长，爱唠叨，没个停。
　不过，要是她那些诀窍
　被戳穿，她也不免要害臊。

一九

来和我同住,做我的情人,
我们要共度欢乐的时辰,
品尝着山峦、田野、谷峪、
陡峭的峰岭奉献的乐趣。

我们可以同坐在岩石上,   5
看牧童牧放一群群牛羊,
潺潺小溪边,涓涓细流旁,
听小鸟美妙的歌声回荡。

我要用玫瑰为你作床,
铺满了鲜花,散一片芬芳,   10
编一顶花帽,和一件全部
用香桃花瓣绣边的裙裾;

腰带用香草和藤花编织,
珊瑚作扣子,琥珀作扣饰:
如果这乐趣能打动你的心,   15
来和我同住,做我的情人。

情人的回答

如果这世界这爱情还年轻,
牧童的话语也充满真诚,
那乐趣就能打动我的心,
我和你同住,做你的情人。   20

二〇

　　曾经有过那么一天，
　　明媚的五月令人心欢，
　　我倚着一丛香桃木坐定，
　　周围是一片怡人的绿荫，
5　　走兽在跳跃，小鸟在歌唱，
　　花草在萌芽，树木在生长；
　　万物驱走了一切悲哀，
　　只有夜莺是惟一的例外。
　　可怜的鸟儿孤苦伶仃，
10　　她把胸膛向荆棘靠紧，
　　她的歌声是那么可怜，
　　听着真让人觉得凄惨。
　　"去去，去！"她这样叫喊，
　　"忒柔，忒柔！"一遍又一遍；①
15　　这歌声倾诉着她的哀怨，
　　听得我不禁泪水涟涟；
　　因为她那深深的不幸，
　　令我想起自己的命运。
　　我想，你哀诉也是徒然，
20　　没人会同情你的苦难。
　　草木无知，听不见叹息，
　　野兽无情，不会安慰你。

---

① 忒柔，指忒柔斯（Tereus），希腊神话中的特剌刻国王，雅典公主普罗克涅的丈夫。他强奸了妻妹菲洛墨拉并割下了她的舌头。姐妹二人为报仇，把忒柔斯与普罗克涅之子杀死，给忒柔斯吃。姐妹二人逃跑，忒柔斯穷追。最后神把三人变为鸟：普罗克涅为燕子，菲洛墨拉为夜莺，忒柔斯为戴胜。

潘狄翁国王早已死亡,①
你的伙伴们是铁石心肠;
你的同类小鸟在欢唱, 25
丝毫不关心你的悲伤。
多变的命运露出笑脸,
你我双双都被她欺骗。
有的人对你阿谀奉承,
一遇到患难全不讲情分。 30
说空话容易,随意出口,
真诚的朋友实在少有:
只要你有钱乱花不心疼,
人人都争着跟你讲交情;
一旦你穷得丁当响,没钱花, 35
谁还会乐意来帮你一把!
要是一个人挥霍钱财,
他们倒夸他大方慷慨;
对他一味地恭维、赞扬,
"巴不得你做个真正的国王!" 40
如果他倾向于为非作恶,
他们立刻勾引他堕落,
如果他生性喜爱渔色,
他们叫女人供他取乐。
可一旦他不再青云直上, 45
他的声望便一落千丈;
原先对他巴结又讨好,
现在恨不得同他绝交。
真正的朋友决不会忘记

---

① 潘狄翁,普罗克涅和菲洛墨拉的父亲。

朋友间必须要同舟共济:
你若是悲伤,他也会哭泣;
你若是失眠,他也没睡意;
你心中承受的种种苦难,
他都要与你来共同分担。
明白了这一点才能区分
忠实的朋友和谄媚的敌人。

The Phoenix and Turtle

凤凰和斑鸠

屠 岸 屠 笛 译

前　言

　　埃及神话中有一种美丽的长生鸟或不死鸟，名Phoenix，相传生长在阿拉伯沙漠中，居住在香料铺垫的巢里，每五百年在火中自焚为灰烬，再自灰烬中重生，循环不已，成为永生。它的译名，是借用中国古代神话中的百鸟之王"凤凰"这个名称。莎士比亚的戏剧中经常提到凤凰。凤凰之所以能吸引莎士比亚，由于它有独一无二的特性：在一段特定的时间内，只有一只凤凰能够存活。莎士比亚的诗《凤凰和斑鸠》在他的作品中也是独一无二的——其他作品没有一个与它类似。

　　这首诗首次发表于1601年，作为同一题材一组诗中的一首，被附加在罗伯特·切斯特（Robert Chester）的《爱的殉难者，或罗瑟琳的怨诉，在凤凰与斑鸠注定的命运中，寓言般暗示爱的忠贞》诗集中。此书扉页上称这些诗的作者是"我们现代最优秀最重要的作家"。集子里，除了莎士比亚的这首诗外，还有约翰·玛斯顿（John Marston）、乔治·恰普曼（George Chapman）和本·琼森（Ben Jonson）的诗。莎士比亚和其他诗人均有签名附于诗下。

　　凤凰因美丽又罕见而出名；斑鸠因对爱情坚贞而为世人所知。有关鸟的诗往往包含某种寓意。罗伯特·切斯特在这本书的书名页上声称《爱的殉难者》中的作品都寓言般暗示了爱的忠贞。莎士比亚这首诗的寓意是什么却不大清楚。某些批评家认为诗中的凤凰和斑鸠暗示着伊丽莎白女王（凤凰常被用来象征她）和埃塞克斯伯爵。另一些批评家则认为，这两只纯洁的相爱的鸟象征着约翰·萨卢斯伯里爵士（Sir John Salusbury）和他的夫人。按：这部《爱的殉难者》就是献给萨卢斯伯里的。也有人认为这首诗所象征的是贝德福德伯爵和夫人（the Earl and Countess of Bedford）。不过莎士比亚的这首诗与集子里其他诗所描绘的情景不同。莎士比亚在诗中明确地写道：凤凰和斑鸠"没有留下后裔"。而集子里玛斯顿的诗却祝贺这两只鸟有了下一代："一个与他们惊人地相似的生命，从凤凰和斑鸠的灰烬中站起来。"

这首诗由三部分构成。前五个诗节召唤众鸟来送葬，哀悼死者。接下来的八个诗节是一支赞歌，看来是哀悼者唱的。在这支赞歌中，凤凰与斑鸠的爱情同理智融合在一起。最后五个诗节在形式上有些变化（从每节4行变为每节3行，韵式从1221变为111），是一首悼念死者的"哀歌"，出自理智之口。

诗的语言运用具有高度的技巧。

诗开始时对众鸟的召唤，引起读者丰富的想像；然后是赞歌：出现自相矛盾而又统一的表述，富有活力，充满戏剧性；最后，一切都归于哀歌的朴素与庄严。诗开始时有哀悼者的具体形象出现，后来诗变得抽象起来，以至于隐藏在诗中的一个抽象概念，即理智，出来呼唤，作了一首哀歌。哀歌严肃地宣告抽象概念"真"和抽象概念"美"被埋葬，并转而化为具体的意象：

> 真，有表象，没有真象，
> 美，靠炫耀，本色消亡，
> 真，美，双双被埋葬。
>
> 让两只非真即美的飞禽

一同进入这只骨灰瓶；
　　为两只死鸟，请哀告神明！

诗以放开嗓子把丧事宣告开始，以哀告终。在仅仅 67 行中，所有这一切以最为精炼的方式表达了出来。

让歌声最亮的鸟儿栖上
那株孤独的阿拉伯树梢,
放开嗓子,把丧事宣告,
纯洁的禽鸟都合拍飞翔。

但你这尖声鸣叫的信使,
魔鬼派遣的邪恶先驱者,
说狂热即将消亡的卜者,
可千万别走近这个群体。

哪一只禽鸟专横跋扈,
就禁止进入这个会场,
除了老鹰,那鸟中之王:
葬礼的肃穆一定要维护。

让身穿白色法衣的牧师——
能奏死亡之曲的司铎——
成为那预言死亡的天鹅,
丧仪必须由他来主持。

还有你这老朽的一族——
穿着黑色丧服的乌鸦,
张嘴呼吸像抽抽嗒嗒,
也来参加这哭丧的队伍。

哀悼的歌声现在开始:

爱情和坚贞都已经死亡；
凤凰和斑鸠在火中翱翔，
融为一体而飞离尘世。 24

他们相爱如双生合抱，
各有特质却出自一体；
两种品格又不分彼此：
爱中分你我确是徒劳。 28

两心远隔却不曾分离；
在斑鸠和他的女王之间
有距离却没有空间可见：
这是他俩创造的奇迹。 32

他们的爱情闪闪发光，
斑鸠从凤凰的眼中见到
自己的身体在熊熊燃烧：
二者同时又都是对方。 36

本性就这样受到了挑战，
自身可以不再是自身；
惟一的本源有双重名分，
是一还是二难以分辨。 40

理智已感到十分窘困，
看见两部分长在一起，
彼此分不清是我是你，
单一恰恰由复合组成。 44

它不禁喊道："这可真是！

二者竟如此和谐一致。
要是这情形长期如此,
爱情就会把理智吞噬。"

于是它作了哀婉的歌曲,
为了给凤凰和斑鸠送行,
爱的双峰啊,恋的双星,
乐曲哀唱他们的悲剧。

哀歌

美,真,圣洁的情操,
单纯之中蕴含的崇高,
已化为灰烬,火灭烟消。

如今凤凰的巢穴是死亡;
斑鸠的无限忠诚的胸膛
休憩在不朽的永恒之乡。

他们也没有留下后裔,
并非他们有什么痼疾,
只因他们是童贞的结缡。

真,有表象,没有真象,
美,靠炫耀,本色消亡,
真,美,双双被埋葬。

让两只非真即美的飞禽
一同进入这只骨灰瓶;
为两只死鸟,请哀告神明!

A Funeral Elegy

悼 亡

张 冲译

致德文郡鲍赫伊的约翰·彼得先生

  余于尊兄向倾心仰慕,此刻亦难抑绵绵哀思,谨以此诗尽友人之最后职责。对其赞颂唯"真"能为之,而余岂能与"真"相匹。余于辞巧不甚通晓,更不喜好,本不愿动笔,然竟能吟就此诗以悼故友,其中必有奇迹。虽为拙作,却专献于一人。为有其人之故,余断不敢忘怀对阁下、对任何因其本人而爱其人、因其美德而爱其本人者,致以友好的敬意。

W. S.

既然是时间用预先定下的终点，
中断了他那充满着希望的生命，
而他的青春和德行正竭尽勤勉，
本想用美好的举止来博取美名，
要建一座多么宏伟的不朽丰碑，
才能够刻下他永不玷污的英名？
他自身的美德已使他一生受惠，
竖起那美德，如他不朽的今生。
在暗黑的日子里他会被人遗忘，
罪孽也还会把美德碾踏于尘土，
虽不能揭开那令人哀伤的墓葬，
以使他不幸夭折的德行能延续，
德行仍能从人们的内心和记忆
唤起应得的敬仰，能一滴一点
使人们记住那品行，不用费力，
便依他的形象勾出真正的良善。
他天性的确善良，好心的谈论
若能够表达诚挚的关怀，一定
会赞扬他了无污点的清白一生，
又因他未得以善终而难过伤心。
倘若有一人他具有坚定的信念，
这坚定将许多人们远远地超过，
有些人会因此对他的敬爱稍减，
但即使最不爱他的人们的胡说，
也无法指责他中允恒常的天性，
因为他懂得感恩，且慷慨施赠，

事实确凿地留下了充分的明证，
表明他慷慨给予，受惠必感恩。
可叹他太阳般辉煌的生命太短，
再挑剔的目光、再精明的审视， 30
在这轮太阳里挑不到一块污斑，
在他的举止中拣不出一点缺失。
并不是他能避免那烦乱的心绪，
也不是他能够躲开邪恶的困扰，
只因他纯真的天性能为他抵御 35
那天性卑劣之徒的恶意和引诱。
然而，谁能有如此深厚的福分：
虽身为生死由命数决定的一介，
却能够免受唯诽谤是能的众人
对他的名誉不时地发出的威胁？ 40
卑鄙的家伙埋伏在岔道和山脊，
企图置人于死地，却惺惺作态，
说什么他们所为有特殊的意义，
是高尚举止，决不是罪行祸害；
这高尚就是暂不去将他人贬损， 45
只要有希望能获得些许的利益，
对逢难之人则加以轻蔑的嘲讽——
但死神让此辈的坟茔遭人遗弃。
现在，他正在墓中享受着快乐，
若远离中伤造谣是最大的快乐。 50
童年时他令人欣慰，并预示着
青年时他更加成熟，更有出息，
他心诚志致，使教育成效赫赫，
终使他收获了丰硕的教育果实。
学识与智慧是一对天成的孪生， 55
两兄弟德性高尚，深邃而精巧，

两相汇聚，将各自的精华交融，
丰富他那座精巧宫殿般的头脑：
那是座宫殿，理性听从于信念，
端坐在宫殿中纯洁的王座之上，
用愉悦的声音教导其余的感官，
要它们真诚地遵循激情和信仰；
切不能纵欲奢侈，将岁月虚度，
空掷了锦绣年华，而应愉快地
用理性的金律中庸之道，挡住
年轻人青春冲动的蛊惑和袭击；
父亲的辞世使他能任意地作为，
但任凭他身边的潮流百般怂恿，
也无法使他松懈对恶徒的戒备，
而沉溺于以恶为荣的酪酊放纵。
从睿智学者他学到贴切的知识，
并汲取德行以谴责愚人的自负，
他避开了邪恶迷惑人心的诡计，
将生命的春天在神圣学堂欢度。
在学校他严格地克制邪欲恶念，
而意志薄弱者却日日受其蹂躏；
他也能用那适度的谨慎，远远
避开了有害德行的谬误的诱引。
虽然我并不想巨细不漏地展示
他一生的经历，我仍能够证明，
无论在哪方面他都是完美之士，
并能使人人承认我有理而公平。
如果那命运和上天都答应恩赐，
如果他活到了本该活到的时辰，
安宁地走进坟墓，那一段时日
会成为我这番言词有力的证人，

其证词客观冷静,却能够引起
人们的肃然起敬,若有人细查
他的诚实和价值,定能够证实
他是位真诚的绅士,完美无瑕—— 90
他从不做引人耻笑的荒唐行为,
从没有表现出拙劣的奉承阿谀,
不赶做作的时髦,也丝毫不会
表现出与身份不合的虚荣自负;
　他尽力和谐地调节欲望和天性, 95
　　最好的衣衫就是他美好的德行。
他不会用无聊的空话夸夸其谈
充塞人们的耳朵,他不会一味
用虚荣浮华的言辞百般地自恋,
也不对时下的自负风尚紧追随。 100
他恭谨少言,这倒为他的审慎
更加增添了风雅,也使他说话
听起来不像是喋喋不休的发问,
而是受智者欢迎的深思的回答。
虽说他各种优秀的品质应获得 105
公正称赞,他睿智博才的头脑
保存着各种和谐的善良与美德,
天地间就数他天性优良品行高;
他洞察善恶,却并不故作姿态
而假装明达;他深明至高之善, 110
所做的抉择均出自无瑕的胸怀,
虽出于自发,却总是完美至善;
他头脑和身体就像是一座客栈,
两者相互容纳,两者都配就了
优雅的举止,它们会赢得赞叹, 115
赢得喝彩:总之,他名声很好,

若举止端庄而祥和、行为严谨,
若谦逊的谈吐以及适度的幸福,
无论友情、风度、劝谕或爱情,
120 这令人愉悦的一切均来自天赋,
若交友时循循善礼,举措端正,
若裁决时与人为善,庄重适宜,
若处事时平和节制,信而有诚,
若良知清白,虔诚出自于真挚:
125 若这一切在一人身上聚合起来,
人们便赞许有加,我们就坦言:
他并未离开这脆弱的人生舞台,
他的英名定会长久存驻在人间——
虽然他不躺在名声遐迩的宫殿,
130 也没有安葬在万众聚集的广场,
在这片他曾经生死安息的地面,
人们正为他的夭亡而痛悼哀伤,
平凡的人们在自己平凡的家里,
以优良的品行便能够获得荣誉,
135 与那些公认的伟人足可以相媲,
虽然这些人将杰出的血脉承继。
我虽然品尝到一些苦涩的味道,
蒙受了羞辱,这感觉恰好证明,
国人对我的名声信誉恩将仇报,
140 滥加诽谤,有人对两者都忌恨,
他们的运气已深陷于衰败低迷,
从大起到了大落,试图以谬误
来换取公正,便设法吹毛求疵,
用荒诞的罪名来毒害我的名誉;
145 可时光这从不羞涩的真理之父,

终要将眼见的罪恶一一地曝光,
把我的名誉从失落的地方赎出,①
让受到威胁的青春又充满希望。
哀悼的诗行将哀恸的故事叙讲,
此刻正复述主人公优秀的品性, 150
本诗的主人公就在上述的地方
受教育,使自己获得新的生命,
在所有居住于此地的居民当中,
他凭着温谦的举止博得了赞扬,
他的行为举止全然是上流品种, 155
这使他在此地被人们长记不忘。
末日来临前哪怕有漫漫的岁月,
也无法冲淡他生命的不幸早逝,
即便没有显赫坟茔而默默无闻,
他真诚的心怀仍然将流芳百世。 160
父母们定会向他们的子孙讲述,
子孙们也会转述给自己的后代,
一个高尚之人是怎样横遭颠扑,
被心肠恶毒之人的恶手所毒害:
　这样的惨事无论谁听了准会要 165
　叹前者蹇运,责后者鬼迷心窍;
聪明博学者凭自己记忆来讲述
这一个令人们心痛的不幸故事,
总要把悲惨两字用在结尾之处,
讲完后入睡时两眼中泪水滴滴。 170
因为当世界在风暴中瑟缩发颤,
当风暴为世界带来毁灭的惶恐,

---

① 失落名誉的地方,指牛津。

当风暴鼓起了光怪陆离的云团，
那形状眨眼间就都够变幻无穷；
175　　当深重的罪过高傲地步步攀升，
当高傲终于到达了自身的顶点，
当罪过终于结束于自起的不幸，
而他也终于倒在了荣耀的峰巅：
此时，那包容一切的生命之书①
180　　将他的言行向众人来展示传扬，
那是他善用了理性的丰盈果实，
他用这果实向天庭将债务清偿。
他一旦吐露爱意，绝没有虚伪，
这爱意就是他恒定不变的信念，
185　　这样的男人的确是珍奇而可贵，
任千寻百觅，这品质实属罕见。
　时世虽多变，他却能保持友情，
　　坚定而绝无冷淡，他深受崇敬。
当我们脆弱之躯那易损的楼宇
190　　在死亡中毁灭，当尊严和气概、
青春、记忆和充满活力的身躯
终于被毁掉，都归于腐朽败坏；
当一切回归到我们来时的泥尘，
躯体被深深地埋在狭窄的墓床，
195　　我们所留下的不就是一个名声，
由于一生的谨慎而为我们增光？
早夭的年轻人啊，这荣誉正应
由你来享受拥有；虽说你灵魂

---

①　生命之书，典出《圣经·启示录》，书中记载了所有将享受永生的人的姓名。

早已经飞向那更加神圣的海滨,①
在此地,在尘世间你英名长存,
每颗心都将那英名深深地铭记,
每张嘴都将你德行时时地念叨,
每一天都有人为你的夭亡叹惜,
所有人都对你表示爱戴和哀悼。
在这儿谨向你永垂难忘的美德,
将我最后的友谊举动全部献出,
我在此献上对你的爱慕,任何
其他的方式都无法将它来表述。
尽管我怎么也学不了你的擅长,
不会用你那谦恭的语气来诉说,
真理却悄悄从舌尖溜进我心房,
它永不离开,除非到死的时刻。
我承认我爱你爱得实在太疏虞,
竟没有告诉你我把你看得多重,
我当时的错误现在依然未改去,
我认为沉默的爱意才爱得由衷,
并且以自己的想法把你来估评,
虽乐于告诉你我愿意为你效劳,
更乐于用事实证明我一片真情,
不虚张声势才真正稳定又可靠。
从那时开始我勇于不懈地抗击
落在我头上的艰难命运和时光,
你在世时我有些思绪受到阻滞,
为舒展它们我将这项任务担当:
让我用手中的这一支卑微之笔,

---

① 海滨,指冥河之滨。

完成它对你的美德应尽的义务,
要把你作为人类的典范来树立,
完全按实情把你向世人来描述:
有上天明鉴,我不为虚荣引诱,
并不想讨好那些知道它的人物;
我不会以媚求宠,从不受拘囿,
虽有人为之受苦,我无此瞻顾。
你就像过早被砍下的美丽枝干,
我曾经对你发下了恒久的誓词,
但此刻我相信已将它付诸实践,
倘风水轮转,你也会对我如此;
只可惜我没有太多的美德善才,
能供你用妙笔将它们一一表现,
无论你用巧技再施以浓墨重彩,
也无法让我的名声与你的比肩。
敬爱的朋友,我来把才能献上,
用我的才能把你在记忆中铭镌,
愿你在后辈记忆中被永远传唱,
我虽未写得更好,却已尽所能:
　　头脑中经过了努力的深思熟虑,
　　心里边自然地吟出了这些诗句。
可爱的人啊,你是悲悼的对象,
在尚未道一句永久告别的时候,
我要写几句感谢话把你来赞扬,
你应得的名誉远胜于现在已有,
要为你洗干净谬论带来的诟耻,
那一群心情阴暗者满怀着恼火,
阴险而诡诈,妄测度你的身世,
用你的早夭评判你一生的生活:

世界用恶作剧将自己如此诅咒， 255
　　　挑拣出事实把一切都看得黑透。
这些人被世俗的面纱紧紧罩住，
　　又故意听任自己的双眼被遮盖，
他们的行为全出于无知和痴愚，
　　凭一时性起就对他人胡想妄猜； 260
因此，这烛光，这躯体的光亮，
　　反使内在的心灵之光黯淡熄灭，
虽身处愚昧的黑夜，两眼俱盲，
　　却依然宣称他能够看清楚一切。
就这样，他们凭着谬误的天性， 265
　　极力用同样是谬误百出的言语，
来解释那变幻无端的邪恶事情，
　　表面上却像有理性作支撑基础。
啊！人世间那痛苦的忡忡忧虑，
　　可悲的怨恨，它竟会走向何方？ 270
忧虑对一切的事物都加以歪曲，
　　哪能将事物间种种的不同烛亮？
真相是，此人，当他在世之时，
　　并不去吹捧那愚蠢的时尚大潮，
也不像那盲目随便的效仿之士， 275
　　忍受自负的激情和空洞的聒噪，
对恶欲挑起的情欲和行为卑贱，
　　他不会奴仆般低声下气地追随，
也不会如狂热的罪恶世界所劝，
　　不惜以耻辱来谋求虚名和赞美。 280
他经过稳妥恰当的掂量与思考，
　　又以自己那丰富的知识为辅佐，
选择了一条通往赞誉的平坦道，

明智地避开所有不道德的教唆。
285　教唆者的毛病是：赞美的词语
全成了行为的奴仆，他们特别，
就在于他们特别无耻，还企图
以不负责任的举止将名气盗猎，
好像其奸邪能不受拘束地作恶，
290　如时时涌起的欲望般无法束缚，
正好比权势者也常被欲望左右，
每每向自己的愚昧和无知臣服。
而他却绝非如此：他深怀敬畏，
管理着自身那秩序井然的王国；
295　对自然之道他谨慎地步步跟随，
具备了安宁的心态和健康体格；
对此他一直保持着乐天和知足，
并且还沉浸在愉悦的休憩之中，
他这样享受着欢乐的安逸舒服，
300　一直到生命的最后一刻才告终。
在青藤缠绕、承天宠幸的学殿[①]
他有幸获得了两个学位的殊荣，
他通过认真观察和细致的思辨，
学会在家庭和学校中生活轻松；
305　后来他离校返家休憩，那确是
与他的等级和财产相符的住处，
年轻人偶尔有手头拮据的时日，
他总有家庭慷慨的支持和帮助；
他天性与理智总能够紧紧相契，
310　形成了和谐一体，他凭此天性，

---

① 指牛津大学，死者在那里获得了学士和硕士两个学位。

以洞悉是非、抵制邪念的能力，
在所有人的心目中赢得了尊敬；
任何单独的事情都无法被用于
完整而相称地将他的形象描绘，
除非说对朋友他一向守信不渝， 315
他不愿意错过任何可能的机会，
时刻愿把他真诚的关怀来展露，
无论面对着怎样的诱惑和考验，
也不忘打开心扉和美德的宝库，
这表明他确是基督精神的化身， 320
表明他名字中镂就了友谊石基，
预示他过去的经历和他的将来，
那确是灵验的预示；他的友谊
表现于行动，是那么完美和谐——
虽然他常听到人们对他的赞扬， 325
却从不会出于虚荣而妄自吹嘘，
决不似常人脱口自诩习以为常；
他行动最为坚定，言谈很朴素，
他各种美德都为他增添着美名，
可种种美德之中最优秀的一种 330
就是他无比的忠诚，信念坚定，
它一旦产生，便从此岿然不动。
但致命的燃料却同时由此生就，
点燃了造成他夭折的愤怒之火，
他若稍懈于爱，本可活得长久， 335
不会被仇恨那恼人的罪行伤灼——
仇恨那恼人的罪行总是做蠢事，
将美德扼杀，给爱心造成痛楚。
可惜啊，鲜血未受到应有珍惜，

340　　　理智也未能战胜最邪恶的暴怒，
　　　　反为自身招致了不合时的死亡，①
　　　　更伤天害理的是使他美名尽失，
　　　　那本是对信徒真挚德行的褒扬，
　　　　他满怀爱心诚信，为时代骄子。
345　　　　荣耀归于他的鲜血，从今起始，
　　　　　再高尚者与他相比都等而次之；
　　　　　恶人的名声随作恶身死而逝去，
　　　　　而正义却从此开始获得了荣誉。
　　　　瞧啊，经验在这里给人以教训，
350　　　切莫对小人枉付出自己的仁善，
　　　　到头来你空有一片善心和纯真，
　　　　反陷入他人的圈套，遭到背叛：
　　　　有些人毫不迟疑地献出了友谊，
　　　　也不去探询那是否真正的友人，
355　　　贸然地凭自己内心单纯的真挚，
　　　　寻一个合适的理由将爱心恭奉：
　　　　　向不配友情者付出真诚的友情，
　　　　　自己却招致了毁灭而永无安宁。
　　　　他的生命本点缀着美德的纯真，
360　　　这样一来，却由于突然的夭折
　　　　而遭到某些人卑劣的造谣贬损，
　　　　使人们开始怀疑起死者的人格；
　　　　谚云"观死以知生"，这本是
　　　　前人们只看重理性法规的说法，
365　　　并没有多少人根据这法规行事，
　　　　现今却有人对死者用上这句话。

---

① 招致，原文为 Drew，暗指杀害死者的 Edward Drew，译文无法传其意味。

就这样，他用仁慈之心将世人
拯救出原罪桎梏，他献出鲜血，
用死亡征服死亡，地狱虽得胜，
也只得将陷阱的禁锢稍稍松却； 370
就这样，他清白的一生被死亡
拦腰折断，反饱受恶语的诅咒，
他纯洁的一生也同样遭受诽谤，
如此的结局让死者实难以承受。
不应该啊，我们那亵渎的唇齿 375
哪能够如此将上天的神明亵渎，
如此，在最后审判和圣爱日里，①
我们会受鞭打，作为惩罚报复；
上帝之手赋我们以生命的荣光，
也可以随意将它缩短，公正地 380
以各种方式来夺走我们的荣光，
这是他创造我们的智慧的明示。
那二弟是为父所有的子女当中②
第二个出生降临到人间的那位，
却有人以粗暴狂热的复仇举动， 385
将纯洁无辜的他送入天堂之内，
天使用和谐的乐音颂扬其英名，
还将他昭示人间；既有这先例，
既然他高尚而有着同样的运命，
既然他天性优秀，为何遭呵斥？ 390
圣徒们端坐在永恒的宝座周围，
身心在鲜血中清洗得无比圣洁，

---

① 圣爱日，指进入天堂（享受上帝之爱）的那一天。
② 二弟，即《旧约·创世记》（4：8）中的亚伯。

头戴荣耀的王冠,可他们并非
从尸床安稳地直升到极乐世界,
395 而是饱尝了辛酸和苦痛的折磨,
受尽了挫折和摧残,直到最终
赢得了福祉,那是磨难的结果,
这才能得到许诺给他们的光荣。
那些肆意妄为的家伙放纵自我,
400 凭借无据的妄测和刚愎的念头,
那都是不满和病态的绝望结果,
在虚无的空中建造起巨堡高楼,
让那些谣言使他们有良心自责,
痛斥自己的恶毒,批驳那野蛮
405 放肆的念头,正是这样的邪恶
将其灵魂载入了不光彩的名单:
揭露出他们的行为是多么荒唐,
昭示出他们的思维有多么荒谬,
其本质是嫉妒,其努力是空忙,
410 除了妄想的希望就拿不出成就;
这样的希望根基不正站不住脚,
用拙劣的判断葬送了自知之明;
一旦受挫折,他们就哀叹懊恼
计划落空,却不知自己的愚蠢。
415 这些人会用这样的方法去谋划,
恶意地用玷污他人名誉的诽谤,
还会鬼鬼祟祟地用捏造的胡话,
伤害他一身美德和无瑕的善良。
但只要人心之中还有一丝真诚,
420 凭事实来评判是非,他的美名、
他的声誉,两者一定会受人们

交口称赞，一代代相传不歇停。
坟墓总是用那永世空冥的墓穴，
将不配受敬重的庸人牢牢封住，
庸人名随神死，可即使是墓穴 425
也封不住他未受人敬重的美德。
这美德在未来岁月会唤起注意，
会为在地下安眠的他仗义执言；
当他以本来面目为人们所记忆，
他天性的美德一定会日益突显。 430
从等级上看他不过是平民一位，
当然其身份也决不比绅士更低，
这不会影响他明智的儿孙后辈
对他照样称颂有加并表示感激；
因为是天性以及他快乐的命运 435
眼见他心灵的高尚品质而认定，
要为他的优秀更增加高贵气韵，
尽管他一生羁囿于稍浅的福分。
无论血缘地位荣耀或权力财富，
若没有善良的性情来恰当修饰， 440
其本身不过是亵渎神圣又庸俗，
而一个低微的境遇却更为舒适，
身处低微而无所求，知足常乐，
能享受甘美休憩，亦不辞忙碌，
满心欢喜地为自己每日的生活 445
去付出辛勤的劳作，昼夜不住；
而其他人却费尽心机追求名利，
或争夺遗产，或为了实现野心，
个个都在冥思苦想，千方百计，
企图赢得众人欢呼、扩展权柄。 450

声名显赫者如鸽子被缝上双眼,①
心灵的眼睛因追求尊贵而模糊,
误以为地位越高才越可能平安,
便竭力不断地爬升以谋求保护;
455 　　可虽然他渴求不止,一旦跌倒,
　　就摔得更惨,因为他爬得更高。
而地位稍低的人们却能够避开
由权势带来的种种威胁和隐患,
在理性指导下生活得丰富多彩,
460 不必去空慕权势者而郁郁寡欢;
　　这样的人们心灵都高贵而卓绝,
　　与出生显赫者相比并没有差别。
我们并没有高贵的血统和祖先,
而且也不能将它们断言为己物。
465 但我们的力量中有美德和至善,
只要行动就能使它们真诚流露。
无论是尊贵的头衔或高雅风仪,
再加上出生显赫者拥有的一切,
若没有美德的装点便毫无意义;
470 真正的高贵应当是心灵的高洁,
谁拥有这样的美德才能有资格
享受纪念的铭文,我们用铭文
来纪念逝去的人们的优秀品德,
不让其光辉随人的呼吸而停顿。
475 若善恶在死后都一样湮没无名,
有什么还值得人们去努力奋斗,

---

① 鸽子被缝上了双眼,见西德尼长诗《阿卡迪亚》:"她领众人去看一只缝了眼的鸽子,眼睛越瞎,它越往高处飞翔。"

得以在我们生活的世界中证明
善良的人们生命比恶人更长久？
不到死的一刻，谁也无法断言
自己有真正快乐，因为这快乐 480
与他身后所得的赞扬紧密关联，
只有这颂词才能够将快乐估测。
看看吧，年轻人，你们正处于
锦绣的年华，看看多出乎意料，
死亡一转眼把欢宴变成了悲剧， 485
而你们却以为死亡最不足称道！
在这儿刻画出这样的一个范例，
他拥有青春和快乐时光的礼赠，
可是环绕他身边的一切却无力
抗拒死亡的袭击，听任他死去； 490
但是，死亡也只能将他天性中
脆弱易损的部分打击，却不能
撼动他为人们永久记忆的光荣，
杰出的品德连命运也无法触碰；
他仅死一次，却享受双倍生命， 495
先凭着肉身，再凭自己的荣誉；
定命的时间虽能将一切都收尽，
却不能将他的荣誉也同样夺去。
倘若在他身边护卫左右的精灵
有能力保护他，使他一生平安， 500
并使他躲开那将他摧残的暴行，
他定会使自己成为公众的典范，
虽眼下世事沦落，鲜见得有人
能正确地将众人往正路上引导，
他却能用榜样来引导芸芸众人， 505

教他们走上那善行的光明大道；
他勤勉谨慎，赢得了众人敬爱，
现如今一朝陨落，多令人心伤。
他众多的朋友满怀柔情的悲哀，
510　都感到损失巨大，实难以承当；
但是，亲友中要数她悲情更切，
九年来一直是他的爱侣和良伴，①
现在她更觉得戚戚肠断寸肝裂，
惨痛的厄运已致使她心境紊乱。
515　他们曾享受着相伴的和谐宁谧，
在婚姻之爱中两人贞洁地拥抱，
如今却横遭这突至的无常分离，
刻板的死亡也似乎在伤心哀号，
面对悲伤的面颊也止不住流泪，
520　那曾是欢乐之园，上面嬉戏着
活泼的娇媚，死神也感到羞愧，
悔不该将这对有情人无情分隔。
这横加的分离是这般残忍无情，
倒不妨更准确地称为暴行一桩，
525　因为他一生爱人爱得如此坚定，
做丈夫是如此，做父亲也同样；
做丈夫忠诚又深情，身为父亲，
细心地为儿女的未来做着储备，
两种身份片刻不停地相互促进，
530　并且有爱心使它们更加地完美。
既然所有能运用的言语已用遍，

---

① 死者于1609年1月结婚，此处的"九年"可能是"三年"之误，也可能是作者并不了解这一事实。也有人认为诗中的"她"可能是另一位女性。

再说也无非"他的确出类拔萃",
这已经涵括了死者的一切优点,
以赞颂美德,斥责愚昧的行为。
　这诗行如此写出他应享的名声, 535
　生命虽死,他却在死亡中永生。
现在,这首哀歌的诗行正和着
悲痛的语调,向已故的你倾诉!
我付出的一切努力全为你而做,
要证明我爱你决不落别人半步。 540
倘若我平庸的头脑能想出妙策,
能将你赎出那尘土封蒙的坟窖,
现在你定与我分享着生命欢乐,
而上天也会被人们称赞为公道,
若上天愿意向哀求的灵魂相授 545
新生,使人们在生命消逝之处
重赋得生命;这样,新的凡愁
取代了旧怨,欢乐也恢复如故,
可欢乐现在已随你堕入了坟茔,
埋葬在令人心悲恸的空冥之洞, 550
还面临着更为严峻可怕的命运,
比时间的利爪所为还让人惶恐。
现在,我若已写完了这篇长歌,
已经用切实的事迹详尽地叙述
你一生中始终拥有的完美品德, 555
若确已完成此事,我心满意足;
此后我只会以卑微的满足之念,
去忍受我遭遇的那些诽谤造谣,
从年青岁月中得到教训,以免
再一次让恶意的谣言把我击倒; 560

有些人被欲望将心窍紧紧锁住，
命运却不愿赋予其所有的希望，
他们虽应有尽有，却仍不满足，
等不及将自己美好的来日安享；
他们进不了天庭，反横遭厄运，
找不到任何的支撑可稍稍依偎，
以歇息倒运之人那疲乏的身心，
只剩下希望这并不牢靠的安慰；
但尽管我也许懵懵中与人相处，
招致了我深感痛苦的种种非议，
希望却无视命运中可怖的翻覆，
端坐于我胸中的宝库坚如磐石。
啊，我如此诉说着自身的不幸，
竟走了题目！挚友啊倏忽而逝，
愿你的优点大声宣扬你的美名，
无愧地将你称颂为有德之人士，
　你生时良善，死后更受人敬爱：
　为人若如此，将永享幸福愉快。

将长诗《悼亡》的作者确认为莎士比亚，是二十世纪八九十年代之交的事。《悼亡》一诗的署名是两个首字母缩略而成的W. S.，这正好是莎士比亚的英文姓名的两个首字母。1989年，唐纳德·W·福斯特（Donald W. Foster）出版了他多年潜心研究的成果《W. S. 的悼亡》，虽然他并没有肯定地认为《悼亡》为莎士比亚所作，同时还提出了另一名叫威廉·斯特雷奇（William Strachey）的人所写的可能性，甚至还提出了一些否定该诗为莎士比亚所作的论据，这一成果仍然在莎学界引起了重视。九十年代以来，许多知名的莎学学者均加入了这场讨论，最终是肯定为莎氏所作的意见占了上风。

确认《悼亡》为莎士比亚所作的学者们提出了很多理据，主要有以下几点：首先，该诗的"题献"，无论从语言还是形式上看，与莎士比亚的另一首长诗《鲁克丽丝失贞记》的题献均十分相近；其次，从语言艺术特点来看，该长诗中跨行运用得相当频繁，虽然全诗采用了传统的悼亡诗格式：四行为一意义组，诗行以五步抑扬格写成，间行押韵，十分严整，但绝大多数的韵押得十分自然，并没有为押韵而损害行文的现象，而这正是莎士比亚的过人之处；另外，从诗的措辞、拼写、较多的双重最高级形容词的运用以及常以英语中代指人的who代指物（本应用which）等现象来看，该诗为莎士比亚所作的可能性很大。研究者们在指出诗中众多的与莎士比亚戏剧台词可以相互刊发的地方的同时，特别提到了这样一个事实，即《悼亡》的出版商和印刷者就是1609年印刷出版莎士比亚十四行诗的出版商和印刷者。更有意思的是，在"署名研究"方面拥有如此重要成果的福斯特，用同样的方法研究了1996年以"无名氏"署名出版的一部标题为《原色》（Primary Colors）的畅销政治小说，认为该小说的真实作者是《新闻周刊》的一位记者，事实居然未出所料，而且这一结论比匿名作者公开承认自己的著作权要早了许多。这一切，似乎更为福斯特的《悼亡》诗署名研究的权威性和可信度增加了砝码。目前莎学界中对此诗的归属问题虽然还没有完全一致的意见，但直言反对的已不多闻，更多的人则采取了默认的做法，先花力气更多地研究一下这首诗再说。这对莎士比亚研究的总体来说，也许是不无裨益的。

《悼亡》一诗哀悼的是威廉·彼得，他是牛津大学的毕业生，有学士、硕士两个学位，已婚，似乎也已有了孩子，不知出于什么原因被害致死，年方二十九岁。在这首长诗中，诗人反复表达了对这位杰出青年不幸夭折的哀痛之情，值得注意的是，全诗语言真诚朴素率直，没有在莎士比亚戏剧语言中常见的丰富的意象和生动独特的比喻，也许，诗人觉得这才是对死者表示哀悼的最好方式。诗中以大量的篇幅赞扬了死者的"品德"、"德行"和"美德"，并对"以死论生"的做法提出了异议，认为死者之死完全是品德恶劣之人疯狂举动的结果，并不能就此来贬损死者生时的行为举止，而即使是死亡，也无法掩没死者光辉的品德。同时，诗人更进一步指出，美德并不是血统高贵的贵族们的专有，普通人完全能够凭美德使自己尊贵高尚，应当说，这同莎士比亚在其戏剧中经常表达的观点是一致的。

附　录

莎士比亚戏剧创作年表

《莎士比亚戏剧集》原始版本（1623）共收三十六个莎剧，分为喜剧、史剧、悲剧三栏，并不按创作先后次序排列，例如列为全集之首的《暴风雨》，实际上是莎翁晚年之作。研究莎士比亚创作思想的发展，艺术风格在各个时期的特征，要勾勒他二十多年向高峰攀登的创作道路和划分前后经历的几个阶段；各个戏剧的写作年份，尤其是他的创作年表是很重要的依据。遗憾的是，除了极少数莎剧，像《亨利五世》、《亨利八世》，有足够的资料可以让后世学者在写作年份上作出明确的判断外，有关许多莎剧的写作年份的资料，我们所知很少，很不充分，甚至一无所知。

经过好几代英美莎学家的辛勤钻研，他们从所能掌握的资料，又从作品本身的题材、文体、风格等着眼，对各个莎剧的创作年份作了大致上的推断，这些推断有比较一致的，也有不尽相同的；各家所拟定的创作年表自然也不尽相同。这里介绍的是英国前辈莎学家钱伯斯（E. K. Chambers, 1866~1953）所编排，为多数学者接受的一份创作年表（载于他的权威性专著二卷本《威廉·莎士比亚：史料和问题的研究》，1930）：[1]

(1589~1592)　《爱德华三世》[2]
1590~1591　　《亨利六世》中篇
　　　　　　　《亨利六世》下篇

1591~1592	《亨利六世》上篇
1592~1593	《理查三世》
	《错尽错绝》
1593~1594	《泰特斯·安德洛尼克斯》
	《驯悍记》
1594~1595	《维罗纳二绅士》
	《爱的徒劳》
	《罗密欧与朱丽叶》
1595~1596	《理查二世》
	《仲夏夜之梦》
1596~1597	《约翰王》
	《威尼斯商人》
1597~1598	《亨利四世》上篇
	《亨利四世》下篇
1598~1599	《捕风捉影》
	《亨利五世》
1599~1600	《居理厄斯·恺撒》
	《皆大欢喜》
	《第十二夜》
1600~1601	《哈姆莱特》
	《温莎的风流娘儿们》③
1601~1602	《特洛伊罗斯与克瑞西达》
1602~1603	《结局好万事好》
1604~1605	《自作自受》

---

① 转引自 M. Reese："Shakespeare, His World and His Work" 1980 年版修订本，第 398，399 页。
② 钱伯斯的年表中原未列入《爱德华三世》。
③ 在这一创作年表中，与现当代英美学者推断的年份差距最大的可能是《温莎的风流娘儿们》。一般认为这一喜剧可能最初写于 1597~1598 年间，在贵族的受勋典礼场合演出。1601 年剧场首演时，曾加以修订。

	《奥瑟罗》
1605~1606	《李尔王》
	《麦克贝斯》
1606~1607	《安东尼与克莉奥佩特拉》
1607~1608	《科利奥兰纳》
	《雅典人泰门》
1608~1609	《泰尔亲王佩里克利斯》
1609~1610	《辛白林》
1610~1611	《冬天的故事》
1611~1612	《暴风雨》
1612~1613	《亨利八世》
	《两贵亲》[①]

莎士比亚的诗歌创作很难列成年表，有关写作年份的推断，比较有把握、取得莎学界共识的只限于莎士比亚最早发表的两篇叙事长诗：《维纳斯与阿董尼》当写作于1592~1593年之间，《鲁克丽丝失贞记》当在1593~1594年之间。

此外的一些抒情诗篇由于缺乏资料，写作年份几乎无从推断，仅知《热情的朝圣者》原始单行本于1599年问世，《凤凰和斑鸠》首次发表于1601年，《十四行诗集》初版于1609年。

据贝文顿编全集本，《十四行诗集》约写于1593~1603年间；《恋女的怨诉》约写于1601~1605年间。

方 平

[①] 此剧据 D·泽斯默《莎士比亚导读》（Guide to Shakespeare, 1976）所列钱伯斯年表补入。

关于 《托马斯·莫尔爵士》

此剧系当时的手写本,有残缺,现藏不列颠博物馆,作者和写作年代不明,推测作于 1601 或 1602 年。此剧初稿未能通过官方审查,修改后送审,仍未获通过,因此当时始终未能上演。

该稿本由一人誊写,后经修改和多处重写增写,可分辨为五种不同的笔迹,其中第四种笔迹共有三页,经二十世纪的莎学专家们根据莎士比亚特有的拼写法,以及词汇、文体、风格等作了比较,并经著名笔迹专家汤普生(E. M. Thompson)和现存的莎士比亚的六个签名作了认真核对,都认为这三页文字出于莎士比亚的手笔。这一判断如果确实,它当是这位伟大剧作家遗传下来的惟一存稿。

第四种笔迹增写的部分(共 147 行)展现了 1517 年一个"不吉利的五月节"前夕,伦敦下层市民们反对骄横黑心的外国侨民,群情激愤,准备采取杀人放火等暴力行动的场面。托马斯·莫尔当时任伦敦行政长官,由他出面劝喻疏导,平息了这场风波。

此剧曾由英国学府于 1922、1938 年内部演出,直到 1954 年才在伦敦首次公开演出。此剧全文收入西松(Sisson)编《莎士比亚全集》(1953),"河滨版"全集(1974)把包括上述 147 行台词在内的部分内容,收入附录。

方 平

谈素诗体的移植

莎剧是以素诗体（blank verse）为主要艺术形式的一种诗剧。在我们传统的诗词、歌赋、戏曲中并没有与之相对应的一种介乎诗与散文之间、类似歌剧中的宣叙调的体裁。白话的新诗歌从旧格律中解放出来，韵脚、每行字数都比较自由，但并没有形成那种可以和英国伊丽莎白时代的素诗体相对应的、不押韵、不规定每行字数，但又受内在格律制约的诗体。英国的素诗体能不能移植过来呢？试图以诗体翻译莎士比亚诗剧，这是一个关键性的问题。

1948年出版了孙大雨先生的《黎琊王》诗体译本，他提出了（同时也实践了）以相应的音组去移植五音步的素诗体，可说很好地解决了汉语的素诗体的建行问题。这应是从散文译本向诗体译本发展过程中的一个突破性进展。

关 于 节 奏

素诗体的格律由五音步（pentameter）抑扬格（iambic）构成。移植素诗体在五音步的建行问题找到了可行的解决方法后，进一步就得考虑"抑扬格"节奏律了。这可能是一个复杂得多的问题；对于音韵学我苦于所知甚浅，但对于诗体翻译这却是无从回避的问题，因此只能凭这些年来翻译实践的经验谈一点感性的粗浅的想法。

朗读诗歌，伴随着情绪的起伏，诗句很自然地会显示出它内在的抑扬顿挫的韵律感。但是把诗句分解为最基本的单元：单音节的方块字，那么古诗词有平仄之分，今天的普通话分为阳平、阴平、上声和去声。我揣想，这平仄或四声，运用于诗歌的节奏，似乎更多地偏重于方块字的时值（长短缓急），它的量值（抑扬强弱）则是一种必要的，但不一定是同步的配合；再加上词组的构成，一般从一字组到三字组，有长有短，不知是否可以这么说：在格律上，我国诗歌主要以长短格的时值来体现；而表现为量值的抑扬强弱则随着欣赏时情绪上的起伏活跃而自然形成。

在原诗的素诗体中，一轻一重，一抑一扬，是一种格律化了的节奏类型。由于民族语言结构各自不同，译诗难以效仿。译者力所能及的是利用长短格等多种节奏类型，以便更好地取得总体上的节奏感；只是译诗运用长短格，难以和原诗的抑扬格取得一种对应的关系。译诗的节奏格律似可以有下列几种类型：

1. 奇偶参差　　在诗句中交替使用两字组和三字（或一字）组。余光中先生曾在"海峡两岸文学翻译研讨会"（珠海，1992）上举出一个很好的例子，贺知章的七绝《回乡偶书》：

少小离家老大回，乡音无改鬓毛衰。
儿童相见不相识，笑问客从何处来。

四行诗句中的第六字都可以删去，而无损于全诗所要表达的情境，可是节奏类型却从奇偶参差转换为全偶型了，通篇都由两字组堆砌而成，节奏单调滞涩，一首好诗顿时黯淡无光。译诗应注意避免类似情况。试以《罗密欧与朱丽叶》中神父所念的双行骈韵（第二幕第四景）为例：

　　　　Therefore love moderately: long love doth so,

> Too swift arrives as tardy as slow.
> 爱得｜温和，｜才能｜爱得｜长久；
> 感情｜太猛了，｜太瘟了，｜都爱｜不到头。

第一句全是两字组，为避免单调，改为"爱得｜要温和，｜才能有｜爱的｜长久"。奇偶参差，读来效果似乎好一些。

在《爱的徒劳》里，国王对大臣们说道（第一幕第一景）：你们三位——

> Have sworn for three years' term to live with me.

有人译为"已经｜发誓｜与我｜三年｜同住"。是全偶型，似可改为："已经｜立下誓，｜三年内｜和我｜同住。"

2. 长短错落 朱丽叶的父亲这样说他的陷于悲痛中的女儿（第三幕第五景）：

> What, still in tears? / Evermore show'ring?

初译为"还是｜哭个｜不停？／骤雨｜下个｜没完？"都是两字组，不理想，后改为："还是在｜不停地｜哭？／雨还没｜下够？"

前一句是两个三字组（长音组），一个单字组（短音组），有奇无偶似乎同样形成了节奏感。音组的字数可以分为奇偶，也可以分为长短，"长短错落"适用的范围似更广泛些，"奇偶参差"也包括在内了。

3. 全长音组 余光中先生提出"奇偶参差"，实际上促使我们注意避免很容易出现的全偶型的诗行；反之，全奇型的诗行，如下面所举的译诗，完全由三字组组成，似也能形成节奏感。朱丽叶决心拒婚，听说神父有一种能使人假死的药剂，伸出双手说道（第五幕第一景）：

Give me, give me! O tell not me of fear!
快给我, ｜快给我！｜别跟我｜说什么｜怕不怕！

带着表情朗读时, 全句逞"强—弱—弱"节奏型 (最后一组"怕不怕"是"强—弱—次强"), 由于强弱相间有序, 节奏感也就较为鲜明。

音 组 的 划 分

音组的划分, 似有一定的随机性。同一句话, 随着语调的变化, 重音的移位, 可以作不同的音组划分。例如《第十二夜》第三幕第一景:

Your servant's servant is your servant, madam.
你仆人｜的仆人｜就是你｜的仆人, ｜小姐。

这是符合剧情需要的读法, 第二个"你"字重读; 如果重在说理论述, 重音落在"就是"上, 音组可划分为:"……｜就是｜你的｜仆人, ｜小姐。"

又如《奥瑟罗》第三幕第三景:

Have you a soul, or sense?
你｜有一颗｜灵魂吗？｜你｜有感觉吗？

全句突出的是"你", 是一种责问的语气, 而不是一般的询问句:"你有｜一颗｜灵魂吗？｜你有｜感觉吗？"

调 节 和 变 通

莎士比亚时代的语言处在中古英语向现代英语发展的过渡阶

殁,语言还没有完全定型,在莎士比亚这位语言艺术大师的手中,语言更显示出一种富于活力的弹性。因此在莎剧中我们常可以看到,为了适应格律的要求,语词在读音、拼法上会有一些很方便的变通。例如作为过去式动词后缀的"ed",根据节奏的需要,朗读时往往含混过去,成为"'d"(不占音值),例如《理查二世》第一幕第一景:

> I am disgrac'd, impeach'd, and baffl'd here.
> 眼前我 | 受到了 | 侮辱、| 污蔑 | 和诽谤。

但有时又由于节奏的需要,清晰地念成一个音节(常写作-èd"),例如《爱的徒劳》第二幕第一景:

> That agèd ears play truant at his tales,
> And younger hearings are quite ravishèd.
> 叫年老的 | 长者 | 听了 | 忘乎其 | 所以,
> 年轻人 | 个个 | 都听得 | 心花 | 怒放。

由于节奏的要求而有意掉落音节,打开莎剧,俯拾皆是,已不是特殊的例外,例如't will = it will, "tendering"紧缩为"tend'ring"等。有意思的是在《爱的徒劳》中,牧师朗读了一首诗,塾师批评道:"该掉音节就得掉,这个你不懂了,因此抑扬顿挫就不对劲了。"(You find not the apostrophus, and so miss the accent. 第四幕第二景)简直把"掉音节"作为节奏鲜明的不二法门了。我国旧诗有"一三五不论,二四六分明"之说,这"掉音节"也属英国诗律的"不论"之例吧。这里只举一例来讨论。罗密欧与朱丽叶双双殉情后,神父向亲王供述真相(第五幕第三景):

> Ănd shé, thĕre déad, thăt's Rómĕo's fáithfŭl wífe.

殉情的 | 她, | 是罗密欧 | 忠诚的 | 妻子。

原诗中第一个"'s"是"is"的压缩形式，不占音值；译诗没有这方便，"是"只能作为轻音依附于后面的音节。还可以注意，在多数情况下，"Romeo"读作两音节，但是"Wĭthōut thăt title. Rómĕŏ, dóff thy năme."（第二幕第二景）似作三音节处理，而且抑扬格随之变通为扬抑格。

莎翁运用素诗体，在抑扬格五音步之外，有时还附加一个轻音，称做"轻尾音"（feminine ending），例如《暴风雨》中的女主人公蜜兰达说道："I do not know/Óne ŏf my séx; nŏ wómăn's fáce rĕmémbĕr."（第三幕第一景）最后一个音节"-ber"是正规格律之外的轻尾音。

《安东尼与克莉奥佩特拉》中的主人公指责他的政敌恺撒不该"重新向庞贝开战；还立下遗嘱，／当众宣读。"（第三幕第四景）

Nĕw wárs 'găinst Pómpey; máde hĭs wĭll, ănd réad ĭt.

这一诗行中，为了迁就音步，"against"掉落一个音节，成为"'gainst"，句末的"it"是附加的轻尾音。有时甚至在句末附带着两个轻尾音，例如《查理三世》第二幕第二景：

Why with | some lit | tle train, | my Lord | of Buckinhăm?

为什么 | 派小队 | 人马呢, | 白金汉 | 勋爵?

请注意"little"在这句中似读成两个音节。在莎翁的诗剧中，附加的轻尾音出现的频率，成熟期和后期的作品明显地高于早期的作品。据柯尼格（König）的统计，在《爱的徒劳》中只占总诗行数百分之七点七，《李尔王》占百分之二十八点五，最后的剧作《暴风雨》占百分之三十五点四。这意味着随着艺术上日趋成熟，素诗体在莎翁的手里越来越显得富于弹性和灵活性，因此也格外地运用自如了。

在《理查三世》中还出现一些六音步的诗行（多出一音步），例如第三幕第五景："Tell them | how Ed | ward put | to death | a cit | izen."（告诉 | 他们， | 爱德华 | 曾怎样 | 杀了个 | 平民。）

看来，莎翁运用素诗体，并没有强求绝对整齐划一，规范的模式之外，容许稍有变通，容许偶尔有所出格，作为调节，甚至作为对模式的一种机动的补充。这样，既有整体上的规律性，又有局部上的相当的弹性和灵活性。也许这就是诗的艺术吧。

把英国的素诗体成功地移植过来，必须在我国传统的诗词模式之外创建一套相应的新型的格律。这不是一件轻而易举的事；这里有前辈学者兼诗人的心血和努力。但是具备了规模，切实可行了，在实际运作中，并不是一切都迎刃而解了，会遇到一些具体的困难，需要进一步斟酌。我作为一个译者，考虑得较多的是，在整体性的规律之外，是不是容许有局部性的变通和出格，作为机动的补充，像莎翁的原诗那样？这里举一例子。《仲夏夜之梦》中有一很著名的段落，描述诗人异常敏感的眼光（第五幕第一景）：

> Doth glance from heaven to earth, from earth to heaven.
> 从天上 | 看到 | 地下， | 从地下 | 直望到 | 天上。

原诗有两个"heaven"，想必念成"heav'n"，第二个音节都含糊过去了，否则这一诗行就出格了，成为六音步（而且于抑扬格不合）。这里就是原诗的变通。试看译诗，对原诗可说词词照应，并没多余的字，但却多了一个音组（六音组），不理想。我想，原诗既有所变通，而译诗没有这"掉音节"的方便，多出了一个音组，是不是同样可以得到容许，以"合理的"出格视之呢？

我国杂剧中的词牌，字数有明确规定，但容许使用衬字作为调节，例如"我只见山叶翠模糊，山花红馥郁，更有那山桃、山杏遍山峰。"（《豹子和尚自还俗》）。民歌也使用衬字，如"北风那个吹，雪花那个飘。"（《白毛女》）我们移植素诗体，也许同样需要有一种弹性的、灵活的调节手段。能不能借鉴戏曲的"衬字"呢？试举例说明。劳伦斯神父叫罗密欧别忘了他当初失恋的情景（第二幕第三景）：

If e'er thou wast thyself, and these woes thine.
如果你是 | 你本人， | 那悲伤 | 是你的 | 感情。

"如果"作为衬字，轻念，像乐谱上的装饰音符，在理论上不占时值。请注意原诗中把"ever"压缩为单一音节的"e'er"，也是灵活处理。

后来神父又这样慰劝遭到放逐的罗密欧（第三幕第二景）：

A genthler judgement vanished from his lips:
Not body's death, but body's banishment.
亲王 | 只是 | 宣布了 | 温和的 | 判决，
不是那 | 肉体的 | 消灭， | 只是人身的 | 放逐。

原诗"not … but"各占音步中的一个音节，译诗却需要两个音组："不是……只是"，这里把"只是"作为衬字处理，不作为一个音组；否则就得另译为："不消灭 | 肉体， | 只是 | 人身的 | 放逐。"这样改动后，音组整齐，文字也通顺，但不像前译那样贴紧原诗的句式结构，上下句对称；这就和朱生豪散文译本相去不远，朱译传达了原诗的意义，而不注重原诗的结构模式："他并不判你死罪，只宣布把你放逐。"

在逼婚一场中，泪痕点点的朱丽叶说道（第三幕第五景）：

And joy comes well in such a needy time.
What are they, beseech your ladyship?
太多的 | 悲痛， | 欢乐 | 来得 | 正是时候。
请问 | 妈妈， | 你又有 | 什么 | 好消息呢？

按理，上句完全可以译得很正规，无需添加衬字："……欢乐 | 来得 | 是时候。"但是考虑到下句明显地带有口语化、散文化的倾向，而上一行却节奏鲜明，是地道的诗句；有意识地加上衬字"正是"，为了弱化过于鲜明的节奏感，求得上下句语气的协调。

在阳台上羞红着脸的朱丽叶向闯入花园的情人吐露道（第二幕第二景）：

Thou knowst the mask of night is on my face.
多亏 | 黑夜 | 给我 | 披一层 | 面纱。

译诗是很正规的五音组，可是我甚至希望一位优秀的女演员念到这里，能加上两个衬字，在这温馨的月夜，在这柔情如水的时刻，使语气格外舒缓轻柔些："幸亏 | 黑夜 | 给我 | 披上了 | 一重面纱。"

作为衬词，以语气词居多，如以下两例。奥菲丽雅的父亲盘问她和王子的关系（《哈姆莱特》第二幕第一景）：

What, have you given him any hard words of late?
你最近 | 冲着他 | 说过 | 什么生硬的 | 话吗？

儿子向轻生的父亲说道（《李尔王》第四幕第六景）：

Hadst thou been aught but gossamer, feathers, air.
你 | 又不是 | 什么游丝、 | 羽毛、 | 空气。

单相思者苦求拒绝他的少女道（《仲夏夜之梦》第三幕第二景）：

O, why rebuke you him that loves you so?
噢，人家 | 对你 | 这么爱， | 你却 | 只管骂！

在前两例中，作为衬字的"什么"都可有可无，为求格律的齐整，可以拿掉；不过加上了，神态语气，似乎更舒畅些。请注意这两例的原诗，格律上也都有权宜之处。第一例中的"of"轻念，不占时值（也可称之为"衬字"吧）；第二例中的"gossamer"为了和节奏合拍，当读成"gos'mer"，掉下中间的音节，或者把它念得很含糊。

等 行 翻 译

德国著名学者施莱格尔（A. W. Schlegel）早在十八世纪末、十九世纪初（1797~1810），以等行翻译的原则译成十七个莎士比亚诗剧，受到高度的评价。在我国，前辈孙大雨先生致力于解决素诗体的建行问题的同时，对于等行翻译并未加以考虑。由于诗人的气质，他译《黎琊王》，追求一种淋漓尽致的酣畅，因之常不受原诗行数的约束，例如蔼特蒙向造化女神呼吁的一段独白，原诗为22行[①]，译诗扩伸为27行。在我国，等行翻译这一原则首先见之于卞之琳先生在他的译本《哈姆莱特》（1956）提出："译文在诗体部分一律与原文行数相等，基本上与原文一

---

① 指第一幕第二景第1~22行。

行对一行安排。"（"译本说明"第三页）而且在他的严谨的译本中确是这样做到了。第二年，吴兴华的诗体译本《亨利四世》上下篇问世，吴先生在卷首有关说明中，并没提出这一问题；但对照原文，可以看到译本中的素诗体部分也是以等行翻译为原则的。

有些诗行似乎并不需要花费译者太多心力，译出来现成就是五音组。例如《罗密欧与朱丽叶》中一对有情人双双殉情，亲王来到现场，说道（第五幕第三景）：

Seal up the mouth of outrage for a while.
别只顾 | 大哭 | 小喊了，| 暂且 | 闭上嘴吧。

在花园幽会一场中，朱丽叶问阳台下的情人，花园的围墙是那么高，怎样闯进来的？罗密欧回答道（第二幕第二景）：

For stony limit cannot hold love out,
And what love can do, that dares love attempt.
砖石 | 休想 | 把爱情 | 挡住在 | 边界外，
爱情 | 敢于 | 想望的；| 爱情就 | 敢于闯。

这一著名悲剧共有四百一十多行韵诗（包括三首十四行诗）都必须等行翻译；素体诗占全剧二千多行，绝大部分拙译做到了和原诗等行。有时甚至还有绰绰有余、等行不难之感，例如《理查三世》中有这样两行（第一幕第三景）：

They that stand high have many blasts to shake them,
And if they fall, they dash themselves to pieces.
树大 | 招风，| 大人物 | 乃众矢 | 之的，
他们 | 一旦 | 倒下来，| 就粉身 | 碎骨。

爬得越高，跌得越重，是英国当时常有的说法，译文借用我国成语"树大招风"（"风"呼应原文"blasts"），概括了整个一行的意义，"大人物乃众矢之的"，其实是为了足句而添加的补充性译文。

有些诗行，稍加处理，放弃非实质性的、可有可无的词儿（语气词等），也可以做到等行翻译。试以《驯悍记》为例，这里是两个"情敌"间的口头较量（第一幕第二景）：

Perhaps him and her, sir, what have you to do?
是她 | 和她爹， | 又怎样？ | 跟你 | 相干吗？

为了符合节奏的要求，原文"Perhaps"可能需要掉一音节，读成"Perh'ps"，译文则限于音组，把"sir"掉落了。以下是丈夫同意带新娘回娘家去（第四幕第三景）：

Well, come my Kate, we will unto your father's.
来吧， | 凯特， | 咱们到 | 你父亲 | 家去吧。

原诗多一个轻尾音，"父亲的家"又可以很方便地压缩为"father's"；译诗的变通是把"well"，"my"两个词儿掉下了。在《理查三世》里，理查曲意讨好安妮贵夫人（第一幕第二景）：

Teach not thy lip such scorn, for it was made
For kissing, lady, not for such contempt.
别把你 | 小嘴巴 | 噘得 | 那么高， | 这朱唇，
天生是 | 给人吻的， | 哪能 | 这么 | 憎恨人。

限于音组，"lady"（贵夫人）未能译出，用"小嘴巴"暗示是年轻的女性。

诗是语言的艺术，贵乎精练含蓄，等行翻译的好处是在往往会感到不够周旋的五音组的局限内，促使译者在语言方面下更大的功夫，作更多的推敲，每个字都掂着斤量使用，充分发挥归宿语的潜在的表现力。此外，我又有这样的体会。译者全心全意投入他的工作，几乎达到和原作者合二为一的理想境界，这本该是好事；但这一份难得的热情有时难免会膨胀成创作欲的冲动，使他超越了本分，反客为主，作了创造性的发挥；现在由于音组、字数（大致上从十一字到十五字之间）都有限制，而且要求等行，这艺术形式上的一丝不苟能起一种"保护性"的抑制作用。

但另一方面也不能不看到，由于东西方的语言表达的方式、习惯，以及文化背景存在着很大差距，在文学翻译中，表情达意的语际转换有时需要有一些铺垫，补充，以至引申。尤其是莎士比亚的诗剧，语言格外地精练浓缩，有时着墨不多，寥寥数字，而载负特重，不是三言两语所能道尽；不用说，对于译者更是极大的考验。因此就整体而言，自始至终，要求信守不渝等行翻译的原则，不考虑有所变通，实际上有很大难度。例如《第十二夜》中有这么一句话："Do not temp my misery."（第三幕第四景）朱生豪译文比较灵活："别看着我倒霉好欺侮。"原诗三音步（加轻尾音），朱译放进诗体译本是现成的三音组（最好删去"着"），但对原文的体贴不够，是一种以桃代李的近似译法。如果不贪图方便，力求表达原文内在的含义，我所能做到的只能是添字读经，把译诗扩伸为一行半（七个音组）：

别把我 | 的苦难 | 再往 | 深处推，| 逼着我
发作起 | 火性子。

如果是译小说，有了上句也就够了，下句是未出口的潜台词，可以加注说明："意谓别逼得我忍无可忍"；甚至还可以点出《圣经》中屡有不可暴怒的告诫（如《马太福音》第五章），因

此这句话透露出一种克制的、讲道理的口吻，意谓别引诱我去触犯耶稣的告诫；这样就更地道，把"temp"（引诱）这个词的真义也交代清楚了（回头再看朱译，就觉得语气之间，似锋芒太露）。但戏剧要让观众一下子听明白，没有这方便。

《皆大欢喜》中有一个叫菲比的村姑，对爱慕她的同村小伙子十分傲慢，有一次，女主人公罗瑟琳这样指责她："She Phebes me."（第四幕第三景）这句话太出格了，把人名当作及物动词使用，意义是不难明白的，但语气很难译出。朱译本意译为："她向我撒野呢"。我再三推敲，译作"她做菲比做到我头上来了"。取其"做到我头上来"保持了原文的句式结构："及物动词+受格"。译诗长达十一字（四音组），而原诗只有简短的三个字（二音步）。

理查派杀手去谋杀三哥，狱中的三哥求情道，他四弟会因忏悔而痛哭流涕，杀手讽刺道（《理查三世》第一幕第四景）：

> Ay, millstones, as he lesson'd us to weep.
> 说得好，会哭出了磨石——他开导我们：
> 别掉什么泪，要哭，掉下磨石吧。

这是用冷峻的语气道出理查的铁石心肠，要做到等行翻译太难了；为了便于读者理会，这里不得已添上一行，把没有说出的含意也"翻译"出来了。①

喜剧《第十二夜》快要大团圆时，公爵轮流注视着他面前的一对孪生兄妹，惊呼道（第五幕第一景）：

> One face, one voice, one habit, and two persons!
> 一模｜一样的｜脸蛋，｜一样的｜声音

---

① 有人译为："呃，石块，他倒教过我们落泪呢。"（《理查三世》，"人文"版，1959 年，第 47 页）形式上保持了一行，但恕我直言，不知所云。

一式的 | 穿着, | 却化成了 | 两个 | 身子!

原诗只一行,译诗却扩伸为两行,应是憾事;压缩一下,一行还一行,也许还可以做得到;我想到的有两种译法:"脸蛋同,声音同,衣着同,却是两个人!"或者:"两个人!——脸蛋,声音,衣着,都一个样!"前者语气局促些,情趣不免淡薄了;后者实际上是打散了原来的句式结构,重行组装,这改头换面的译法,除非万不得已,译者竭力避免。

哈姆莱特的母亲劝慰他道:"为什么偏是你却好像这么看不开呢?"王子的回答针锋相对(第一幕第二景)

Seems, madam? Nay, it is. I know not "seems."
"好像", | 母亲? | 不, | 就是 | 这回事呀。
我不懂 | 什么叫 | "好像"。

译诗近乎字字对应,可说并没添加什么,但需要八个音组,似乎没法更紧凑了。再看卞先生的译文,很简洁,保持一行对一行;但是原诗的"madam","it is",我认为最好保留或者应该保留的词、句(尤其"it is",语气激烈,说到这里情绪上顿时掀起了高潮),由于必须压缩,被省略了:"好像? | 不。 | 我不懂 | 什么叫 | '好像'。"

等 行 还 是 等 值:一 种 选 择

从以上两例看来,艺术形式上的对等(等行),还是语气、语意、语境,或是句式结构上的对应,在译莎过程中,有时会是一种不能回避的选择。下面进一步讨论,仍以《哈姆莱特》为例。大臣普洛纽斯在国王和王后跟前夸下海口(第二幕第二景):

> Take this from this if this be otherwise.

请注意，这短短一句话，接连叠用三个"this"，突出了说话者的爱卖弄，爱饶舌，使人如闻其声。拙译着意照应这三个"this"（却做不到完全直译），诗行因之扩伸了两个音组：

> 我这话｜要是｜说错了，（指自己的头，又指自己的肩）
> 就把｜这家伙｜从这老家｜搬走吧。

卞译还以对等的五音组，原义保持了，但在语气的力度上，由于舍弃了一个"this"，似有所削弱："要是我说错了，把这个从这儿拿掉吧。[自头指肩]"① 再以《奥瑟罗》为例。深夜，威尼斯元老发觉爱女出走，人去楼空了，惊呼道（第一幕第一景）：

> Raise all my kindred. Are they married, think you?
> 把一家｜大小都｜喊起来——照你看，｜他们结为｜夫妻了吗？

译诗为七音组（扩伸二音组）；卞译为了补偿前译已扩伸的音组，这一行只能压缩为三音组，更缺少回旋的余地，"all my kindred"、"think you"，都舍弃了，译成："都起来！｜他们｜成亲了吗？"替台上的演员着想，念这行台词也许干巴巴了些；使人感到，等行翻译有时不免会付出太大的代价。

施莱格尔遵循等行原则翻译莎剧的素体诗；一般说，德语词较英语词为长，因此要保持诗行的五音步有时难免会遇到困难

---

① 卞先生精心翻译的《哈姆莱特》(1956) 是诗人译诗剧，译文凝练、贴切，处理灵活而字句有照应，又富于节奏感，使人钦佩；这里所举几例，只是一种商榷：绝对的、没有变通的等行翻译，有时是否会妨碍了译者更好地发挥他的才华？

（在初译阶段，他曾尝试以六音步翻译素体诗），逢到原诗行的容量不能完全纳入德语十音节的诗行中时，这位著名的德译者常考虑舍弃原诗中一些次要的词语。例如："The majesty and power of law and justice."（《亨利四世》下篇第五幕第二景）"majesty"和"power"这一对词组，他认为在这里意义相近，为了照顾音步，只译出前者，把后者舍弃了[①]。不过我认为这里的词组对称表现出一种修辞色彩，一种出言吐语的气派，体现着说话者的身份（大法官）。所以我更欣赏吴兴华先生的译诗，他把两组对称的近义词都译了出来（施莱格尔都只译其中之一）："忘记了法律公理的威严和力量。"

等行翻译，我想一个莎剧译者应该首先把它看作一个功力问题，一种应该全力以赴去接受的挑战；但另一方面，也要看到实际存在着的困难。有时候，等行还是不严格等行，并非纯属功力的问题，也可以是"等行"还是"等值"（或"近值"）的选择问题。也许这并不是惟独莎剧译者才会碰到的一个很特殊的问题；形式和内容，在文学史上（尤其在诗词领域里）经常会引起不同的看法，以致有所争议。

例如明朝戏剧家沈璟属于格律派，要求中规中矩，不越雷池一步，提出"宁协律而词不工"，而同时代的戏曲家汤显祖看重的是戏曲的"意趣神色"，提出"如必按字模声，即有窒滞逆拽之苦，恐不能成句矣！"当然，在四个世纪后的今天，可以看得比较清楚了，究竟谁作出了更有见解的选择。给后世留下宝贵的文学遗产的毕竟是《牡丹亭》的作者汤显祖，而并不是从格律上诟笑汤显祖的沈璟。

英国素诗体的移植，在我国已找到了方向，有了可喜的起步和发展，成就不小，但似乎还不能说已经成熟到从原则至细节一

[①] 引自郑福同：《施莱格尔是怎样翻译莎士比亚戏剧的》，载《莎士比亚研究》第4期（1994），第401页。

切都已迎刃而解了。还没有作全面深入的探讨，还处在各自继续进一步探索和积累经验的阶段，因此不必急于就在目前对不同的选择、追求和努力，作出过早的评判。以下所谈的，局限于自己的一点感受和体会而已。

几十年翻译实践，感受最深的一点是不能不承认，文学翻译毕竟是一种遗憾的艺术。尽善尽美是我们所追求的理想，翻译经典名著，更应该有个高标准挂在眼前；但也不能期望自始至终都是使人应接不暇的神来之笔，都达到了形神兼备；总有力所不及的时候，总有不得已而作出存形还是传神的选择的场合。我们向翻译家要求的是上好的译品，或者可取的译本，而不必是理想的范本。这是一种宽容，一种谅解（知道译者已尽了很大的努力），也是一种雅量：承认遗憾是一种普遍性的存在，不独译事为然。在译者这一方面，是不是也需要一种较为宽松的认识，不因为有了理想化的规范，就把这种追求绝对化了。

以严格的五音步、严格的等行翻译，移植莎剧的具有弹性的、不回避变通的素诗体；没有调节，没有灵活变通的辅助手段，这整齐划一，有时候会不会招致另一方面的损失呢（例如不得不把一些实质性的内涵也割爱了）？这样岂不在着意追求形式上完美的同时，产生了另一方面的缺憾呢？

在有些两难的场合，我宁可退而求其次，有所妥协，有所权宜，遗憾是明显的，这自然是很不得已；所希望的是，有所失的同时也有所得，这就不完全是遗憾，同时也是一种选择了。

方　平

关于体例

说明和讨论

莎剧全集的原始版本（"第1对开本"，1623），收三十六个剧本，分列为喜剧、历史剧、悲剧三类。历史剧十种，以《约翰王》为首，其余各剧按叙事年代前后依次排列，其他两类各剧次序，无规律可循，如《暴风雨》是莎翁晚年之作，却列在卷首。后世所出莎士比亚全集，戏剧编目，绝大多数（包括我国"人文版"《莎士比亚全集》）以之为规范，成为传统。

"剑桥版"全集（1863～1866，九卷本）按照创作年份排列，以《亨利六世》三联剧开始，以《亨利八世》结尾，[①]自成系统，较为合理，但不便于检索；再说，莎翁创作年表学术界已建构起一个大体上的轮廓，但其间个别细节，各家互有出入，还不能说已成定论，以之编目，不完全妥善。

贝文顿编全集本（1992）编目，采取折中办法，仍分喜剧、历史剧、悲剧三类，另分出传奇剧一类；各类戏剧都按创作年份先后排列；列于卷首的是《错尽错绝》，而以《暴风雨》（作为传奇剧）结尾。这一编排方式较早的"河滨版"（1974）先已采用，由于收入三十八个莎剧，以传奇剧《两贵亲》结尾。

我们这套全集，如果是一卷本，或者虽是多卷本，而由一位译者独力完成（像梁实秋先生那样），肯定会参照这两部当代的全集本编目，因为最为妥善。但由于这是几位翻译家合作的多卷本全集,又吸收方平已译莎剧九种(已修订)及吴兴华译本两种(已校订),在考虑戏剧体裁、创作年份之外,还得照顾译者,使尽可能自成一卷,卷与卷之间的切割,还有一个容量大致上平衡的问题,因此遗憾的是,编目、分卷未能完全做到合情合理,这是应向读者致歉的。

1709年,第一位莎剧编纂者尼古拉·罗(Nicholas Rowe, 1674~1718)出版了六卷本莎剧全集,每一莎剧之前都必列出"剧中人物"。这一体例是从他开始的。原始版本(对开本)只有八个戏剧附有人物表,绝大多数剧中人物表是由尼古拉·罗给加上的。人物表的排列方式是:男女角色划分为两块,男前女后;又以社会等级身份为次序,帝王将相,或是父老尊长居先,仆役杂色人等则归入最后一行。这一模式为历来的版本所沿用,奉为传统;但不合情理之处是明显的。

试以《罗密欧与朱丽叶》为例,一对情侣是全剧的男女主人公,命运把他们俩紧紧捆绑在一起,但是在传统的人物表上,直到第七个人名才出现"罗密欧",再隔开十五个人名,也就是说,直到人物表的最后第二人,才出现朱丽叶的芳名。

较为合理的人物表应该从戏剧本身出发(而不是从人物的性别、等级出发),在戏剧情节中占中心位置的男女主人公尽可能安排在头里,把密切相关的人物编为一组,同时又照顾到人物出场的先后次序,这样编排,可能更便于读者的参考。

编者从翻译第一个莎剧《捕风捉影》(1953)开始——以后三十多年间续出的好几种莎剧译本也都这样——人物表不采取传统格式,而自出心裁,按照上述设想,另行编排。

后来编者惊喜地发现,原来当代好几种莎剧版本,像贝文顿编全集本等,都不再一成不变地沿用罗氏所编订的人物表,而各

---

① 编者所见为美国 The Blakiston 书店出版的一卷本"剑桥版"全集(1936)。

自作出较为合理的编排。如学术气息最为浓厚的"新亚登版",较早的单行本,像《亨利五世》(1954)人物表仍遵循传统模式,而后出的几种,像《哈姆莱特》(1985)人物表就另行编排了;最有意思的是《理查二世》(1956)、《理查三世》(1994)两种单行本按照人物出场先后为序编排"剧中人物",自成体系。

编者在1993年以后所译十二种莎剧,人物表的编订都参照了贝文顿编全集本,同时还向各位参加翻译全集的合作者推荐,尽可能参照或采用这一全集本的人物表。吴兴华先生生前所译《亨利四世》上下篇的人物表,为谋求这新全集有较为统一的面貌,由编者参照贝文顿本重行编订。

翻开萧伯纳的喜剧《武器与人》(1989),一开头就是一整页场景说明:这里是一扇落地长窗,开窗就是阳台,在阳台上望得见星光底下白雪皑皑的巴尔干山脉……

跟这么考究的舞台美术装置、舞台照明一比较,莎士比亚当时的舞台只能说是因陋就简了。它没有大幕,没有布景(只有很少的道具),舞台照明更谈不上了。在演出过程中,甚至场景都不是固定的,跟我们传统的京剧舞台倒有些近似,借助于观众的想像,"移步换景",或"景随情移";正因为不用搭景、换景,当时露天舞台的演出有极大的灵活性,一场紧接一场,一气呵成,戏剧节奏流畅紧凑。

这因陋就简(或者不如说,这与写实手法异趣的另一种戏剧体系),反映在莎剧的原始版本上,只有人物的上场下场,往往不分幕,不分景(或只分幕不分景),自然也不会有场景说明。

今天我们所见到的莎剧都正规地分幕分景,这是尼古拉·罗在十八世纪初为后世众多莎剧版本所确立的体例;场景说明也是罗给加上的。

随着现当代英美舞台上倾向于恢复原先的虚实结合的手法来演出莎剧,现当代的莎剧编者相应地开始考虑,另加场景说明有无这必要。"河滨版"及贝文顿主编的这两种全集本，正文都已取消场景说明，另加一脚注，说明一下场景所在地。在现当代单行本莎剧版本中，就编者所见，只有普及型的"印鉴版"（Signet Classic）仍保留场景说明，其他像"新剑桥版"、"新亚登版"、"新牛津版"以及"人文版"等等都恢复原始版本的面貌，已无场景说明，也不另加注说明。我们这套全集为阅读方便，仍保留场景说明，不过编者所译或所校订的译本都已作了淡化处理，如"廖那托家中另一室"简化为"室内"等。

《捕风捉影》开演，人物上场，原始版本（"四开本"和"对开本"）上这样写道：

　　［墨西拿总督廖那托，其妻依奴干，其女喜萝，其侄女贝特丽丝，偕使者上］

同样地，《错尽错绝》中的人物上场，原始版本（对开本）也往往表明人物的身份：

　　［安提福之妻阿德里安娜，她的妹妹露契安娜上］
　　［安提福，其仆德洛米奥，金匠安哲罗，商人鲍尔萨扎上］

　　人物初次上场，读者还没印象，顺便带出他（她）的身份，不失为可取的办法，免得读者时时翻查前面的人物表（阅读剧本，这是最麻烦的事）；拙译本有意识地以之为范例，尽可能在人物初次上场时把身份也同时表明了。

　　历史剧情节复杂，人物众多，如《亨利四世》下篇，有名有姓的人物就将近四十个，再加上那许多达官贵人各有一串爵位头衔，更增加阅读难度。编者有鉴于此，如有可能，总是设法简化人物称呼，如《理查三世》中，约克公爵夫人、小约克公爵，简化为"太后"、"王子"；伊丽莎白王后、玛格丽特王后，她们的说白，不标其名，仅标以"王后"、"寡后"，使读者一目了然。

四十年代初，曹禺先生以生动流利、富于表情的语言翻译了悲剧《柔蜜欧与幽丽叶》(1944)。他本人是著名的戏剧家，又是应剧团之请，为上演而翻译这一悲剧，因此更多地从舞台剧着眼，创造性地在译本中增添一些为通行版本所没有、而自有其需要的舞台指示，给读者以有帮助的启发。他在序文中明确表示一个愿望："使我们的读者更容易地接近莎士比亚，因此在各种莎士比亚的译本中，认为也可以有这样一类的译本，如果译本中那些添进去的'说明'可以帮助人来了解莎士比亚，而不是曲解他。"

当年朱生豪先生据"牛津版"翻译《驯悍记》，似乎也感觉到原版本的舞台指示过于简略，会造成理解上的困难，但又不便打破成规；有意思的是他在译文中灵活地作了补充说明，例如：

Nay, look you, sir, he tells you flatly what his mind is. （第一幕第二景）

霍坦西奥大爷，你听，他说的都是老老实实的真心话。

这"霍坦西奥"原文所无，加上了，读者可以明白，是在跟谁说话（在场有三个人）。另有几处译文，特地加上人名，该是出于同样的考虑：

I pray you, sir, let him go while the humor lasts. （第一幕第二景）

霍坦西奥大爷，你让他趁着这个兴致就去吧。

Neighbor, this is a gift very grateful, I am sure of it. （第

二幕第一景)

巴普提斯塔先生,我相信您一定很乐意接受他这份礼物。

如果添上舞台指示,译文可以和原文完全对应,无须另添人名了:

(向霍坦旭)可不,听着,大爷,他把心里话都掏出来跟你说了。

(向霍坦旭)求你啦,大爷,让他去吧——趁着他这股热劲儿。

(向巴普蒂斯塔,指乔装的卢森修)乡亲,我敢说,这好算得一份表心意的"见面礼"了。

在我国莎剧译者的长长的行列中,很可能曹禺是第一位有意识地把作为案头阅读的莎剧和舞台演出密切结合起来,这是符合莎剧研究的发展趋向的。

英美现当代莎学研究所取得的新成果之一:强调莎剧和舞台演出之间的密切关系——当初这些戏剧原是为了剧团演出而写的。在当代学者们的心目中,戏剧大师莎士比亚的形象取代了十九世纪浪漫主义评论家们心目中的诗人兼哲人的莎士比亚的形象。英国莎学专家布朗这样认为:"人物性格的分析和主题思想的探索不妨慢一步,首先要让剧本在读者的心目中有声有色地活跃起来。"

他的意思是说,把莎士比亚的戏剧仅仅当作文学作品,当作一种对话体叙事诗篇来阅读是不够的;这样,戏剧中的一些有意义的关节会被忽略了,或者不能得到确切的理解。读者在阅读过程中最好运用自己的想像力,仿佛看到戏剧就在眼前演出,而且就像是台下的观众似的作出反应。他甚至要求"我们阅读和研究莎剧,应该就像在排练莎剧似的"。[1]

---

[1] 以上两段引文见 J. R. Brown: "Discovering Shakespeare" (1983) p. 1.

他的这些见解对于莎剧译者同样有启发性。莎剧译者要很好地完成自己的任务，除了文字的琢磨推敲外，在翻译过程中恐怕也有个进入角色、进入戏境的问题（想必曹禺在译《柔》过程中，戏剧仿佛就在他眼前演出吧）；否则有时就不容易把握人物的语气，译文难以处理得恰到好处，难以传神。

要在自己的想像世界中，把作为文学读物的莎剧还原为舞台上的戏剧，无论对于译者还是读者，存在着这么一个障碍：原始版本的舞台指示太不充分了。我们知道，莎士比亚的创作生活和舞台生涯是分不开的，始终打成一片，因此在他的手稿上为人物详细注明动作、表情，以及应用的道具等，并非必要，因为在排练过程中随时可以给演员和舞台工作人员必要的口头指示。可注意的是莎翁晚年所写的几个戏剧（如《科利奥兰纳》、《暴风雨》等），由于当时可能不在伦敦，或已隐居故乡，无从当面指点，舞台指示就较为详细。

十八世纪的莎剧编订者为阅读的方便，给莎剧补充了必要的人物上下场，增添少数舞台动作，为后出的各种版本所沿用；但应该说，目前一般的莎剧版本上的这一些舞台指示还是过于粗疏的。

这里可以举《李尔王》第四幕第七景中的一个例子。埃德加在决斗中杀死一名爪牙，从他身上搜出一封密信，读后说道：

> 等时机来到，我要叫险遭毒手的
> 公爵睁开了眼睛，读这封黑信。
> 也是他运气，我可以这么告诉他：
> （转向尸体）
> 你死了；你生前干的好事。

如果不加上（转向尸体）或类似的动作说明，把这几行台词一起念下去，容易产生误会，以为"你死了……"是冲着公爵而说的。

如果在正文中审慎地、画龙点睛地加上一些简明的舞台指示，把台词和人物的动作、神态密切结合起来——就像哈姆莱特对一群艺人所说的："用动作配合字句，用字句配合动作"；或借用我们说唱艺术的行话，所谓"表""白"相生，我相信将有助于一般读者的欣赏和理解。

　　还有这样的情况，"舞台指示"的充实甚至是翻译本身的先决条件。在某些场合如果不首先辨明这段台词究竟是以怎样的语气、神态，对谁说话，会感到无从下笔。这在一些情节紧张、人物关系复杂、语气局促（表达不充分）的情况下尤其如此。例如《李尔王》最后一幕，爱德蒙在比武场上中剑倒地，主持决斗的公爵随即说道："Hold, Sir."（第五幕第三景）"印鉴版"加注："对爱德蒙而言"，似可译作："拿着，大爷。"（指把密信塞进他手里）"新莎士比亚版"认为是对胜利的一方埃特加而言（贝文顿本加注："也许对埃特加而言"），那就得译作："且慢，大爷。"

　　吴兴华先生以一位治学严谨的学者风度曾在自己的莎剧译本中声明："在舞台说明方面比较简略……除古本原有的及已被普遍接受之外；不作任何臆测性的增添。"确是应该注意，防止过多地插入描述性的语言，把莎剧打扮成现代的电影文学剧本；但似乎不能认为适当增加的舞台指示都纯属臆测，有一些是结合上下文的语境所作出的推断，试从《捕风捉影》第四幕第一景以男女主人公的一段对话为例：

　　　　——再见吧。
　　　　——（追上去，抓住她的手）慢着，好贝特丽丝！
　　　　——就算我身子留在这儿，我的心儿早已飞走啦。

　　"追上去，抓住她的手"这一舞台动作是参照"新莎士比亚版"以及"法兰奇演出本"加上的，应该说是可信的、需要的，否则女主人公接着所说"就算我身子留在这儿……"将无所衔接，不好理解了。

《罗密欧与朱丽叶》的一个例子更能说明问题。广场上在进行决斗，罗密欧冲过去劝架，挡在中间，向双方呼吁道："住手，蒂巴特！好牟克休！"（第三幕第一景）拙译本据当代版本加舞台指示：（蒂巴特趁机从罗密欧胁下刺中牟克休）这是完全有根据的。事后，罗密欧的好友如实向亲王汇报情况：［蒂巴特带着一伙人溜走］

> 罗密欧高声地呼喊："住手，朋友们！
> 朋友们，两下分开吧！"他出手好快，
> 话音才落，早已把双方的利剑
> 压了下去，又冲到了两人中间；
> 冷不防蒂巴特下这么狠的毒手，
> 从他的胳臂下，偷偷地一剑刺去，
> 刺中了年富力强的牟克休的要害，
> 他随即逃跑了……

这样，前面添加的舞台指示只是根据事后所叙述的情况，提前八十来诗行，用以表明当时实际发生的行动罢了。朱生豪译本根据"牛津版"未加舞台指示：

> 罗密欧　……住手，提巴尔特！好茂丘西奥！（提巴尔特及其党徒下。）
> 茂丘西奥　我受伤了，……我已经完啦！

给人的印象是，好像什么事也没有发生，蒂巴特听从了罗密欧的劝，什么小动作也没有，悄悄走开了。那么牟克休又怎么会忽然嚷道："我已经完啦！"

为了有助于读者更好地进入戏剧情境，一些受重视的现当代莎剧版本在不同程度上都显示出进一步充实舞台指示的倾向。贝文顿编的全集尤其注意提供"有帮助的串联性的舞台指示",并在序言中说明这是编者的一个致力的方面。

现代莎剧版本学家校勘莎剧的原则是,经过缜密的研究,首先在几种原始版本("对开本"和一种或多种"四开本")中决定哪一种最有权威性,是最接近莎剧原稿的"善本",即以之为底本,除非底本文字有明显错漏或疑难处,而其他原始版本又提供较妥善的文字时才参照订正。如果底本某些文字虽不理想,但还可以解读,则尽量保持底本的原来面目,不轻易据他本改动。

版本校勘是一门精深又极繁琐的学问(校勘像《哈姆莱特》、《李尔王》等版本情况十分复杂的巨著尤其如此),为一般莎剧译者力所不及(也不具备这条件),译者只是利用现当代英美编者的校勘成果,希望自己拥有较好的版本作为自己的工作底本。不过遇到几种原始版本文字有异同时,取舍之间,译者偶尔也会有自己的考虑。版本学家辛勤钻研,苦心在于建立一个可靠、完善的版本;而译者之所想,首先是供读者欣赏,缺少提供一个"标准本"的大志,出发点不同,思维方式(且不说原则性考虑)也就不尽相同,多了些主观性,是"择善而从"。试从《理查三世》举两组例子说明:

1. 第二幕第二景三行:
   F　Why do you weep so oft, and beat your breast?
   Q　Why do you wring your hands and beat your breast?
2. 第二幕第二景二十四行:
   F　And pitied me, and kindly kiss'd my cheek.
   Q　And hugg'd me in his arms, and kindly kiss'd my cheek.

这两组文字互有异同,而情意接近,出入不大。"新亚登版"以"对开本"为底本,采用的自是两组中的第一行;译者考虑的是

在表达上"四开本"更富动态,便于译得更生动些,因此都据"四开本"译出:

1. 那么你干吗只管扭着双手,
   捶着自个儿胸膛,(一声声哭喊……)
2. 把我搂在怀里,只顾亲我的脸。
   ("四开本"此句格律不规范,是六音步,译文保持了五音组。)

还有更为特殊的例子,出自《李尔王》,爱德蒙在决斗中被打翻在地,只听得有人高呼:"Save him, Save him!"(第五幕第三景)"四开本"未标明说话者,"对开本"归给主持决斗的公爵。编纂全集的蒂鲍尔德(Theobald, 1733)提出质疑,认为呼号应出自贡纳莉之口。他的意见得到一部分莎剧编者的赞同。当代版本则毫无例外,以"对开本"为依据,归给公爵,因为也解释得通,意为"刀下留人",好让爱德蒙供承罪状。

译者认为:爱德蒙在决斗中被击倒后,最强烈的反应该来自他的情妇贡纳莉,这是不假思索、直跳起来的冲动,在场没有第二个人能抢在她前头作出更迅猛的反应。她狂呼着"救救他哟!"冲进比武场,扑倒在情夫身边,痛心地说:"这完全是阴谋……"

无需公爵高呼"刀下留人!"埃德加决不会迫不及待地"杀人灭口",势必要从容盘问仇人伤天害理的罪行。译本采用蒂鲍尔德的校订,是"择善而从",因为更在情理之中,而且一波未平又起一波,戏剧气氛更见紧张、活跃。

为便于读者查核,逢到几种原始版本文字上有歧异,译者作出选择时,往往作一版本注解,用星号(*)标出,以示不同于用数码标出的解释性注解。

全集中的诗歌卷,无论叙事诗、十四行诗或是杂诗等,为便于引用、检阅或对照原文等,一律于正文右边标以行码。戏剧部分由于存在着技术上的实际困难（编者最早的三个莎剧译本都采用行码，对此深有体会），几经考虑，只能放弃行码，十分遗憾，尚请读者予以谅解。

贝文顿编《莎士比亚全集》的序言说得好：所谓"全集"，恐怕只能是十不离九罢了；谁也不能（或者谁也不想）把凡是归之于莎士比亚名下的作品全都收齐了。

1623 年出版的第一个莎剧全集，收三十六个莎剧，1664 年第三版莎剧全集，一下子增收了七个莎剧，其中只有《泰尔亲王佩里克利斯》为后世的全集本所吸收；其他《伦敦浪子》等六个剧本都没有得到现代莎学家的认可。十七、十八世纪另有五种很少为后人提到的剧本也依附在莎翁名下。我国梁实秋翻译的全集，以及以朱生豪译本为主体的全集，和英、美的许多标准版本一样，收三十七个莎剧。

此外，《两贵亲》以单行本形式出版于 1634 年，书名页上标明"约翰·弗莱彻和威廉·莎士比亚著"，多数学者认为部分场景出于莎士比亚的手笔（如开头的三场戏等）。当时从未上演，也从未出版过的《托马斯·莫尔爵士》，学者们根据现存的手写本（有残缺）考证，其中三页系出于莎翁手笔。

本书编者所见不广，仅知"河滨版"（Riverside, 1974）全集增收《两贵亲》，成为第三十八个莎剧；并把《托马斯·莫尔爵士》（有关莎翁手稿部分）作为备考，收入附录。西松（Sisson）编全集（1954）把《托马斯·莫尔爵士》全文收入，与其他莎剧并列，成为第三十八个莎剧。

增订版"河滨版"全集（1997）又增收《爱德华三世》，作为第三十九个莎剧。《爱德华三世》单行本于 1596 年问世，未署剧作家姓名，直到 1656 年始有人提及系莎士比亚所作；1768 年，卡佩尔（E. Capell）曾把这历史剧收入他所编的莎士比亚全集，并提出该剧被认为系出自莎士比亚手笔。1960 年，当代英国莎学家缪尔

(K. Muir)在他的著作中认为该剧可能有一部分经过莎士比亚的修改。

因此,我们的全集也增收《两贵亲》和《爱德华三世》,共三十九个莎剧。因《托马斯·莫尔爵士》有其文献上的特殊意义,另撰文介绍,作为附录。

贝文顿编全集本和一般版本类似,收入三十七个莎剧(未收《两贵亲》等诸剧),除出于学术性见解外,还有其实际的考虑:"单凭眼前这一全集本,已经是庞然大物了。"本书编者深有同感。求大求全是一特色,但未必非得具备了这一特色,才能算得上好版本,给予编者帮助最多的贝文顿编的全集很能说明这一问题。

方　平

后　记

　　1989年4月，英语诗歌翻译座谈会在河北石家庄召开，我的发言是"莎士比亚诗剧全集的召唤"。我们已有了莎士比亚全集的散文译本，为什么还要呼唤新的全集的诞生呢？这是因为莎剧的艺术生命就在于那有魔力的诗的语言。对于莎士比亚可说得心应手的素诗体是莎剧的主要体裁。既然莎剧是诗剧，理想的莎剧全集译本应该是诗体译本，而不是那在普及方面作出了贡献、但是降格以求的散文译本。

　　这一发言无非表达了这么个心愿，其实并没有多少信心。倒是出席这次座谈会的翻译界前辈孙绳武先生会后特地给我鼓励，表示愿意设法创造机会。他回北京后，当真很热心地作了努力，和国家出版社联系，可惜那时候受了经济浪潮的冲击，严肃的文化事业很不景气，一落千丈，出版社已不再具有当年的气魄，没有信心，或者没有兴趣承担这样宏大的长远规划了。

　　我的发言稿由《中国翻译》要去，当年发表，还加了编者按语。后来又承一位有多年交往、关注外国文学的文艺记者，写了一篇专题采访，发表在《文汇报》上，在更广大的范围内再作一次呼吁；我自己也作过一些努力，结果无非证明书生的梦想不合时宜罢了。

　　朱生豪先生是我始终钦佩的前辈翻译家，他在极端困难的条件下，以惊人的毅力、呕心沥血的工作热诚、非凡的才华，在短促的一生中译成了三十一个莎剧。1978年我国大陆终于拥有了第一套莎士比亚全集,就是以他的散文译本为主体。前贤朱生豪功不可没,永远值得后人纪念。

但他的毕生事业毕竟完成在半个世纪之前,时代的局限性,艰苦的工作条件,以及英年早逝,限制了他取得更大的成就。当时的文学翻译,从总体说来,不够成熟,多的是佶屈聱牙的生搬硬套,因此他有针对性地提出了自己的翻译主张:每逢原文与中国语法不合,便再三咀嚼,"不惜全部更易原文之结构,务使作者之命意豁然显露,不为晦涩之字句所掩蔽"。强调显豁,追求流畅,是针对时弊的纠偏。

时代在发展,语言跟着在发展,我们的文学翻译水平在建国后也有了明显的提高,对于文学翻译的性质和任务,有了进一步的认识;今天看来,朱译本为它的优点:通晓流畅,是付出了代价的。

把莎剧作为诗剧来翻译,意味着对于语言的艺术形式给予更多的关注,更看重形式和内容血肉相连的关系;不满足停留于语言表层的意义上的传达(或者复述),而是力求在口吻、情绪、意象等多方面做到归宿语和始发语的对应。今天音响"发烧友"追求所谓"原汁原味",这对于经典文学的翻译来说,尤其诗歌翻译来说,也许是一个永远不能实现的向往;但以之作为诗体译本的一种理想,在语际转换中力求把"失真"减少到最低限度,还是值得为之而努力的。

例如《自作自受》中,一个少女向专横的执法者委婉讨情:

If he had been as you, and you as he.
如果换了他是你,换了你是他。

原文是两小句,有两个层次,朱译压缩为一句:"假使您和他易地相处。"改变了句型,口吻失真了,原来是讨情,现在似近于在评理了。

再以悲剧《麦克贝斯》为例。主人公赶回城堡向妻子报告一个天大的消息：国王今晚将光临他家做客。做妻子的问得别有用心："他几时走呢？"回答是：

> To-morrow, as he purposes.
> 明天——他打算。

先给了一个明确的答复："明天"；却又意味深长地拖了一个尾巴："他打算。"本来很明确的语气变得闪烁其词了，弦外之音是：他的打算是明天走，但是走得了走不了，却得看你我了。这句简短的答话的句型是"肯定—假定"。朱译重新组合语序，成为一句一览无遗的陈述语："他预备明天回去。"这样，语气中透露出来的紧张的内心活动，以及戏剧性的潜台词就很难体会到了。

诗体翻译比散文译本更看重形象性在传达原诗的意境、情态等方面所发挥的作用，例如罗密欧的好友、爱说笑的牟克休，由于卷入了两个敌对的家族的械斗，遭到对方的暗算而不幸牺牲，临终前吐出了这么一句话：

> They have made worm's meat of me.
> （《罗密欧与朱丽叶》第三幕第一景）
> 是他们把我送给了蛆虫做点心。

朱译为："我已经死在他们手里了。"虽说和原意没有太大出入，却把语言的形象性丢掉了，近于黑色幽默的口吻随之而改变，说话者的个性也就不那么鲜明了。

这一套全新的诗体全集译本《莎士比亚全集》不仅新在这是按照原来的文学样式（诗体）的新译，而是想着重表明在一种新的概念启发下，这一套新译本试图体现对于莎剧的一种新的认识。

欧美现当代莎学研究所取得的突破性进展，有一部分来自从一个新的角度去研究莎士比亚的戏剧，即强调莎剧和舞台演出之间的密切联系。戏剧大师莎士比亚的形象取代了十九世纪浪漫主义评论家们心目中的诗人兼哲人的莎士比亚的形象。1981年，第三届"世界莎士比亚大会"在莎翁故乡举行，讨论的中心主题，即是"作为戏剧工作者的莎士比亚"。因此把莎士比亚的戏剧仅仅当作文学作品，当作一种对话体叙事诗篇来阅读已不够了；在翻译莎剧过程中，译者要做好自己的工作，就有个进入角色、进入戏境的问题；心中有戏，有助于把人物的口吻译得更传神些，或者更确切些。

把莎剧作为案头的文学读物介绍过来，前贤朱生豪在译文上自有他苦心的追求，怎样做到既不背离原意，又流畅通达；至于戏剧的格式是现成的，毋需操心，照搬就是了。这原式原样搬过来的只是案头剧。现在试图向"台上之本"靠拢，这一成不变的格局就显示出很大的局限性。自然，译文水平上所能达到的成就，总是最为译者所戚戚于怀，但现在已不是他惟一的关注了，在翻译莎剧的同时，他多分了一份心："设计"莎剧——怎样突破尼古拉·罗（第一位莎剧编纂者）在十八世纪初所建立的作为"案头剧"的体系，试图为作为"舞台之本"的莎剧寻求一个新的样式。译者有时不免无可奈何地问自己：那么热衷、那么兴趣浓厚地操这份心，究竟是译者分内的还是分外的事？

有关莎剧格式的一些设想，在附录《关于体例：说明和讨论》中作了较详细的论述，请参阅。

在译者心目中，莎剧的文本（指剧词）是莎剧的主体。翻译像莎剧那样的经典文学，忠实是特别需要强调的美德，译文最好能做到亦步亦趋。而附加于文本的一些说明词、舞台指示、体例、格式等，那是莎剧的一个框架（其中相当的一部分并非出于剧作家本人的手笔，当时的抄录员，剧场的提示者，以及十八世纪的编纂者都留下了他们的印记）。尽管年深月久，这个框架定型了，已成为传统了；但是在译者心目中，一字千金的主体，和可以看情况局部地拆卸、替换的框架，二者并不等值，容许区别对待。英国上一辈著名莎学家杜佛·威尔逊在编纂"新莎士比亚版"（1921～1966）时似乎早有这一看法，很多的场景说明和舞台指示，都不搬用现成的套语，而另出之以散文化的语言，如不用［同下］（Exeunt），而是［他们进屋去，克劳第挽着喜萝］等。当代较好的莎剧版本都有充实舞台指示的倾向，而且取消了例有的场景说明。

这里试从喜剧《驯悍记》截取一段戏剧情景，说明戏剧格式上的改进，有助于读者的欣赏和理解。

满堂宾客还没来得及向新娘道一声祝贺，敬一杯喜酒，她就被新郎"抢亲"似的当着众人劫走了。拙译参照泽菲瑞理导演的故事片《驯悍记》（1967）中的处理，用这样一行舞台指示交代当时的情景：

［把新娘摔在肩头，扛着她就走；仆从格路米随下］

方才新郎彼特鲁乔盛气凌人地当众宣布：新娘是"属于我的东西"——是他的家私，他的动产、房产、家里的陈设……现在他果然把新娘当作他的一麻袋货物似的扛在肩头，只顾大踏步往外走；"抢亲"该是最富于喜剧性和讽刺意味的处理方式。

朱译本按照"牛津版"，只简单地交代：（彼特鲁乔、凯瑟丽娜、葛鲁米奥同下）。给人的印象仿佛新娘并没有一番挣扎、并没有无助的呼号，自动跟随在丈夫的后面，乖乖地跨出了她娘家的大门。其实她方才还斩钉截铁地表明：——

好吧，你要走就走吧，我就是不走——
今天不走，明天也不走；哪天走，
得看我的高兴。大门开着呢，大爷，
没有挡着你呀。……

现当代莎学研究所取得的另一个突出的进展,显示在版本的缜密的校勘上。当代版本和当初朱生豪所使用的编订于上世纪的"牛津版"(1892),面目已不尽相同了。例如哈姆莱特的第一段独白的第一句话(第一幕第二景),较好的现当代版本都作:

O that this too too sullied flesh ...
唉!但愿这一副——这一副臭皮囊……

朱译本和其他诸家译本(除林同济先生译本外)都根据过去的文本:"too too solid flesh",译作"太坚实〔太结实〕的肉体"。在这一段独白里,丹麦王子不仅把人世看成一座荒废了的花园,满目荆棘,野草丛生;更有一个可怕的思想袭上他的心头:他是他母亲生下的儿子,流动在他血管里的血液有一半来自那个堕落的女人,他又怎么能洁身自好呢?他悲观厌世的思想集中地体现在极端厌恶自身的原罪思想上:他把自己的肉体看成了可憎可恨的"一副臭皮囊"。

另有一例,也很有意思。热恋着埃及女王的安东尼,由于政治局势告急,不得不赶回罗马;去向女王告别,却给缠住不放。女王自认为受了莫大侮辱,如果她身为男子汉,定要找抛弃她的负心人决斗。她这么说:"I would I had thy inches."(《安东尼与克莉奥佩特拉》第一幕第三景)这句话可以有两种理解,都说得通(虽说二者有正派和邪气之分):

我希望我也长得像你一样高。(朱译)
但愿我也像你,多长出那么几寸。(拙译)

这一悲剧展现了罗马和埃及之间政治上、军事上的冲突;在更深的层次上,还展现了古代东西方两个世界的两种人生价值观、两种文化的冲突。古罗马人严肃冷漠,信奉功利主义;古埃及人奢侈纵欲，耽溺于享乐主义。英雄美人最后亡国殉情，也就是那侍奉爱神、侍奉酒神、日夜过着狂欢节的异教徒文化终于衰落、消亡的悲剧。因此，把悲剧放进宏观的历史范畴，女王的出言吐语，喜欢带上性色彩，我认为能更好地传达人物性格的色彩，民族文化的色彩，以至一个时代的色彩。

这里意味着经典文学的翻译实际上是一种阐释性的艺术，一位译者把自己研究莎剧所得的新的理解渗透进自己的译文，从而为译文创造了自己的特色。

以"新"为追求，可以说体现了为这未来的全集所树立的一个努力目标：——试图以更接近于原作体裁、风格的译文，以新的戏剧样式，结合着现代莎学研究成果的新的理解和阐释——争取做到给爱好莎剧的读者以耳目一新的感受。这"新"就是重新认识莎士比亚。以自己有限的能力和浅陋的学识，能不能最终做到这一点还是个疑问，但是以"新"为追求，确是体现了译者最大的抱负和雄心了。

这一新的全集参照欧美当代受重视的莎士比亚全集本，像贝文顿（D. Bevington）编全集本（1992），"河滨版"全集本（The Riverside Shakespeare, 1974）等，每一莎剧以及诗篇前，都有一篇希望能有助于读者欣赏和理解的前言，后面附有关于该剧（或诗篇）的背景资料，像有关版本、写作年份、取材来源等考证，以资参考，希望对于进一步理解或研究莎剧有所帮助。例如《雅典人泰门》，由于其中诅咒黄金的一段独白曾为马克思所引用，受到我国学术界的重视，往往强调剧作家对于现实社会的批判思想和幻灭感。但是经过英美学者缜密的版本考证，《雅典人泰门》只是莎翁未经改定的初稿，或者干脆放弃的毛坯（按照英国莎学家威尔逊的说法，是"死胎"），它被收入原始的莎剧全集有很大的偶然因素。当初全集排版时，意外发生了版权纠纷，不得已临时抽去一个悲剧，另以原来并未列入篇目的《雅典人泰门》去填补空缺。美国莎学家斯宾塞论述《雅典人泰门》时说：

"在未完成的作品上建立起论断往往是冒险的。"如果这"未完成"的又是"被放弃"的作品，该更是这样了；因此不宜凭直观印象把《雅典人泰门》看作剧作家的自我表白。附在《雅典人泰门》新译后面的版本考证，相信将有助于我们对该剧作出更客观的评价。

试图挑起这么一副重担，我感受到压在肩头、挺不起腰来的分量。但是隔着半个多世纪，回顾当初前辈的艰苦从事，不禁深有感触：一切有利条件可说都在后人这一边。且不说治学所必需的参考资料等等，只拿最现实的生活条件来说吧，尽管舍间只有一张书桌，没有一间书房，明天的衣食是不用发愁的，如果要求不那么高，我目前可说过上了较为安定的小康生活；而这在当初兵荒马乱、民生凋敝的年头，一位清贫的以笔耕为生的知识分子简直难以向往。

经过四年多的集体努力，这新的全集行将问世了，如果确有超越前贤的地方，那是完全应该做到的，<u>丝毫不值得骄傲</u>。我把前辈翻译家看作一位可尊敬的竞争对手，务必要在前人所取得的成就上再跨出一步——否则又何必浪费大量的人力物力呢？但是我并没有取而代之的想法。以朱译为主体的莎士比亚全集在普及莎剧上已作出极大的贡献，相信今后还会继续发挥它的作用。前辈的功绩将永远为后人所纪念。

从武汉回来，1993年6月下旬，开始投入计划中的全集的工作。首先着手翻译《罗密欧与朱丽叶》，这时我早已进入老境，虚度七十二个春秋了。任务重，期限紧，我可以预期的工作时间大概不会很长久了；而每一诗体译本的工作量（加上前言、考证等）估计将是散文译本的两三倍。这是明摆着的，要实现自己多年的心愿，这是必须要抓住的最后的机会了。

现实是无情的，目前的处境已进入了"读秒阶段"，就是它的警告。"十年磨一剑"的那种水磨工夫，那份悠闲情怀，与今生无缘了，压在我心头的只有紧迫感。文字上的推敲、斟酌，自然还是少不了，但是过去那种三易、四易其稿的细敲碎打是不可能了。下棋高手，凭着丰富的实战经验，即使在读秒时，仍然胸有成竹，当机立断，下出好子，这是一种境界，我为之羡慕不已。

接下任务，我第一次为六十年代前后被迫中断译莎而失落的那三十年光阴深深感到痛心；修订四十年前的旧译《亨利第五》时，感触尤其深。文字上有不少改动，这多少说明几十年光阴总算没有白白流逝，语言的运用上比过去有所长进。可是重读那许多细致缜密的注解（历史剧往往牵涉到大量史实和掌故），我眼前不由得浮现起当初的一个认真踏实、不怕下死功夫、也有自己见解的青年译者的形象。奇怪的是怎么我脑海里一点都没留下为这个历史剧曾流下多少汗水的回忆？想必当初精力充沛，不以在典籍里钻研为苦事吧。如果现在重译这个有难度的历史剧，再没有精力下这么些功夫为剧中的史实——考证了。凭着当初这一股旺盛的意志力，如果给这个青年可以安心工作的环境，那么几十年过去，一部诗体全集译本至少是完成在望了吧；即使还需要根据最新的英美版本作一番全面的校订，相对说来，不是那么艰巨了。

然而哪里会有这样的好事呢！记得有一次，大约1956年吧，周而复同志来上海作家协会作报告，散会时，他特地要我留下来，要跟我说一句话："就像《亨利第五》那样，把莎剧译下去！"这是一句叮嘱，语重心长，我充分领会这是出于一位文艺领导，或是一位前辈作家对于无名的青年译者的关注和鼓励（更是出于对我国文艺事业的关心），深受感动。谁知《亨利第五》之后，即无以为继了。等到我的《莎士比亚喜剧五种》问世(1979)，已是天翻地覆的二十多年过去，噩梦醒来，恍如隔世了。

其实当时我还是不甘心就此停下译笔，可是声势浩大的政治运动一浪高似一浪，席卷了整个中华大地。想为文化建设事业做一些具体工作的知识分子,哪儿有他的容身之地呢?我怀着一种犯罪感,私下断续译了三部莎剧(有的停留在不成熟的初稿),那种恐惧的心理,就像封建专制统治下的小媳妇,冒着伤风败俗的罪名,内心发抖,在黑夜里偷偷地去和自己过去的恋人私会。

没有缺吃少穿的体会的我,今天为半个世纪前贫病交迫、英才早逝的一位优秀翻译家而感叹其生不逢辰。也许又是半个世纪过去后,将来会有人在他们开明活泼的学术气氛中怜悯我们这一代知识分子在颠扑挫折的人生道路上付出了太大的代价吧。

不过我们这一代人过中年的知识分子,一心想追回失去了的一生中最好的年华,怀着一种紧迫感,已顾不上顾影自怜了。可庆幸的是,这四年多来,工作进展不算太慢。年年月月,伏案工作,没有星期日,没有假期、节日,甚至没有年初一。时光在笔底下悄悄流逝,有时不免会碰上它步子沉重,"推都推不动"(像《皆大欢喜》中的女主人公所说的那样),好在我还有一股干劲,一大堆干不完、干不了的工作没有压倒我,而是给了我生命的支撑点;虽苦,也乐在其中。每天早晨,坐到书桌前,无异跨入了激烈的搏斗场,明知道强大的对手不会轻易饶了你,却偏又迫不及待,倒像去赴亲人的约会。

想到重任在身的我早已是七十开外的老人了,还能情绪饱满,不失信心,全力以赴,还能体会到"活到老,学到老"这句话对自己很受用;这么说,老天待我总算不薄——至少是补报了我,那么即使人生还有许多无可弥补的缺憾,磨难和挫折在心灵上留下了创伤,我也该感到自慰而心平气和了吧。

这套新的全集有幸得到著名诗人翻译家屠岸兄和他的爱女屠笛博士;武汉大学阮珅教授,上海外国语大学汪义群教授,复旦大学张冲教授的大力支持和合作。他们都是长期浸润于莎学的专家,三位教授各自开设了莎士比亚的课程或讲座,以至主持莎士比亚研究中心的活动,都有丰富的著译经验。才气横溢的吴兴华教授(1921~1966)的诗体译本《亨利四世》(上下篇,1957),

我个人认为是建国以来最优秀的莎剧译本之一。① 在十年浩劫中吴先生不幸含冤而死,未能尽展其才华,令人长叹!承他的夫人谢蔚英女士同意把这一译本交给我们,为新的全集增光,谨此致谢。

北京大学英语系辜正坤教授和执教清华大学英语系的覃学岚先生合译《亨利六世》三联剧,使新全集最后一个环节得到了落实。

我们这不多的几个有志于介绍莎剧、莎诗的合作者如果能从天南地北共聚一堂,相互讨论切磋,对于翻译实践上会遇到的一些具体问题取得共识,相信会有助于把我们的工作做得更好些。可惜由于条件的限制,只能由我草拟一份体例的设想,和"谈素诗体的移植"分寄各位合作者参阅,并听取意见;只能实事求是地希望译文风格上彼此接近,而不强求一致(例如等行问题,"you"译"您"或"你"等)。在剧本的体例或格式上,则尽可能做到统一,由我多负些责任。

莎剧译名尽可能向"人文版"全集靠近,差别较大的有下列五种:1. "Comedy of Errors","人文版"译名《错误的喜剧》,语气似重了些。"errors"在这里应是"误会","认错人了",改为《错尽错绝》,喜剧性色彩似浓一些。2. "Much Ado About Nothing",朱生豪原译《无事烦恼》,"人文版"改为《无事生非》,在喜剧的三条情节线中,其中的主线和另一情节线并无"生非"之意,改名为《捕风捉影》,试图冲淡些道德批判意味,突出喜剧性的一面。3. "All's Well that Ends Well","人文版"译为《终成眷属》。为译名问题,阮珅教授曾和我书信往返几次,最后他定为《结局好万事好》,这新译名更贴近原意。4. "Measure for Measure",朱生豪原译《量罪记》,"人文版"改

---

① 遗憾的是,吴译本的版式编排没有得到出版社的重视,过于陈旧,还停留在二十年代水平,这次重排,为了便于阅读,也为了和全集体例尽可能保持一致,作了改进(这是很繁琐的工作)。译文的个别文字,根据当代最新版本的注释,由我作了一些审慎的改动。

为《一报还一报》，是说受害者以牙还牙。原剧名典出《新约·马太福音》，着眼于作恶者自食其果，视角不同；改译《自作自受》，似与原意较为接近。5."Timon of Athens"，朱译《黄金梦》，"人文版"改为《雅典的泰门》。建国前，杨晦译本为《雅典人台满》(1944)，较确切；新译参照以上两种译本，名为《雅典人泰门》。

最后，衷心感谢美国莎学专家、萨吉诺州立大学英语系王裕珩教授（Prof. Mason Y. Wang）。对于我国莎研、莎译，十多年来，他始终给予关注，历年为美国《莎士比亚季刊》撰文介绍有关情况，并与美国 Murray Levith 教授合作编辑向海外介绍的《莎士比亚在中国：历史性综述》。1993 年，他应邀参加武汉大学举办的莎学国际研讨会，新《莎士比亚全集》这工程确定下来后，他第一个得知，表示由衷的高兴。以后那几年在工作进展的过程中，始终得到他的热情关注和多方面的帮助，国内不易见到、得到的一些最新的重要的莎剧版本，包括我最为信赖、经常参阅、查考的贝文顿编全集本，以及一些有关研究资料，都是出于他的赐赠。《哈姆莱特》开头有一句看似简单的答话："A piece of him."怎样翻译却是个问题，初稿据"新亚登版"的注解（一般版本此句无注）译出后，心中不太踏实，去信请教，他认为还可考虑，特地把"新牛津版"、"新剑桥版"两家不同的注释复印后寄我参阅，我又另行试译，如是书信往返几次，译文一次次修改，最后才定稿。1996 年 4 月，第六届世界莎士比亚大会在美国洛杉矶召开，王教授在莎译讨论小组发言时，特地向小组介绍了我国正在努力进行中的新的诗体译本全集，并寄予深情的期待。新《莎士比亚全集》如今问世有日，谨志数语，再次表示感激之情。

方　平
1997 年 9 月 6 日
2008 年 9 月修订